W0075305

Alice Gray (Hrsg.)

Ein Lied
in der Nacht...

... und andere Geschichten,
die von Herzen kommen

Schulte & Gerth

In Erinnerung an meine Mutter,
die in mir die Liebe zu Geschichten geweckt hat.

Die amerikanische Originalausgabe erschien im Verlag
Multnomah Publishers
unter dem Titel „Stories For The Heart".
© 1996 by Questar Publishers
© der deutschen Ausgabe 1998 Verlag Klaus Gerth, Asslar
Aus dem Amerikanischen übersetzt von Eva Weyandt

Best.-Nr. 815 545
ISBN 3-89437-545-0
1. Auflage September 1998
2. Auflage 1999
3. Auflage 2000
Umschlaggestaltung: Hanni Plato
Titelfoto: Premium
Satz: Die Feder GmbH, Wetzlar
Druck und Verarbeitung: Ebner Ulm
Printed in Germany

Inhalt

MITGEFÜHL _____ 11

Gemeinsam – *Emery Nester* (11);
Ein Lied in der Nacht – *Max Lucado* (12);
Der Tag, an dem Philip in die Gruppe kam – *Paul Harvey* (17);
Es bleibt immer etwas zum Lieben – *Tony Campolo* (19);
Zugehörigkeit – *Paul Brand und Philip Yancey* (21);
Der wahre Sieg – *Michael Broome, erzählt von Alice Gray* (24);
Mut – *Autor unbekannt* (25);
Lektionen einer jungen Krankenschwester –
    Rebecca Manley Pippert (27);
Allein – *Everett Hale* (28);
Der große Unterschied – *Jeff Ostrander* (29);
Gnade – *Alice Gray* (30);
Zu wunderbar – *Autor unbekannt* (30).

ERMUTIGUNG _____ 31

Erwählt – *Marie Curling* (31);
Das erste Rotkehlchen – *William E. Barton* (32);
Gib nicht auf – *Charles R. Swindoll* (34);
Der Gast des Maestro – *Max Lucado* (36);
Jimmy Durante – *Tim Hansel* (40);
Der Tag, an dem Bart Simpson betete – *Lee Strobel* (41);
An der Theke – *Paula Kirk* (43);
Die Hand – *Autor unbekannt* (44);
Veränderte Leben – *Tim Kimmel* (45);
Umarmungen (46);
Der Spaziergänger – *Hester Tetreault* (47);
Nur ein behindertes Kind – *Tony Campolo* (51);
Nochmal von vorn – *Nancy Spiegelberg* (52).

TUGENDEN _____ 53

Sich in der Mitte halten – *Leslie B. Flynn* (53);
Valentins-geschenke – *Dale Galloway* (54);
Entscheidung – *Victor E. Frankl* (56);
Ein Anfang – *Gary Smalley und John Trent* (57);
Wie ist es in Ihrer Stadt? – *Kris Gray* (59);
Das Experiment – *Catherine Marshall, erzählt von
    Marilyn K. McAuley* (61);
Es ist doch wirklich egal – *Charles Colson*(63);
Denkmäler – *Charles L. Allen* (65);
Hühner – *Anne Paden* (67);
Der Millionär und die Putzfrau – *William E. Barton (69);*
Das Zeichen – *Alice Gray* (71);
Ähnlichkeit – *Autor unbekannt* (72);
Dankbar in allem? – *Matthew Henry* (73);
Der barmherzige Samariter – *Tim Hansel* (74);
Zufriedenheit ist . . . – *Ruth Senter* (76);
Gebet des Franz von Assisi (78).

MOTIVATION _____ 79

Vision – *altes chinesisches Sprichwort* (79);
Der Hüter der Quelle – *Charles R. Swindoll* (80);
Man kann doch nicht einfach nur herumsitzen –
    Chip McGregor (82);
Kommt schon, holt ihn euch! – *Howard Hendricks* (84);
Die nächste Schlacht – *Richard C. Halverson* (85);
Ein guter Ratgeber – *Chip McGregor* (87);
Erfolg – *Alice Gray* (89);
Der rote Regenschirm – *Tania Gray* (90);
Man braucht nur ein wenig Motivation – *Zig Ziglar* (91);
Eine Autobiographie in fünf Akten – *Portia Nelson* (92);
Ein wunderschöner Tag, nicht? – *Barbara Johnson* (93);
Gib nicht auf – *Alice Gray* (94);
Entscheide dich! – *Arthur Gordon* (96);
Headhunter – *Josh McDowell* (98);
Wenn ich noch einmal leben könnte – *Bruder Jeremiah* (99);
Brief an einen Trainer – *Der Vater eines Sportlers* (100);
Die Größe Amerikas – *Alexander de Toqueville* (102);
Kugeln oder Samenkorn – *Richard C. Halverson* (103).

LIEBE

Überlistet – *Edwin Markham* (105);
Das Mädchen mit der Rose – *Max Lucado* (106);
Gedanken – *Charles R. Swindoll* (109);
Das kleine Geschenk – *Morris Chalfant,*
    erzählt von Marilyn K. McAuley (111);
Für meine Schwester – *David Needham* (112);
In den Schützengräben – *Stu Weber* (113);
Das Gewand der Liebe – *Mutter Teresa* (114);
Nur ein zerknittertes Foto – *Philip Yancey* (115);
Loslassen – *Autor unbekannt* (118);
Die Macht der Liebe – *Alan Loy McGinnis* (120);
Das Geschenk der Weisen – *O. Henry* (122);
Aneinander glauben – *Steve Stephens* (129);
Akt der Liebe – *Alice Gray* (131);
Komm nach Hause – *Max Lucado* (132).

FAMILIE

Gesegnet – *Theodore Roosevelt* (135);
Eines Tages – *Charles R. Swindoll* (136);
„Noch mehr, Papa . . . noch mehr" – *John Trent* (139);
Weisheit (140);
Ballons – *James Dobson* (141);
Was ist eine Großmutter? – *Brief eines Drittklässlers* (142);
Die Mauer – *Autor unbekannt* (143);
Sanfte Berührung – *James Dobson* (145);
Als du dachtest, ich würde nicht hinsehen –
    Mary Rita Schilke Korzan (148);
Wenn ich groß bin . . . – *Marilyn K. McAuley* (149);
Auch wenn es dunkel ist – *Ron Mehl* (150);
Hast du eine Minute Zeit? – *David Jeremiah* (152);
Das Gebet eines Vaters – *John Ellis* (154);
Sommerurlaub – *Bruce Larson* (155);
An meinen erwachsenen Sohn – *Autor unbekannt* (157);
27 Dinge, die man seinem Partner nicht sagen sollte –
    Steve Stephens (158);
37 Dinge, die man seinem Partner sagen sollte –
    Steve Stephens (160);
Von höherem Wert – *Jerry B. Jenkins* (162);

Testament – *Patrick Henry* (164);
Schenk mir einen Sohn – *General Douglas A. MacArthur* (165);
Eine große Dame – *Tim Hansel* (166).

LEBEN _____ 169

Schöne Dinge – *Helen Keller* (169);
Kennedys Frage – *Billy Graham* (170);
Vertrauen – *Alice Marquardt* (171);
Wenn wir uns beeilt hätten – *Billy Rose* (172);
Frühlingsfohlen – *Nancy Spiegelberg* (175);
Lachen – *Tim Hansel* (175);
Der Hammer, die Feile und der Ofen –
    Charles R. Swindoll (176);
Drei Männer und eine Brücke – *Sandy Snavely* (178);
Unglaublich! – *David Jeremiah* (180);
Kämpfe – *Alice Gray* (182);
Er hörte zu – *Joseph Bayly* (184);
Ich glaube – *aus einem Konzentrationslager* (184);
Möchtest du gesund werden? – *Kay Arthur* (185);
Erbe – *Sally J. Knower* (187);
Es ist später, als man denkt – *Anonym* (192);
Das Orchester – *Judy Straalsund* (193);
Wissen Sie, wer sein Vater ist? – *Zig Ziglar* (195);
Führung – *Autor unbekannt* (197);
Loslassen – *Billy Graham* (198);
Durchgehende Pferde – *Cliff Schimmels* (199);
Zerbrochene Träume – *Lauretta P. Burns* (201);
Veränderung – *Martin Luther King Jr.* (201);
Bedeutung – *Joni Eareckson Tada* (202);
Dunkel genug – *Ralph Waldo Emerson* (204);
Ausharren – *William Barclay* (204);
Heimkommen – *Michael Broome, erzählt von Alice Gray* (205);
Ein Bild des Friedens – *Catherine Marshall* (207);
Ich bat . . . – *Anonym* (208);
Das Leben ist nun mal so – *Josh McDowell* (209);
Kleines Stück – *Autor unbekannt* (209).

GLAUBEN _____ 211

Wo läufst du hin? – *Kay Arthur* (212);
Liebe Bristol . . . – *James Dobson* (214);
Der Jongleur – *Billy Graham, erzählt von Alice Gray* (217);
Das Märchen von den drei Bäumen – Ein bekanntes Märchen,
    erzählt von Angela Elwell Hunt (219);
Das Gleichnis einer außergewöhnlichen Liebe –
Lloyd Hon Ogilvie (222);
Das Leben eines Einsamen – *Autor unbekannt* (225);
Cecil B. De Mille – *Billy Graham* (226);
Gegenstandslektion – *John MacArthur* (227);
Im richtigen Augenblick – *Ron Mehl* (228);
Spring! – *Tania Gray* (232);
Verabredung mit dem Tod – *Peter Marshall,*
    erzählt von Alice Gray (234);
Die Geschichte der „Betenden Hände" – *Autor unbekannt* (235);
Eine Lektion über das Gebet – *Howard Hendricks* (237);
Das Geheimnis der Geschenke – *Paul Flucke* (239);
Paraklet – *David Seamands* (242);
Viehverkauf – *Howard Hendricks* (243);
Und wenn es mir im Himmel nun langweilig wird?
    – *Larry Libby* (244);
Begrüßung im Himmel – *Max Lucado* (245).

ANMERKUNGEN _____ 247

Mitgefühl

Gemeinsam

Ein Mann wanderte in einer Wüste umher. Er verirrte sich
und konnte den Weg zurück nicht mehr finden.
Da traf er einen anderen Mann.
„Mein Herr, ich habe mich verirrt, können Sie mir zeigen,
wie ich aus dieser Wüste herauskomme?“
„Nein“, erwiderte der Fremde, „ich kann Ihnen
den Weg nicht zeigen, aber wenn ich mit Ihnen gehe,
können wir ihn vielleicht gemeinsam finden.“
Emery Nester

11

Ein Lied in der Nacht

An jedem anderen Tag wäre ich vermutlich nicht stehengeblieben. Wie die meisten Leute auf der überfüllten Straße hätte ich ihn wohl kaum bemerkt. Aber ich beschäftigte mich gerade mit einem Mann aus der Bibel, der dieselbe Behinderung hatte wie der Mann an der Ecke, darum blieb ich stehen.

Gerade hatte ich einen Teil des Vormittags damit verbracht, eine Bibelarbeit über das neunte Kapitel des Johannesevangeliums vorzubereiten, in dem auch die Geschichte des blind geborenen Mannes berichtet wird. Nach dem Mittagessen war ich nun wieder auf dem Weg in mein Büro, als ich ihn entdeckte. Er sang. In seiner linken Hand hielt er einen Aluminiumstock; seine rechte Hand war ausgestreckt und offen in Erwartung milder Gaben.

Er war blind.

Nachdem ich zuerst an ihm vorbeigegangen war, blieb ich stehen, murmelte etwas von „Heuchelei" vor mich hin und drehte mich um, um zu ihm zurückzugehen. Ich legte ihm einige Münzen in die Hand.

„Vielen Dank", sagte er höflich und antwortete weiter mit einem brasilianischen Sprichwort, das soviel heißt wie: „Mögest du gesund bleiben". Ein ironischer Wunsch.

Wieder machte ich mich auf den Weg. Wieder ließ mich die Beschäftigung mit Johannes 9 innehalten. „Jesus sah einen Menschen, der blind geboren war." Ich blieb stehen und dachte nach. Wenn Jesus hier wäre, würde er diesen Menschen *sehen*. Ich wußte nicht so genau, was das bedeutete. Aber ganz bestimmt hatte ich ihn nicht richtig wahrgenommen. Darum wandte ich mich erneut um.

Als hätte mich meine milde Gabe dazu berechtigt, blieb ich

neben einem Wagen stehen und beobachtete den Mann. Ich forderte mich heraus, ihn richtig zu sehen. Ich würde dort stehenbleiben, bis ich mehr sah als einen blinden Bedürftigen auf einer lebhaften Straße im Zentrum von Rio de Janeiro.

Ich sah mich um. Einige Bettler hockten Mitleid heischend in einer Ecke. Andere legten ihre Kinder schamlos auf eine Decke mitten auf den Bürgersteig, weil sie dachten, daß nur sehr abgebrühte Menschen ein schmutziges, nacktes Kind ignorieren, das um Brot bettelt.

Aber dieser Mann tat nichts von alledem. Er stand hochaufgerichtet da. Und er sang. Laut. Sogar stolz. So ziemlich jeder andere hatte viel mehr Grund zu singen als er, aber er war der einzige, der sang. Er sang vorwiegend Volkslieder. Einmal meinte ich ein geistliches Lied zu erkennen, aber ich war nicht sicher.

Seine heisere Stimme war inmitten des geschäftigen Treibens irgendwie fehl am Platze. Wie ein Sperling, der sich in eine lärmende Fabrik verirrt hatte, oder ein Reh auf einer stark befahrenen Schnellstraße stellte sein Lied einen unbequemen Antipol her zwischen Fortschritt und Einfachheit.

Die Vorübergehenden reagierten auf unterschiedliche Weise. Einige waren neugierig und starrten ihn direkt an. Andere fühlten sich unbehaglich. Sie sahen betont weg oder machten einen Bogen um ihn. „Heute bitte keine Erinnerung an Armut." Die meisten jedoch nahmen ihn einfach kaum wahr. Ihre Gedanken waren von anderen Dingen in Anspruch genommen, ihre Terminkalender voll, und er war . . . na ja, er war eben nur ein blinder Bettler.

Ich war froh, daß er ihre Blicke nicht sehen konnte.

Nach wenigen Minuten ging ich erneut zu ihm. „Haben Sie schon zu Mittag gegessen?" fragte ich ihn. Er hörte auf zu singen und wandte den Kopf in die Richtung, aus der meine Stimme kam. Seine Augenhöhlen waren leer. Er sagte, er sei hungrig. Ich ging zu einem nahegelegenen Restaurant und kaufte ihm ein Sandwich und ein kaltes Getränk.

Als ich zurückkam, sang er noch immer, und seine Hände waren noch immer leer. Er war dankbar für das Essen. Wir setzten uns auf eine Bank in der Nähe. Während er sein Sandwich verzehrte, erzählte er mir von sich. Achtundzwanzig Jahre war er alt und alleinstehend. Er wohnte bei seinen Eltern und sieben Brüdern.

„Wurden Sie blind geboren?"

„Nein, als Kind hatte ich einen Unfall." Er erzählte mir keine Einzelheiten, und ich hatte nicht den Mut, ihn danach zu fragen.

Wenn wir auch beinahe im selben Alter waren, waren wir in sozialer Hinsicht doch Lichtjahre voneinander entfernt. Im Vergleich zu ihm waren meine dreißig Lebensjahre ein einziger Sommerurlaub gewesen, der aus Familienreisen, Sonntagsschule, Diskussionsgruppen, Fußball und der Suche nach dem Sinn des Lebens bestand. Sein Leben als Blinder in der Dritten Welt bot ihm sicherlich keine dieser Annehmlichkeiten. Mein Alltag drehte sich um Menschen, Gedanken, Konzepte und Kommunikation. Sein Tag war bestimmt vom Überlebenskampf: milde Gaben und Essen. Ich würde in eine schöne Wohnung, zu einer guten Mahlzeit und einer lieben Frau zurückkehren. An das „Heim", in das er zurückkommen würde, wollte ich gar nicht denken. In den Slums von Rio hatte ich genügend elende Hütten gesehen, um es mir ungefähr vorstellen zu können. Und sein Empfang . . . würde jemand da sein, der ihn herzlich willkommen hieß, wenn er heimkam?

Beinahe hätte ich ihn gefragt: „Macht es Sie wütend, daß es Ihnen schlechter geht als mir? Liegen Sie abends oft wach und fragen sich, warum es Ihnen soviel schlechter geht als anderen Menschen in Ihrem Alter?"

Ich trug ein Hemd, eine Krawatte und neue Schuhe. Seine Schuhe hatten Löcher, und sein Mantel war ihm viel zu groß. Seine Hose hatte vorn am Knie einen Riß.

Und trotzdem sang er. Auch wenn er ein blinder, armer Bettler war, fand er doch ein Lied, das er mutig schmetterte. (Ich fragte mich, aus welcher Kammer seines Herzens dieses Lied kam.)

Schlimmstenfalls, stellte ich mir vor, sang er aus Verzweiflung. Sein Gesang war alles, was ihm geblieben war. Auch wenn niemand ihm Geld schenkte, seine Lieder konnte ihm keiner neh-

14

men. Und doch hatte ich den Eindruck, daß er viel zu gelassen war, um aus einem Selbsterhaltungtrieb heraus zu singen.

Vielleicht sang er auch aus Unwissenheit. Vielleicht vermißte er nicht, was er nie gehabt hatte.

Nein, ich kam zu dem Schluß, daß seine Motivation zu singen eine war, die man nie bei ihm vermutet hätte: Er sang aus Zufriedenheit. Irgendwie hatte dieser blinde Bettler die Kerze entdeckt, die man Zufriedenheit nennt, und sie warf ihren hellen Schein in seine dunkle Welt. Jemand hatte ihm erzählt – vielleicht war er auch selbst zu diesem Schluß gekommen –, daß die Freude des Morgen durch das Annehmen des Heute entsteht. Das Akzeptieren dessen, was man, zumindest im Augenblick, nicht ändern kann.

Ich betrachtete die unzähligen Gesichter, die an uns vorbeiströmten. Grimmige Gesichter. Sachliche Gesichter, einige entschlossen, andere ausdruckslos. Aber keiner von ihnen sang, nicht einmal im Stillen. Und wenn nun jedes Gesicht eine Anschlagtafel wäre, auf der der Gemütszustand eines jeden angeschlagen stand? Auf wie vielen würde stehen: „Verzweifelt! Alles liegt in Trümmern!" Oder: „Zerbrochen: Muß repariert werden." Oder: „Ohne Glauben, fassungslos und furchtsam?" Vermutlich nicht wenige.

Die Ironie war bittersüß. Dieser blinde Mann war vermutlich der ausgeglichenste Mensch auf dieser lebhaften Straße. Er besaß keine Diplome, keine Auszeichnungen und keine Zukunft – zumindest nicht im materiellen Sinn. Aber ich fragte mich, wie viele Menschen in dieser Menschenmenge ihre Direktionszimmer und ihre blauen Anzüge sofort für die Gelegenheit eintauschen würden, einmal aus dem Brunnen trinken zu können, der die Quelle der Zufriedenheit dieses jungen Mannes war.

„Der Glaube ist der Vogel, der singt, während es noch dunkel ist."

Bevor ich meinem Freund half, seinen Platz wieder einzunehmen, versuchte ich mein Mitgefühl mit Worten auszudrücken. „Das Leben ist schwer, nicht?"

Ein schwaches Lächeln. Wieder wandte er sein Gesicht in die

Richtung, aus der meine Stimme kam. Er wollte mir antworten, doch dann hielt er inne und sagte nur: „Ich mache mich jetzt wieder an die Arbeit."

Noch eine ganze Weile konnte ich seinen Gesang hören. Und vor meinem inneren Auge sah ich ihn noch immer dort stehen. Aber der Mann, den ich jetzt sah, war anders als der, dem ich ein paar Münzen gegeben hatte. Wenn auch der Mann, den ich jetzt sah, noch immer blind war, so verfügte er doch über bemerkenswerte Erkenntnisse. Und auch wenn ich derjenige war, der sehen konnte, so hatte er mir eine neue Blickrichtung gegeben.

Max Lucado

Der Tag, an dem Philip in die Gruppe kam

Er war neun Jahre alt und ging in eine Sonntagsschulklasse von Achtjährigen.

Achtjährige können sehr grausam sein.

Die Drittklässler hießen Philip in ihrer Gruppe nicht willkommen. Nicht nur, weil er älter war. Er war „anders".

Philip war mongoloid; er hatte das Down-Syndrom mit seinen offensichtlichen Merkmalen: der charakteristischen Gesichts- und Augenform, einem verlangsamten Reaktionsvermögen und verschiedenen Symptomen von Entwicklungsstörungen.

Eines Sonntags nach Ostern brachte der Sonntagsschullehrer ein paar Plastikeier mit, die sich in der Mitte öffnen ließen. Jedes Kind bekam eines dieser Eier.

An diesem wunderschönen Frühlingstag sollten die Kinder nach draußen gehen, jedes für sich Symbole für „neues Leben" suchen und diese in ihre Eier legen. Dann sollten die Kinder zurückkommen, ihre Eier öffnen und den anderen ihr Symbol für „neues Leben" erklären.

Mit großer Begeisterung machten sich die Kinder an die Arbeit. Nach erfüllter Aufgabe scharten sie sich um den Sonntagsschullehrer und legten ihre Eier auf den Tisch. Der Lehrer begann, sie eines nach dem anderen zu öffnen.

Ein Kind hatte eine Blume gefunden. Alle Kinder freuten sich über das schöne Symbol für neues Leben.

In einem anderen Ei befand sich ein Schmetterling. „Wunderschön", sagten die Mädchen. Und einem Achtjährigen fällt es wirklich sehr schwer, „wunderschön" zu sagen.

In dem nächsten Ei lag ein Stein. Einige Kinder lachten.

„Das ist verrückt!" sagte eines der Kinder. „Wie kann ein Stein ein Symbol für ‚neues Leben' sein?"

Sofort meldete sich ein kleiner Junge zu Wort und sagte: „Das gehört mir. Ich wußte, daß alle anderen Blumen, Blätter, Schmetterlinge und so etwas suchen würden, darum habe ich einen Stein hineingetan, um etwas anderes zu haben."

Der Lehrer öffnete das letzte Ei. Es war leer.

„Das ist nicht fair", beschwerte sich jemand. „Das ist aber blöd", sagte ein anderes Kind.

Der Lehrer spürte, wie ihn jemand an seinem Hemd zupfte. Es war Philip. Er sah zu ihm auf und sagte: „Das gehört mir. Ich habe das extra gemacht. Ich habe neues Leben, weil das Grab leer ist."

Von diesem Tag an gehörte Philip zur Gruppe. Die anderen Kinder hießen ihn willkommen. Das, was ihn anders machte, wurde nie wieder erwähnt.

Philips Familie wußte, daß ihm kein langes Leben beschieden sein würde; zu vieles stimmte mit seinem kleinen Körper nicht. In diesem Sommer bekam Philip eine Infektion und starb.

Am Tag seiner Beerdigung wurden die achtjährigen Jungen und Mädchen mit der Realität des Todes konfrontiert. Sie zogen am Sarg vorbei – ohne Blumen.

Neun Kinder legten zusammen mit ihrem Sonntagsschullehrer eine Liebesgabe auf den Sarg ihres Freundes – ein leeres Ei.

Paul Harvey, mit einem herzlichen Dankeschön an Rev. Harry Pritchett Jr.,
Pfarrer der All Saints Episcopal Church in Atlanta,
der meine Aufmerksamkeit auf einen Jungen mit Namen Philip lenkte.

Es bleibt immer etwas zum Lieben

Vor einigen Jahren sah ich mir Lorraine Hansberrys Theaterstück *Raisin in the Sun* („Rosine in der Sonne") an. Eine Stelle daraus verfolgt mich noch immer. In dem Stück bekommt eine afro-amerikanische Familie zehntausend Dollar aus der Lebensversicherung des Vaters ausbezahlt. Die Mutter sieht in dem Geld die Chance, dem Ghetto in Harlem entkommen und sich ein kleines Haus auf dem Land kaufen zu können. Die hochintelligente Tochter der Familie möchte sich mit dem Geld ihren Traum erfüllen und Medizin studieren.

Doch der ältere Bruder hat ein Anliegen, das nur schwer ignoriert werden kann. Er möchte das Geld haben, um mit einem „Freund" gemeinsam ein Geschäft zu gründen. Er erklärt der Familie, mit dem Geld könne er etwas aus sich machen und somit gleichzeitig auch den anderen helfen. Er verspricht, die Familie mit seinen Einkünften für alle Not und alles Elend in der Vergangenheit zu entschädigen.

Wider besseren Wissens gibt die Mutter dem Bitten des Sohnes nach. Sie gesteht sich ein, daß das Leben nie sehr gut zu ihm gewesen war und er es verdient hat, sich mit dem Geld ein etwas besseres Leben zu schaffen.

Wie Sie wahrscheinlich schon vermuten, verschwindet der sogenannte „Freund" mit dem Geld. Der verzweifelte Sohn kehrt nach Hause zurück und teilt der Familie mit, daß ihre Hoffnungen auf eine bessere Zukunft gestohlen und alle Träume zunichte gemacht worden sind.

Seine Schwester überschüttet ihn mit bitteren Vorwürfen. Die übelsten Schimpfnamen wirft sie ihm an den Kopf. Ihre Verachtung für ihren Bruder kennt keine Grenzen. Als sie in ihrer Tirade innehält, um Luft zu holen, unterbricht die Mutter sie und sagt: „Ich dachte, ich hätte dir beigebracht, ihn zu lieben."

Die Tochter antwortet: „Ihn lieben? Es ist nichts von ihm übriggeblieben, das ich lieben könnte."

Und die Mutter antwortet: „Es ist immer etwas zum Lieben übrig. Und wenn du das nicht gelernt hast, dann hast du überhaupt nichts gelernt. Hast du heute schon um den Jungen geweint? Ich meine nicht um dich selbst und um die Familie, weil wir alles Geld verloren haben. Ich meine um *ihn*: um das, was er durchgemacht hat, und das, was es ihm angetan hat. Kind, wann hat ein Mensch deiner Meinung nach besondere Liebe verdient: wenn er Gutes getan und allen alles recht gemacht hat? Also, wenn du dieser Meinung bist, dann hast du noch gar nichts gelernt. Ein Mensch braucht besondere Liebe und Zuwendung, wenn er ganz unten ist und nicht mehr an sich selbst glauben kann, weil die ganze Welt auf ihm herumtrampelt. Wenn du anfängst, jemanden zu beurteilen, dann beurteile ihn richtig, Kind! Achte darauf, daß du auch berücksichtigst, welche Berge und Täler er hinter sich gebracht hat, bevor er an den Punkt gekommen ist, an dem er steht."

Das ist Gnade! Das ist Liebe, die unverdient geschenkt wird. Das ist Vergebung, die unverdient gewährt wurde. Dies ist ein Geschenk, das wie ein erfrischender Strom fließt, um die Flammen zorniger und verdammender Worte zu ersticken.

Wieviel mehr Liebe und Vergebung hat der Vater für uns? Und wieviel größer ist die Gnade Gottes uns gegenüber?

Tony Campolo

Zugehörigkeit

In Vellore, Indien, kam John Karmegan als Leprakranker im fort-geschrittenen Stadium der Krankheit zu mir. Leider konnten wir wenig für ihn tun, weil seine Füße und Hände bereits irreparabel geschädigt waren. Allerdings konnten wir ihm eine Unterkunft und eine Beschäftigung in unserer Missionsstation anbieten.

Wegen einer einseitigen Gesichtslähmung konnte John nicht normal lächeln. Wenn er es versuchte, verzerrten sich seine Gesichtszüge und zogen die Aufmerksamkeit der Umstehenden auf seine Lähmung. Margaret, meine Frau, hatte zudem sein eines Augenlid halb zugenäht, um sein Auge zu schützen. Die Leute reagierten häufig erschrocken oder mit einer Geste der Furcht auf ihn, so daß er lernte, nicht mehr zu lächeln. John wurde immer empfindlicher in bezug auf das Verhalten anderer ihm gegenüber.

Er war sehr schwierig im Umgang, vielleicht wegen der Reak-tionen seiner Mitmenschen auf sein entstelltes Aussehen. Seine Wut auf die ganze Welt äußerte sich darin, daß er ein äußerst aggressives Verhalten zeigte und sich zum Unruhestifter ent-wickelte, und ich erinnere mich an viele sehr unschöne Szenen, in denen ich John mit Beweisen für Unehrlichkeit oder Diebstahl konfrontieren mußte. Seine Mitpatienten behandelte er sehr grob, und er konnte keinerlei Autorität anerkennen. Das ging soweit, daß er Hungerstreiks gegen uns organisierte. Fast alle waren der Meinung, eine Wiederherstellung sei bei ihm unmög-lich.

Vielleicht war gerade Johns aggressives Verhalten der Grund, warum sich meine Mutter zu ihm hingezogen fühlte, denn oft waren es gerade die wenig liebenswerten Exemplare der Mensch-heit, die sie unter ihre besondere Obhut nahm. Sie kümmerte sich um John, verbrachte viel Zeit mit ihm und führte ihn schließlich zum christlichen Glauben. Er wurde in einem Zementbecken auf dem Grundstück des Leprakrankenhauses getauft.

Die Bekehrung besänftigte jedoch nicht Johns Zorn auf die Welt. Zwar schloß er mit einigen seiner Mitpatienten Freundschaft, doch hatte die lebenslange Zurückweisung und Mißachtung in ihm eine tiefe Bitterkeit gegen alle Nichtkranken entstehen lassen. Eines Tages fragte er mich trotzig, was passieren würde, wenn er die tamilische Kirche in Vellore besuchen würde.

Ich ging zu den Führern der Gemeinde, beschrieb John und informierte sie darüber, daß Johns Krankheit zum Stillstand gekommen sei und er trotz seiner offensichtlichen Entstellung keine Gefahr für die Gemeinde darstellen würde. Sie waren damit einverstanden, daß er den Gottesdienst besuchte.

„Kann er auch am Abendmahl teilnehmen?" fragte ich, da ich wußte, daß in der Gemeinde nur ein Kelch herumgereicht wurde, aus dem alle tranken. Die Ältesten sahen sich an, dachten einen Augenblick nach und erklärten sich dann damit einverstanden, daß er auch am Abendmahl teilnehmen konnte.

Kurz darauf begleitete ich John zu der Gemeinde, die in einem weißen Ziegelgebäude mit einem Wellblechdach zusammenkam. Dies war ein spannender Augenblick für ihn. Wir, die wir gesund sind, können uns kaum vorstellen, was in einem Leprakranken vorgeht, der zum ersten Mal eine solche Szene betritt.

Ich blieb mit ihm hinten in der Kirche stehen. Sein halbseitig gelähmtes Gesicht zeigte keinerlei Reaktion, aber seine zitternden Hände verrieten seine innere Anspannung. Im Stillen betete ich, daß die Gemeindemitglieder nicht das leiseste Anzeichen von Zurückweisung zeigen mögen.

Als das erste Lied angestimmt wurde, drehte sich ein Inder vor uns halb um und entdeckte uns. Wir müssen ein sonderbares Bild abgegeben haben: ein blaßgesichtiger Weißer neben einem Leprapatienten mit einem entstellten Gesicht. Ich hielt die Luft an.

Und dann passierte es. Der Mann legte sein Liederbuch weg,

22

lächelte strahlend und klopfte auf den Stuhl neben sich, eine Aufforderung an John, sich neben ihn zu setzen. John war vollkommen verwirrt. Zögernd schlurfte er zu der Reihe und nahm Platz. Ich sprach ein stummes Dankgebet.

Dieses Ereignis war der Wendepunkt in Johns Leben. Jahre später besuchte ich Vellore und sah mir eine Fabrik an, in der behinderte Menschen Beschäftigung fanden. Der Direktor wollte mir eine Maschine zeigen, auf der winzige Schrauben für Schreibmaschinenteile hergestellt wurden. Während wir durch die lärmende Fabrikhalle wanderten, rief er mir zu, er würde mir nun seinen besten Arbeiter vorstellen, einen Mann, der gerade einen Preis für seine ausgezeichnete Leistung bekommen hätte.

Als wir zu seinem Arbeitsplatz kamen, drehte sich der Mann um, um uns zu begrüßen – und ich blickte in das unverwechselbare Gesicht von John Karmegan. Er wischte sich das Öl von seiner verstümmelten Hand und grinste mich mit dem häßlichsten und strahlendsten Lächeln an, das ich je gesehen hatte. Er streckte mir eine Handvoll der kleinen Präzisionsschrauben entgegen, für deren Herstellung er den Preis gewonnen hatte.

Die einfache Geste der Annahme des Inders in der Kirche war für John Karmegan entscheidend gewesen. Nachdem er sein Leben lang nach seiner körperlichen Erscheinung beurteilt worden war, hatte man ihn schließlich auf der Basis eines anderen Bildes willkommengeheißen. Ich hatte eine Wiederholung der Versöhnung mit Christus erlebt. Sein Geist hatte seinen Leib auf Erden dazu gebracht, ein neues Gesicht anzunehmen, und endlich wußte John, daß er dazugehörte.

Paul Brand und Philip Yancey

Der wahre Sieg

Jedes Jahr kommen Tausende junger Sportler aus der ganzen Welt zu den Paralympics, den olympischen Spielen für Behinderte, zusammen. Die Ehre, die Feierlichkeiten, die Musik und die Aufregung sind beinahe so großartig wie bei den richtigen olympischen Spielen. Diese Athleten wissen, was es bedeutet, ihr Bestes zu geben. Monate- und jahrelang haben sie trainiert, um zu siegen.

Vor mehreren Jahren traten fünf behinderte Finalisten im Sprint an den Start. Ihre Herzen klopften laut. Jeder wollte gewinnen. Der Startschuß fiel, und die Sportler rannten aus ihrer geduckten Position los. Die Menge schrie begeistert und feuerte die Sportler an.

Plötzlich stolperte einer der Läufer und fiel hin. Er bemühte sich, schien jedoch nicht wieder aufstehen zu können. Ein Stöhnen ging durch die Menge, und plötzlich legte sich eine seltsame Stille über das Stadion.

Ein zweiter Läufer hielt an, bückte sich und half dem, der hingefallen war, auf. Zusammen erreichten beide das Ziel.

Michael Broome, erzählt von Alice Gray

Mut

Es war wenige Wochen vor Weihnachten im Jahr 1917. Das schneebedeckte Europa wurde vom Ersten Weltkrieg erschüttert.

In den Schützengräben auf der einen Seite lagen die Deutschen, auf der anderen Seite die Amerikaner. Beide Seiten feuerten mit aller Kraft. Zwischen den gegnerischen Schützengräben lag ein kleiner Streifen Niemandsland. Ein junger deutscher Soldat, der versucht hatte, das Niemandsland zu durchqueren, war angeschossen worden und hatte sich im Stacheldraht verfangen. Er schrie vor Schmerzen.

Seine Schmerzensschreie waren über das Gewehrfeuer hinweg zu hören. Ein amerikanischer Soldat konnte es schließlich nicht mehr länger ertragen. Er kroch aus dem Schützengraben und robbte auf dem Bauch zu dem deutschen Soldaten hin. Die Amerikaner erkannten, was er vorhatte, und stellten das Feuer ein, doch die Deutschen schossen unbeirrt weiter.

Schließlich bemerkte jedoch auch ein deutscher Offizier, was der junge Amerikaner da tat, und er befahl seinen Leuten, das Feuer einzustellen. Eine unheimliche Stille legte sich über das Niemandsland. Auf dem Bauch schob sich der Amerikaner zu dem deutschen Soldaten vor und befreite ihn aus dem Stacheldraht. Mit dem Deutschen in den Armen erhob er sich und marschierte geradewegs auf die deutschen Schützengräben zu. Dort legte er den Soldaten einem wartenden Kameraden in die Arme. Dann drehte er sich um und wollte sich auf den Weg zu den amerikanischen Schützengräben machen.

Plötzlich legte sich eine Hand auf seine Schulter. Er drehte sich um und stand vor einem deutschen Offizier, der das Eiserne Kreuz, die höchste deutsche Auszeichnung für Tapferkeit, bekommen hatte.

Der Deutsche riß sich die Medaille von der Uniform und legte sie dem Amerikaner um, der daraufhin in die amerikanischen Schützengräben zurückkehrte.

Nachdem er sich in Sicherheit befand, setzten beide Seiten den verrückten Krieg fort . . .

Autor unbekannt

Lektionen einer
jungen Krankenschwester

In einem Artikel in der Zeitschrift Campus Life beschreibt eine junge Krankenschwester, wie sie gelernt hat, in einem Patienten das Bild Gottes zu sehen:

Eileen war eine ihrer ersten Patientinnen, ein vollkommen hilfloser Mensch. „Ein Zerebral-Aneurysma (ein geplatztes Blutgefäß im Gehirn) war dafür verantwortlich, daß sie keine bewußte Kontrolle über ihren Körper mehr hatte", schreibt die Schwester über Eileen. Soweit die Ärzte sagen konnten, lag Eileen im Koma. Sie schien keinen Schmerz zu empfinden und bekam nichts von dem mit, was um sie herum vorging. Es war die Aufgabe des Pflegepersonals, sie jede Stunde umzudrehen, damit sie sich nicht wundlag, und sie zweimal am Tag über eine Magensonde zu ernähren. Ihre Pflege war eine undankbare Aufgabe.

„Wenn es so schlimm ist", sagte eine ältere Lernschwester zu Rebecca, „muß man sich emotional von der ganzen Situation distanzieren . . ." Und so kam es, daß Eileen mehr und mehr als Gegenstand behandelt wurde . . .

Doch die junge Lernschwester beschloß, sich dieser Patientin gegenüber nicht so zu verhalten, wie man ihr gesagt hatte. Sie sprach mit Eileen, sang ihr etwas vor, sagte ihr immer wieder Ermutigendes und brachte ihr sogar kleine Geschenke mit.

Eines Tages, als es Rebecca gar nicht gut ging und sie ihre schlechte Laune sehr gut an der hilflosen Patientin hätte auslassen können, war sie absichtlich ganz besonders nett zu ihr. Es war Thanksgiving, und Rebecca sagte zu Eileen: „Heute morgen hatte ich ganz üble Laune, Eileen, weil eigentlich mein freier Tag gewesen wäre. Aber jetzt, wo ich hier bin, freue ich mich darüber. Ich hätte es nicht verpassen wollen, dich zu sehen. Weißt du, daß heute Thanksgiving ist?"

In diesem Augenblick läutete das Telefon, und als die Schwester sich umdrehte, um den Hörer abzunehmen, sah sie schnell über die Schulter zurück auf die Patientin. „Plötzlich", schreibt sie, „sah Eileen mich an . . . sie weinte. Große, feuchte Kreise befleckten ihr Kissen, und sie zitterte am ganzen Körper."

Das war die einzige menschliche Regung, die Eileen jemals einem von ihnen gezeigt hatte – aber es reichte aus, um die Einstellung des Pflegepersonals ihr gegenüber von Grund auf zu ändern.

Kurz darauf verstarb Eileen. Die junge Schwester schließt ihre Geschichte mit den Worten: „Ich denke noch immer an sie . . . Ich habe den Eindruck, daß ich ihr sehr viel verdanke. Wenn Eileen nicht gewesen wäre, hätte ich vielleicht nie erfahren, wie es ist, sich selbst an jemanden zu verschenken, der nichts zurückgeben kann."

Rebecca Manley Pippert

Allein

Ich bin zwar allein, aber ich bin da.
Ich kann nicht alles tun, aber ich kann etwas tun.
Was ich tun kann, sollte ich tun,
und mit der Hilfe Gottes werde ich es tun!

Everett Hale

Der große Unterschied

An der Atlantikküste lebte ein alter Mann. Jeden Tag bei Ebbe ging er meilenweit am Strand spazieren. Ein anderer Mann, der nicht weit entfernt wohnte, beobachtete gelegentlich, wie sein Nachbar in der Ferne verschwand und irgendwann zurückkehrte. Er sah auch, daß sich der alte Mann häufig bückte, um etwas aufzuheben, um es dann wieder ins Wasser zu werfen.

Eines Tages, als der alte Mann wieder einmal am Strand spazierenging, folgte ihm sein Nachbar, um seine Neugier zu befriedigen. Und wie immer bückte sich der alte Mann, hob ganz sanft etwas vom Sand auf und warf es ins Meer. Als der alte Mann erneut stehenblieb, war der Nachbar so nah herangekommen, daß er erkennen konnte, was er aufhob. Es war ein Seestern, den die zurückweichende Flut zurückgelassen hatte, und der ganz sicher vertrocknet sein würde, bis die Flut zurückkam.

Als der alte Mann sich umdrehte, um ihn ins Meer zu werfen, rief der Nachbar belustigt: „Hey, alter Junge! Was machen Sie denn da? Dieser Strand ist doch riesengroß. Tausende Seesterne werden jeden Tag an Land gespült! Sie glauben doch nicht, daß die paar, die Sie ins Meer zurückwerfen, einen Unterschied machen!"

Der alte Mann hielt einen Augenblick inne, dann streckte er den Seestern auf seiner Hand dem Nachbarn entgegen. „Aber für diesen einen hier kann ich etwas tun. Für ihn ist es ein großer Unterschied."

Jeff Ostrander

Gnade

In Napoleons Armee war ein Mann, der eine so schreckliche Tat begangen hatte, daß er den Tod verdient hatte. Am Tag vor seiner Hinrichtung ging die Mutter des jungen Mannes zu Napoleon und bat um Gnade für ihren Sohn.

Napoleon erwiderte: „Frau, dein Sohn hat keine Gnade verdient."

„Das weiß ich", erwiderte sie. „Wenn er sie verdient hätte, dann wäre es keine Gnade."

Alice Gray

Zu wunderbar

Einige der Eigenschaften Gottes sind zu wunderbar, um sie verstehen zu können. Aber selbst wenn sie für den Verstand im Dunkeln bleiben, können sie ein Lichtstrahl für die Seele sein.

Autor unbekannt

Ermutigung

Erwählt

*Wann immer ich enttäuscht bin von meinem Los in meinem Leben,
denke ich an den kleinen Jamie Scott.*

*Jamie bemühte sich um eine Rolle in der Theateraufführung
seiner Schule. Seine Mutter erzählte mir, er hätte sein Herz daran
gehängt, aber sie befürchtete, daß er keine Rolle bekommen würde.*

*An dem Tag, an dem die Rollen verteilt wurden, begleitete ich sie,
als sie ihren Sohn nach der Schule abholte. Jamie rannte mit vor
Stolz und Aufregung funkelnden Augen auf sie zu.*

*„Rat mal, was passiert ist, Mama", rief er, und dann sagte er
die Worte, die einen tiefen Eindruck auf mich gemacht haben:
„Ich bin dazu auserwählt worden, zu klatschen
und die anderen anzufeuern."*

Marie Curling

Das erste Rotkehlchen

Der Winter war lang gewesen und sehr kalt. Der Schnee lag hoch, und der Frühling war noch nicht angebrochen. Ich erhob mich früh am Morgen, und als ich zu meinem Fenster hinaussah, entdeckte ich ein Rotkehlchen.

Ich rief nach meiner Frau und sagte: „Komm schnell und sieh zum Fenster hinaus. Da ist ein kleiner Freund, der aus der Ferne gekommen ist, um uns zu besuchen."

Keturah kam zum Fenster, und auch sie sah das Rotkehlchen.

Das Rotkehlchen blickte uns an und hüpfte auf dem kahlen Boden herum auf der Suche nach einem frühen Wurm oder etwas anderem Freßbarem. Keturah ging in die Küche, um zu sehen, ob sie etwas für das Rotkehlchen zu fressen fand, und ich sprach mit dem Rotkehlchen und sagte:

„Du bist an einem Ort gewesen, wo es warm war und wo die Sonne schien. Und du hättest dort bleiben können. Aber du bist jetzt hier. Und du kommst, während es noch Winter ist, denn die Verheißung des Frühlings liegt dir im Blut. Dein Glaube ist das Wesen aller Dinge, auf die wir hoffen, und der Beweis für Dinge, die wir nicht sehen. Du bist viele Meilen in ein Land gereist, das kahl und öde daliegt, weil du in dir die Gewißheit trägst, daß der Frühling nahe ist. Ach, wenn es im Leben der Menschen doch auch eine Gewißheit gäbe, die sie mit einer ebenso bezwingenden Überzeugung ihrem höchsten Ziel entgegenschickte!"

Und ich dachte an das Auge, das in der Dunkelheit geformt wurde, aber für das Licht bestimmt ist; und an das Ohr, das auf wundersame Weise in der Stille bereitet wurde, aber dazu bestimmt ist, Musik zu hören; und an die menschliche Seele, die in eine Welt hineingeboren wird, in der die Sünde herrscht, doch geboren wird sie mit der Hoffnung auf Gerechtigkeit.

Ich ging an diesem Tag in die Stadt, und die Leute sagten zu mir: „Ist es nicht ein kalter und langer Winter?"

Und ich sagte: „Sprecht mir nicht mehr vom Winter."

Und sie sagten: „Warum sollen wir nicht mehr vom Winter sprechen? Sieh dir doch nur das Thermometer und den leeren Kohlenkasten an."

Aber ich hob den Kopf und erwiderte: „Sprecht mir nicht mehr vom Winter. Heute morgen habe ich das erste Rotkehlchen gesehen. Für mich ist von jetzt an Frühling."

William E. Barton

Gib nicht auf

Ignace Jan Paderewski, der berühmte Komponist und Pianist, sollte in einer großen Konzerthalle in Amerika ein Konzert geben. Es war ein denkwürdiger Abend – Männer in schwarzen Fräcken, Frauen in langen Abendkleidern, ein ganz besonderes Ereignis für die oberen Zehntausend.

Unter den Zuhörern an diesem Abend befand sich auch eine Mutter mit ihrem neunjährigen Sohn. Ihm wurde das Warten zu lang, und er rutschte unruhig auf seinem Stuhl herum. Seine Mutter hegte die Hoffnung, daß sein Eifer im Klavierüben angespornt würde, wenn er den unsterblichen Paderewski hören würde. Darum hatte er gegen seinen Willen mitkommen müssen.

Als seine Mutter sich umwandte, um mit Freunden zu plaudern, konnte es ihr Sohn auf seinem Platz nicht mehr länger aushalten. Er stand auf und schlich davon, wie magisch angezogen von dem großen Flügel auf der in blendendes Scheinwerferlicht getauchten Bühne.

Ohne von dem erlesenen Publikum groß beachtet zu werden, setzte sich der Junge auf den Klavierstuhl und starrte mit weit aufgerissenen Augen auf die schwarzen und weißen Tasten. Er legte seine kleinen, zitternden Finger darauf und begann ein Kinderlied zu spielen. Das Stimmengewirr im Saal verstummte, und Hunderte finster blickende Gesichter wandten sich der Bühne zu. Verärgert begannen die Zuhörer zu rufen:

„Holt den Jungen da weg!"

„Wer hat denn dieses Kind mitgebracht?"

„Wo ist seine Mutter?"

„Warum holt ihn denn niemand von der Bühne weg?"

Der Meister hörte hinter der Bühne den Aufruhr und reimte

sich zusammen, was da draußen passierte. Schnell nahm er seine Jacke und eilte auf die Bühne.

Ohne ein Wort zu sagen, beugte er sich über den Jungen und begann eine Gegenmelodie zu dem Kinderlied zu improvisieren. Während die beiden zusammen spielten, flüsterte Paderewski dem Jungen immer wieder ins Ohr: „Mach weiter. Hör nicht auf. Spiel weiter . . . hör nicht auf . . . gib nicht auf."

Und so ist das auch bei uns. Wir plagen uns ab mit einem Projekt, das uns schrecklich wichtig erscheint. Und wenn wir gerade aufgeben wollen, kommt der Meister, beugt sich über uns und flüstert: *„Jetzt mach weiter; gib nicht auf. Mach weiter . . . hör nicht auf; gib nicht auf"*, während er zu unserem Besten improvisiert und uns zum richtigen Zeitpunkt genau das Richtige gibt.

Charles R. Swindoll

Der Gast des Maestro

Was passiert, wenn ein Hund ein Konzert stört? Um diese Frage zu beantworten, begleiten Sie mich doch in die Stadt Lawrence im amerikanischen Bundestaat Kansas.

Nehmen Sie im Auditorium Platz, und erwarten Sie das Leipziger Gewandhaus-Orchester – das älteste ununterbrochen musizierende Orchester der Welt. Die größten Komponisten und Dirigenten haben dieses Orchester geleitet. Es spielte bereits zur Zeit Beethovens (wenn auch einige der Musiker mittlerweile ersetzt worden sind!).

Erleben Sie mit, wie die elegant gekleideten Musiker ihren Platz auf der Bühne einnehmen. Hören Sie, wie sie sorgfältig ihre Instrumente stimmen. Die Schlagzeugerin legt ihr Ohr an die große Trommel. Ein Geiger zupft an der B-Saite. Ein Klarinettenspieler spannt das Blatt. Und Sie setzen sich aufrecht hin, als die Lichter dunkler werden und das seltsam harmonische Durcheinander der Instrumente verstummt. Gleich wird die Musik einsetzen.

Der Dirigent, mit Frack bekleidet, betritt die Bühne, steigt auf sein Podest und bedeutet dem Orchester, sich zu erheben. Sie und zweitausend andere Zuhörer applaudieren. Die Musiker nehmen wieder Platz, der Maestro stellt sich in Positur, und die Zuhörer halten gespannt den Atem an.

Zwischen Donner und Blitz liegt eine Sekunde der Stille. Und zwischen dem Heben des Dirigentenstabes und dem Einsetzen der Musik liegt ebenfalls eine Sekunde der Stille. Doch wenn die Instrumente ertönen, öffnet sich der Himmel, und Sie werden von dem Wolkenbruch von Beethovens dritter Sinfonie davongetragen.

So war es auch an diesem Frühlingsabend. An diesem sehr

warmen Frühlingsabend. Ich erwähne die Temperaturen, damit
Sie verstehen, warum die Türen offen standen. Es war heiß. Im
Hochauditorium, einem historischen Gebäude, gibt es keine Kli-
maanlage. Wenn man jetzt noch die Bühnenscheinwerfer, die
elegante Abendgarderobe und die sehr feurige Musik in Betracht
zieht, kann man verstehen, daß die Orchestermusiker schwitz-
ten. Die Außentüren auf jeder Seite der Bühne standen offen,
damit sie ein wenig Luft bekamen.

Und dann betritt der Hund die Bühne. Ein brauner, ganz
gewöhnlicher Hund von der Straße. Kein bösartiger Hund. Kein
verrückt gewordener Hund. Nur ein neugieriger Hund. Er stro-
mert zwischen den beiden Baßgeigen durch, vorbei an den zweiten Violinen bis hin zu den Cellos. Sein Schwanz wackelt im Takt
zu der Musik. Während der Hund zwischen den Instrumenten
hindurchläuft, sehen sich die Musiker an, sehen den Hund an
und spielen unbeirrt weiter.

Der Hund faßt Zuneigung zu einem bestimmten Cello. Vielleicht wegen des gleichmäßigen Bogenstrichs. Vielleicht aber
auch wegen der Saiten, die in seiner Augenhöhe liegen. Was
immer es ist, es zieht die Aufmerksamkeit des Hundes auf sich,
und er bleibt stehen und beobachtet.

Der Cellist weiß nicht so genau, was er tun soll. Noch nie hatte
er vor einem tierischen Publikum gespielt. Und an den Musik-
hochschulen wird auch nicht gelehrt, welche Auswirkungen
Hundespeichel auf den Lack eines kostbaren Guarneri-Cellos aus
dem sechzehnten Jahrhundert hat. Doch der Hund beobachtet
nur eine Weile und geht dann weiter.

Hätte er sich weiterhin zwischen den Stühlen der Musiker
hindurchgedrückt, hätten sie weitergespielt. Hätte er die Bühne
überquert und wäre in die Nähe eines Bühnenarbeiters gekommen, hätte das Publikum ihn nie bemerkt. Aber diesen Gefallen
tat er den Veranstaltern nicht. Er blieb. Anscheinend fühlte er
sich wohl im Scheinwerferlicht und streifte selbstvergessen durch
die Wiesen der Musik.

Weiter ging es zu den Holzbläsern, dann wandte er sich den
Trompeten zu, kam schließlich zu den Flötisten und blieb dann

neben dem Dirigenten stehen. Und Beethovens dritte Sinfonie blieb unvollendet.

Die Musiker lachten. Das Publikum lachte. Der Hund blickte zum Dirigenten hoch und hechelte. Und der Dirigent senkte seinen Dirigentenstab.

Das älteste Orchester der Welt. Eines der bewegendsten Stücke, die jemals komponiert wurden. Ein herrliches Konzert, das durch einen herumstreunenden Hund gestört wurde.

Das Lachen verstummte, als sich der Dirigent umwandte. Würde nun ein Zornesausbruch folgen? Das Publikum wurde still, als sich der Dirigent ihnen zuwandte. Welche Zündschnur war entzündet worden?

Der Maestro blickte die Menge an, dann den Hund und wieder die Leute. Schließlich hob er in einer universalen Geste die Hände und . . . zuckte die Achseln.

Alle brüllten vor Lachen.

Er kam von seinem Podest herunter und kraulte den Hund hinter den Ohren. Der Schwanz begann wieder zu wackeln. Der Maestro redete mit dem Hund. Er sprach deutsch, aber der Hund schien ihn zu verstehen. Die beiden unterhielten sich eine Weile, dann nahm der Maestro seinen neuen Freund am Halsband und führte ihn von der Bühne. Dem Applaus nach zu urteilen, hätte man meinen können, der Hund sei Pavarotti persönlich gewesen.

Der Dirigent kehrte zurück, die Musik setzte erneut ein, und Beethoven schien dieser Zwischenfall nichts ausgemacht zu haben.

Können Sie sich in diesem Bild wiederfinden?

Ich schon. Ich werde uns „Fido" nennen. Und betrachten Sie Gott als den Maestro.

Stellen Sie sich den Augenblick vor, in dem wir seine Bühne betreten. Wir haben es bestimmt nicht verdient, dort zu sein. Vermutlich werden wir sogar die Musiker mit unserer Anwesenheit überraschen.

Die Musik wird so schön sein, daß wir nie etwas Herrlicheres gehört haben. Wir werden zwischen den Engeln umherstreifen und ihrem Gesang lauschen. Wir werden die Lichter des Himmels ansehen und vor Entzücken über ihren Glanz die Luft anhalten. Und wir werden uns neben den Maestro stellen und ihn unter seinem Blick anbeten . . . Das Unsichtbare sehen und für dieses Ereignis leben. Wir sind dazu hier auf der Erde, um unsere Ohren auf das Lied des Himmels einzustimmen, und wir sehnen uns – sehnen uns nach dem Augenblick, in dem wir an der Seite des Meisterdirigenten stehen.

Auch er wird uns willkommen heißen. Und er wird auch mit uns sprechen. Aber er wird uns nicht fortführen. Er wird uns auffordern zu bleiben und in alle Ewigkeit Gäste auf seiner Bühne zu sein.

Max Lucado, mit bestem Dank an Erik Ketcherside

Jimmy Durante

Es gibt eine wunderschöne Geschichte über Jimmy Durante, einen der großen Entertainer der letzten Generation. Er wurde gebeten, in einer Show für die Veteranen des Zweiten Weltkriegs mitzuwirken. Auf die Anfrage antwortete er, sein Terminplan sei sehr eng, und er könne nur wenige Minuten erübrigen, aber wenn der Veranstalter einverstanden wäre, würde er einen kurzen Monolog bringen und unmittelbar nach seinem Auftritt zu seinem nächsten Termin weiterfahren. Der Veranstalter war natürlich damit einverstanden.

Doch als Jimmy die Bühne betrat, passierte etwas sehr Interessantes. Er trug seinen kurzen Monolog vor – und blieb. Der Applaus wurde immer stärker, und er blieb noch immer. Schon bald hatte er fünfzehn, zwanzig und schließlich dreißig Minuten auf der Bühne gestanden. Doch dann war es soweit: Er verbeugte sich ein letztes Mal und ging.

Hinter der Bühne sprach ihn jemand an. „Ich dachte, Sie hätten nur so wenig Zeit. Was ist passiert?"

Jimmy antwortete: „Ich hätte auch dringend gehen müssen, aber ich kann Ihnen zeigen, warum ich geblieben bin. In der ersten Reihe können Sie sehen, was mich so fasziniert hat."

In der ersten Reihe saßen zwei Männer, die beide im Krieg einen Arm verloren hatten, der eine den rechten, der andere den linken. Zusammen konnten sie klatschen – und das taten sie auch, laut und begeistert.

Tim Hansel

Der Tag, an dem Bart Simpson betete

Bart kam in der vierten Klasse nicht besonders gut zurecht. Als sein Buchbericht über die *Schatzinsel* in die Hosen ging, weil er nur den Titel und nichts über den Inhalt wußte, war das Maß voll. Der Lehrer berief eine Sitzung mit seinen Eltern und dem Schulpsychologen ein, und gemeinsam kamen sie zu dem Entschluß, daß Bart die vierte Klasse wiederholen sollte.

Bart war entsetzt! „Seht mich an", rief er. „Seht ihr die Aufrichtigkeit in meinen Augen? Seht ihr die Überzeugung? Seht ihr die Angst? Ich schwöre, ich werde mir Mühe geben!" Immerhin gibt es für einen Zehnjährigen nichts Schlimmeres als die Aussicht, noch ein Jahr länger in die Schule gehen zu müssen.

Aber Bart heckte einen Plan aus. Er machte einen Deal mit einem intelligenten Schüler namens Martin. Er würde Martin beibringen, wie man cool war, wenn Martin ihm helfen würde, seine nächste Klausur in Geschichte zu schaffen. Diese Arbeit war enorm wichtig, da er die Klasse nicht zu wiederholen brauchte, wenn er sie bestand.

Bart brachte Martin auch tatsächlich die wichtigsten Punkte bei, die man beherrschen mußte, um cool zu sein – auf Kommando rülpsen, Graffiti auf Garagentore sprühen und mit einer Steinschleuder auf nichtsahnende Mädchen schießen. Und Martins Beliebtheitsgrad in der Schule steigerte sich auch tatsächlich – er wurde so beliebt, daß er keine Zeit mehr hatte, Bart beim Lernen zu helfen.

Und nun stellen Sie sich folgendes vor: Es war der Abend vor der großen Klausur. Bart saß an seinem Schreibtisch, starrte auf ein geöffnetes Buch und versuchte zu lernen, als ihm plötzlich die schreckliche Erkenntnis kam, daß es zu spät war. Es war unmöglich, an einem Abend alles Wissen in seinen Kopf zu stopfen.

Schließlich sah seine Mutter zur Tür herein und sagte: „Es ist schon sehr spät, Bart. Du mußt jetzt ins Bett."

Langsam schloß Bart das Buch. Da die Klausur unmittelbar bevorstand, schien ihm kein Ausweg mehr offen. An diesem Abend fiel er auf die Knie und betete zu Gott.

„Es ist hoffnungslos!" sagte er. „Nun, Alter, ich schätze, das ist das Ende. Ich weiß, ich bin kein guter Junge gewesen, aber wenn ich morgen in die Schule gehe, werde ich die Arbeit verhauen und die Klasse wiederholen müssen. Ich brauche nur noch einen Tag, um zu lernen, Herr. Ich brauche deine Hilfe! Ein Lehrerstreik, ein kleiner Stromausfall, ein Schneesturm - alles, wenn es nur bewirkt, daß morgen die Schule ausfällt. Ich weiß, das ist ziemlich viel verlangt, aber wenn jemand es schaffen kann, dann du. Ich danke dir im voraus, dein Kumpel Bart Simpson."

Szenenwechsel. Wir stehen nun draußen vor Barts Haus. Die Lichter in seinem Zimmer gehen aus. Es ist kalt und dunkel. Wenige Minuten später fällt sanft eine Schneeflocke zu Boden. Dann eine weitere. Und noch eine. Plötzlich wirbelt eine Unmenge von Schneeflocken herab; der größte Schneesturm in der Geschichte der Stadt!

Im Hintergrund ertönt ein lautes „Halleluja!"

Am folgenden Tag fiel die Schule aus. Bart kämpfte gegen die Versuchung an, mit seinen Freunden zum Schlittenfahren zu gehen, und lernte statt dessen. Am Tag danach wurde der Test geschrieben. Bart gab sein Bestes, doch ein Punkt fehlte. Es sah so aus, als hätte er es doch nicht geschafft - bis er im letzten Augenblick auf wundersame Weise noch einen zusätzlichen Punkt bekam und eine vier Minus herausschlug.

Bart war so glücklich, daß er seinem Lehrer einen Kuß gab, bevor er aus der Tür stürzte. Sein Vater war so überwältigt von dem Ergebnis, daß er die Klausur an den Kühlschrank heftete und sagte: „Ich bin stolz auf dich, mein Junge."

Worauf Bart erwiderte: „Danke, Paps. Aber einen großen Teil davon habe ich Gott zu verdanken."

Lee Strobel
Siehe Erklärung im Anhang des Buches unter Anmerkungen.

An der Theke

Es waren wirklich schreckliche Osterferien gewesen. Als ich über den Flughafen ging, war mein Herz schwer von den Problemen, mit denen sich meine Tochter auseinandersetzen mußte. Ihr Mann, mit dem sie gerade ein Jahr verheiratet war, hatte sie verlassen, und sie war wie erstarrt vor Schock und Trauer. Außerdem hatte sie schreckliche Angst, in diesem Zustand ihrem verantwortungsvollen Posten als Fluglotse nicht mehr gerecht werden zu können.

Ich ging in ein Geschäft, um Souvenirs für meine Enkelkinder zu kaufen. Während die Angestellte die Kreditkarte eingab, fragte sie mich, wie mir ihr Heimatstaat gefallen hätte.

„Es ist wunderschön hier", erwiderte ich, „aber das sage ich von beinahe jedem Ort, den ich besuche."

„Ja", nickte sie, „Gott hat eine wunderschöne Welt für uns geschaffen, und wir dürfen uns daran freuen. Eine so unendliche Vielfalt. Was haben Sie in Ihrem Urlaub gesehen?"

Sofort traten mir die Tränen in die Augen. Der Schmerz war noch zu frisch. „Es war eigentlich kein Urlaub. Nur ein ernstes Familienproblem. Meine Tochter macht gerade eine sehr schwere Zeit durch. Ich lasse sie nur ungern allein", stammelte ich.

„Oh, aber Gott ist gut. Er wird für Ihre Tochter alles zum Besten wirken."

„Ich weiß", flüsterte ich unter Tränen, die ich nun nicht mehr zurückhalten konnte. Ich nahm die Sachen, die ich gekauft hatte, von der Theke. Und ich nahm mit mir die Auferstehungsmacht Christi – die Macht der Liebe Gottes, die ein verletztes Herz berühren und heilen kann.

Paula Kirk

Die Hand

Die Sonderausgabe einer Tageszeitung berichtet von einer Lehrerin, die ihre Erstklässler gebeten hatte, ein Bild von etwas zu zeichnen, für das sie dankbar sind. Ihr war klar, wie wenig es gab, für das diese Kinder aus einer armen Gegend tatsächlich dankbar sein konnten, und rechnete damit, daß die meisten von ihnen Bilder von einem Truthahn auf einem mit Essen überladenen Tisch malen würden. Vollkommen verblüfft war sie jedoch über das Bild des kleinen Douglas . . . eine ungeschickt gemalte Hand.

Aber wessen Hand? Die Klasse war fasziniert von diesem abstrakten Bild. „Das ist bestimmt die Hand Gottes, die uns das Essen gibt", meinte ein Kind. „Die Hand eines Farmers", sagte ein anderes, „weil er die Truthähne großzieht."

Als alle anderen schließlich wieder an der Arbeit waren, beugte sich die Lehrerin über Douglas' Tisch und fragte ihn, wessen Hand dies sei.

„Ihre Hand, Frau Lehrerin", murmelte er.

Sie erinnerte sich, wie sie Douglas, ein struppiges, einsames Kind, in einer Pause häufig an der Hand genommen hatte. Das tat sie auch bei den anderen Kindern immer wieder. Aber Douglas bedeutete es so viel.

Vielleicht sollten wir jeden Tag Thanksgiving feiern, Dank sagen nicht nur für die materiellen Dinge, die wir besitzen, sondern für die Gelegenheit, anderen etwas zu geben, wenn auch nur eine kleine Geste der Zuneigung.

Autor unbekannt

Veränderte Leben

Im Jahre 1921 wurde Lewis Lawes Gefängniswärter in Sing Sing. Damals saßen in dieser Strafanstalt Männer ein, die besonders schlimme Verbrechen begangen hatten. Als Gefängniswärter Lawes zwanzig Jahre später in den Ruhestand ging, hatten sich die Zustände in diesem Gefängnis grundlegend verändert. Diejenigen, die sich mit dem System beschäftigt hatten, sagten, diese Veränderung sei Lawes zu verdanken.

Als man ihn jedoch danach fragte, sagte er folgendes: „Ich verdanke alles meiner wundervollen Frau Catherine, die außerhalb der Gefängnismauern begraben liegt."

Catherine Lawes war eine junge Mutter von drei kleinen Kindern, als ihr Mann Gefängniswärter wurde. Alle warnten sie von Anfang an, sie sollte niemals ihren Fuß in dieses Gefängnis setzen, aber das machte keinen Eindruck auf Catherine! Das erste Basketballturnier innerhalb der Gefängnismauern erlebte sie mit . . . mit ihren drei kleinen Kindern setzte sie sich in der Sporthalle neben die Gefängnisinsassen.

Sie vertrat die Ansicht: „Mein Mann und ich werden uns um diese Männer kümmern, und ich bin fest davon überzeugt, daß sie uns nichts tun werden! Ich brauche keine Angst zu haben!"

Sie bestand darauf, die Männer und ihre Vorstrafen kennenzulernen. Als sie erfuhr, daß ein überführter Mörder blind war, besuchte sie ihn. Sie nahm seine Hand und sagte: „Beherrschen Sie Braille?"

„Was ist Braille?" fragte er.

Daraufhin brachte sie ihm die Blindenschrift bei. Später kam ein Taubstummer in dieses Gefängnis. Sie lernte die Zeichensprache, um sich mit ihm verständigen zu können. Viele sagten,

Catherine Lawes sei eine weibliche Ausgabe von Jesus, die von 1921 bis 1937 in Sing Sing gewirkt habe.

Im Jahr 1937 kam Catherine bei einem Autounfall ums Leben. Am Tag darauf erschien Lewis Lawes nicht zur Arbeit; ein anderer Wärter nahm seinen Platz ein. Die Männer schienen sofort zu wissen, daß etwas nicht stimmte.

Ihr Körper lag in einem Sarg in ihrer Wohnung aufgebahrt, etwa einen Kilometer von dem Gefängnis entfernt. Als der Wärter an diesem Morgen seine Runde machte, entdeckte er entsetzt eine große Menge der brutalsten und zähesten Verbrecher, die sich wie eine Herde Schafe vor dem Haupttor versammelt hatte. Beim Näherkommen jedoch bemerkte er die Tränen und die Traurigkeit in ihren Augen.

Da er wußte, wie sehr sie Catherine geliebt hatten, stellte er sich vor die Männer und sagte: „Also gut, Männer, ihr könnt zu ihr gehen. Seht nur zu, daß ihr heute abend alle wieder da seid!"

Damit öffnete er das Tor, und die Kriminellen marschierten ohne Bewacher zu Catherine Lawes Haus, um ihr die letzte Ehre zu erweisen.

Und alle kamen wieder ins Gefängnis zurück. Alle!

Tim Kimmel

Umarmungen

Eine Umarmung ist das ideale Geschenk.
Sie hat eine Größe, die allen paßt,
und niemand hat etwas gegen einen Umtausch einzuwenden.

Der Spaziergänger

Ich sah ihn fast an jedem Morgen, wenn ich zum Wohnzimmer-fenster hinausblickte. Er gehörte einfach zu meinem Tag dazu. Leicht gebückt zog er ein Bein ein wenig nach. Sein Fuß war so verdreht, daß er mehr auf der Seite seines Fußes ging als auf der Fußsohle. Ich schätzte ihn auf etwa achtzig Jahre. Er trug nur ein Flanellhemd. Wenn ich an kalten Wintertagen seinen Atem sehen konnte, fragte ich mich, ob ihm wohl kalt war.

Als ich eines Morgens im Garten arbeitete, sah ich den alten Mann lächeln. Er strich einem Jungen, der auf dem Weg in die Schule war, über den Kopf.

„Jetzt oder nie", beschloß ich und faßte Mut, die Straße zu überqueren und mich ihm vorzustellen.

Seine blassen blauen Augen wurden lebendig, und er lächelte, dieses Mal für mich. „Meine Frau und ich kommen aus der Schweiz. Wir gingen zuerst nach Kanada, danach kamen wir nach Amerika, aber das ist schon viele Jahre her", erzählte er mir. „Wir haben sehr hart gearbeitet, um uns eine Farm zu kaufen. Ich spreche nicht sehr gut Englisch, darum habe ich mir die ersten Lesebücher der Kinder besorgt und heimlich gelernt", lachte er. Er blickte zu der Grundschule hinter dem Zaun, und sein Gesicht wurde traurig. „Wir hatten keine eigenen Kinder."

An diesem Tag dachte ich noch viel über dieses Gespräch nach. Ich war tief berührt von der Einsamkeit, die in seiner Stimme lag, als er mir von den wenigen noch verbliebenen Verwandten in sei-nem viele tausend Kilometer entfernten Heimatland erzählte.

„Meiner Frau geht es gesundheitlich nicht besonders gut", erzählte er mir, als ich ihn nach ihr fragte.

Ich wollte sofort einspringen, ihm Hilfe anbieten, ein Freund sein, aber ich hatte mich diesem Fremden bereits aufgedrängt.

Zurückhaltung war jetzt angesagt. Ich deutete auf mein Haus. „Bitte", sagte ich und überließ ihm damit den nächsten Schritt, „kommen Sie doch einmal zu einer Tasse Kaffee vorbei, wenn Sie wieder hier spazierengehen."

Danach sah ich ihn lange nicht mehr wieder, aber ich dachte häufig an ihn. War er ans Haus gefesselt oder krank? Hatte sich der Gesundheitszustand seiner Frau plötzlich verschlechtert? Wenn ich nur seinen Namen kennen würde oder wüßte, wo er wohnte! Meine Einladung verspottete mich jetzt. Sie war unpassend gewesen.

Monate zogen ins Land, bis ich ihn wiedersah. Während einer Besorgung und nur fünfzehn Minuten von unserem Haus entfernt sah ich plötzlich das vertraute Hinken. Er bewegte sich langsam, mit hängenden Schultern und den einen Fuß so verdreht, daß die Ferse kaum den Boden berührte. Sein blasses Gesicht war noch schmaler, als ich es in Erinnerung gehabt hatte, aber seine Augen funkelten noch immer, und er lächelte mich fröhlich an, als ich mich erneut vorstellte. Ich erfuhr, daß sein Name Paul war.

„Ich laufe nicht mehr so weit wie früher", erklärte er. „Meine Frau . . . ich kann sie nicht so lange allein lassen. Ihr Gedächtnis läßt sie im Stich", sagte er und verzog das Gesicht. „Sie vergißt alles." Er deutete auf ein grün-weißes Holzhaus auf der anderen Straßenseite und sagte: „Hätten Sie Lust, sich meine Zeichnungen anzusehen?"

„Ich muß leider meinen Wagen von der Werkstatt abholen", erklärte ich bedauernd, „aber ich würde sie mir gern ein anderes Mal ansehen."

„Dann kommen Sie doch heute abend." Er blickte mich hoffnungsvoll an.

„Oh ja", erwiderte ich. „Ich komme gern heute abend."

Der scharfe Geruch von feuchten Tannennadeln hing in der kühlen, feuchten Abendluft. Paul stand erwartungsvoll am Fenster. Als er die Tür öffnete, konnte ich an seinen Augen sehen, wie sehr er sich nach Gesellschaft sehnte.

Seine Frau, eine schlanke und zerbrechlich wirkende Dame, kam aus der Küche und strich sich einige weiße Haarsträhnen aus dem Gesicht. „Kommen Sie herein, kommen Sie herein", sagte sie mit einem anmutigen Lächeln. Sie streckte mir ihre abgearbeitete Hand entgegen.

„Das", stellte Paul vor, „ist meine Frau Bertha." Er richtete sich stolz auf. „Wir sind sechsundfünfzig Jahre verheiratet."

An diesem Abend sah ich mir Pauls Bleistift- und Tuschezeichnungen an. Wir gingen von Zimmer zu Zimmer. In bescheidenen Rahmen hingen die Bilder an den Wänden, andere waren in Schubladen verstaut. Da waren Skizzen von berühmten Persönlichkeiten, Landschaften – alles, was seine Phantasie ihm eingab. Und jedes Bild hatte seine Geschichte.

Die anrührendste Geschichte war die seines eigenen Talentes, das von den Menschen seiner Generation verkannt worden war. „Es bringt kein Brot auf unseren Tisch", hatte sein Vater ihm gesagt. „Wenn du herumsitzt und zeichnest, wirst du nie etwas erreichen."

Seine Mutter war gestorben, als er neun Jahre alt gewesen war. Er erinnerte sich noch, wie sie ihn mit ihrem Stock antippte, wann immer sie ihn mit Block und Bleistift am Tisch sitzen sah. „Mach dich nützlich. Verschwende nicht deine Zeit", schimpfte sie.

Als wir in die Küche zurückkehrten, wollte mir Bertha etwas Gutes tun. „Ich wünschte, ich könnte Ihnen ein paar Kekse anbieten. Aber ich kann nicht mehr so kochen wie früher."

„Ich könnte nichts herunterbringen", erwiderte ich. „Ich habe gerade zu Abend gegessen."

Dreimal in der Woche bekamen sie „Essen auf Rädern". „Wir schaffen nicht soviel auf einmal. Das reicht noch für den nächsten Tag. Bis auf Montags. Montags versuchen wir, uns selbst etwas zu kochen."

Ich sollte noch eine Weile bleiben. Wir setzten uns und plauderten miteinander. Eine seltsame Würde erfüllte ihr Haus.

Am folgenden Montag öffnete Paul mir wieder die Tür. Sein Blick fiel auf das Tablett in meiner Hand. Er war froh, daß ich gekommen war, aber sein zusammengekniffener Mund sagte mir, daß es Probleme gegeben hatte.

Bertha, blaß und verstört, faßte sich allmählich wieder. „Uns geht es heute nicht so gut. Ich habe Probleme mit meinem Gedächtnis." Sie hob in einer hilflosen Geste die Hände. „Ich weiß auch nicht, was es ist . . . vermutlich das Alter!"

Sie führten mich in die Küche. Dosensuppe war über den Herd verschüttet.

Pauls Hände zitterten, als er mir das Loch in seinem Hemdsärmel zeigte, das er sich hineingebrannt hatte, als er versuchte, für sich und seine Frau eine Mahlzeit zu bereiten. Der Wutausbruch, der durch mein Erscheinen eingedämmt worden war, hatte seinen Tribut gefordert. Er legte die Hand an die Stirn und seufzte. Allmählich fand er sein Gleichgewicht wieder. „Es ist nur so, daß sie mich manchmal so aufregt", sagte er, während er Messer und Gabel auf den Tisch legte. Ich stellte das Essen, das ich für sie gekocht hatte, auf den Tisch.

Bertha überlegte noch immer, wo sie den Holzlöffel hingelegt hatte, den er gar nicht mehr brauchte, und das Herz tat mir weh für sie.

Die Gebrechen des Alters, die Reizbarkeit, Frustrationen, Begrenzungen und Ängste waren ihnen an diesem Morgen über den Kopf gewachsen.

Mitfühlend griff ich nach Berthas zitternder Hand. „Wollen wir uns nicht hinsetzen und beten?" fragte ich.

„Oh ja!" rief Bertha. „Das müßten wir öfter machen."

Nachdem ich für sie gebetet hatte, sah ich auf. Dankbarkeit und Erleichterung war auf ihren Gesichtern zu lesen. Alle Spannung war fort. Ich umarmte beide und freute mich an ihrer Umarmung.

„Sie sind so gut zu uns", sagte Paul, als er zum Eßzimmertisch ging und seiner Frau einen Stuhl zurechtschob.

Nein, dachte ich, *Gott ist so gut zu mir. Er hat mich miterleben lassen, wie er zwei Menschen, die er sehr liebt, geholfen hat.*

Wie sehr bin ich dadurch gesegnet worden. Ich wollte ihr Freund sein, und Gott hat mir meinen Herzenswunsch erfüllt.

Hester Tetreault

Nur ein behindertes Kind

Ich wurde gebeten, zu einem Ferienlager mitzufahren. Jeder sollte einmal ein solches Ferienlager mitmachen – nur einmal. Die Vorstellung Elf- bis Vierzehnjähriger von „Spaß" ist, andere Leute zu ärgern. Und in diesem besonderen Lager gab es einen kleinen Jungen, der an einer spastischen Lähmung litt.

Sein Name war Billy. Ausgerechnet ihn hatten sie auf dem Kieker. Oh ja, sie hatten ihn tatsächlich auf dem Kieker. Wenn er durch das Lager ging, marschierten sie hinter ihm her und ahmten seine grotesken Bewegungen nach. Ich beobachtete ihn eines Tages, wie er nach dem Weg fragte. „Wie . . . finde . . . ich . . . den . . . Werkzeugladen?" stammelte er mit verzerrtem Mund.

Und die Jungen ahmten sein mühsames Gestammel nach: „Dort . . . drüben . . . Billy." Und dann lachten sie ihn aus. Ich war schrecklich wütend.

Aber meine Wut erreichte am Donnerstag morgen ihren Höhepunkt, als Billys Hütte an der Reihe war, die Andacht zu halten. Ich fragte mich, was passieren würde, weil sie ausgerechnet Billy zu ihrem Sprecher gewählt hatten. Ich wußte, sie wollten sich nur wieder über ihn lustig machen.

Während er sich nach vorne schleppte, hörte man bereits das Kichern in der Menge. Billy brauchte beinahe fünf Minuten, um sieben Worte herauszubringen.

„Jesus . . . liebt . . . mich . . . und . . . ich . . . liebe . . . Jesus."

Als er fertig war, herrschte Totenstille. Ich sah über die Schulter zurück und stellte fest, daß einige Jungen weinten. Nach Billys kurzem Zeugnis gab es in diesem Ferienlager eine echte Erweckung. Und bei meinen Reisen in der ganzen Welt werde ich immer wieder von Missionaren und Predigern angesprochen, die sagen: „Erinnern Sie sich? Ich habe mich in diesem Ferienlager bekehrt." Wir Helfer hatten alles Mögliche versucht, um diese Kinder für Jesus zu interessieren. Wir haben sogar Baseballspieler ins Lager geholt, deren Trefferquote in die Höhe geschnellt war, seit sie zu beten begonnen hatten. Aber Gott hatte beschlossen, keinen dieser Superstars zu gebrauchen. Er wählte sich statt dessen ein behindertes Kind, das den Geist des Hochmuts brach. So ein Gott ist er.

Tony Campolo

Noch mal von vorn

*Oh Gott der zweiten Chancen
und Neuanfänge,
hier stehe ich . . . schon wieder.*
Nancy Spiegelberg

Tugenden

Sich in der Mitte halten

*Die Kinder arbeiteten lang und schwer
an ihrer eigenen kleinen Hütte.
Es sollte ein ganz besonderer Ort werden – ein Clubhaus –,
wo sie zusammenkommen, wo sie einfach lachen, spielen
und Spaß haben konnten. Lange dachten sie über die Regeln nach,
die sie für dieses Haus aufstellen wollten,
und schließlich einigten sie sich auf drei griffige Regeln:
1. Niemand tut sich groß.
2. Niemand macht sich klein.
3. Alle halten sich in der Mitte.*

Leslie B. Flynn

Valentinsgeschenke

Der kleine Chad war ein schüchterner, stiller Bursche. Eines Tages kam er nach Hause und sagte seiner Mutter, er würde gern jedem Kind in seiner Klasse ein Valentinsgeschenk machen. Das gefiel ihr gar nicht. Sie dachte: *„Ich wünschte, das würde er nicht tun!"* weil sie die Kinder auf dem Heimweg von der Schule beobachtet hatte. Ihr Chad lief immer hinter ihnen her. Sie lachten, scherzten und plauderten miteinander. Aber Chad wurde nie miteinbezogen. Trotzdem beschloß sie, ihrem Sohn zu helfen. Sie kaufte also Papier, Kleber und Stifte. Drei Wochen lang saß Chad Abend für Abend an seinem Schreibtisch und bastelte fünfunddreißig Valentinsgeschenke.

Als der Valentinstag anbrach, war Chad außer sich vor Aufregung! Sorgfältig packte er seine Geschenke in eine Tasche und sauste zur Tür hinaus. Seine Mutter beschloß, ihm seine Lieblingskekse zu backen und sie ihm noch warm mit einem kühlen Glas Milch zu servieren, wenn er aus der Schule nach Hause kam. Sie wußte einfach, daß er enttäuscht sein würde . . . vielleicht würde das seinen Schmerz ein wenig lindern. Es tat ihr weh zu denken, daß er nicht viele Valentinsgeschenke bekommen würde – vielleicht gar keines.

An diesem Nachmittag standen die Kekse und die Milch auf dem Tisch bereit. Als sie die Kinder draußen hörte, sah sie zum Fenster hinaus. Da kamen sie, lachend und scherzend. Und wie immer lief Chad hinter ihnen her. Er ging ein wenig schneller als gewöhnlich. Sie rechnete fest damit, daß er in Tränen ausbrechen würde, sobald er zur Tür hereinkam. Seine Arme waren leer, bemerkte sie, und als sie ihm die Tür öffnete, mußte sie die Tränen unterdrücken.

„Mami hat warme Kekse und Milch für dich."

Aber er hörte ihre Worte kaum. Mit strahlendem Gesicht marschierte er an ihr vorbei, und alles, was er herausbrachte, war:

„Keinen einzigen . . . keinen einzigen."

Und dann fügte er hinzu: „Ich habe keinen einzigen vergessen, nicht einen einzigen!"

Dale Galloway

Entscheidung

Dr. Victor E. Frankl, Überlebender von Auschwitz und anderer Nazi-Gefängnisse, schreibt zum Leben in den Konzentrationslagern Hitlers:

„Wir, die wir in Konzentrationslagern gelebt haben, erinnern uns gut an die Männer, die durch die Baracken gegangen sind, um andere zu trösten, und die ihr letztes Stück Brot weggegeben haben.

Es waren wenige, aber sie sind der lebende Beweis dafür, daß einem Menschen alles genommen werden kann außer einem: die letzte der Freiheiten des Menschen – die Entscheidung, welche Haltung man in jeder einzelnen Situation einnehmen möchte; die Entscheidung, den eigenen Weg zu bestimmen."

Victor E. Frankl

Ein Anfang

Wir kennen ein wohlhabendes Ehepaar in Dallas, das sich wirklich darum bemüht hat, seinen Kindern das Dienen nahezubringen. Jahrelang hatten die Kinder alles bekommen, was sie wollten. Sie waren so daran gewöhnt, ihre Bedürfnisse von anderen erfüllen zu lassen, daß die Vorstellung des „Dienens" ihnen wie ein Begriff aus dem Mittelalter vorkam . . . oder vom Mars.

Als dem Vater dieser Familie das klar wurde, beschloß er, etwas zu tun. Es zwar schon ziemlich spät dafür, aber immerhin noch besser, als gar nicht mit dem Dienen anzufangen.

Eine Woche vor den Ferien verkündete er also seiner Familie: „An diesem Thanksgiving werden wir mal etwas ganz anderes machen."

Seine Teenager horchten auf. Eine solche Ankündigung bedeutete normalerweise immer etwas Exotisches wie zum Beispiel Paragliding auf den Bahamas.

Aber dieses Mal nicht. „Wir werden hinunter in die Stadtmission fahren", erklärte er, „und einigen armen und heimatlosen Menschen ein leckeres Essen servieren."

„Wir tun was?"

„Komm schon, Papa, du machst Witze . . . nicht? Sag uns, daß das ein Scherz ist."

Aber er meinte es durchaus ernst. Alle fügten sich seinem Entschluß, aber sie waren absolut nicht glücklich damit. Aus irgendeinem Grund hatte ihr Vater „seltsame Anwandlungen" bekommen, und offensichtlich mußte er sich einmal austoben. In einer Missionsstation dienen! Und wenn ihre Freunde nun davon erfuhren?

Niemand hätte voraussagen können, was an diesem Tag passierte. Und niemand in der Familie konnte sagen, wann sie schon einmal soviel Spaß miteinander gehabt hatten. Geschäftig rannten sie in der Küche umher, stellten Truthahn und Soße auf den Tisch, schnitten den Kürbiskuchen an und füllten zahllose Kaffeetassen. Sie lachten mit den Kindern und hörten zu, wie die alten Leute von früheren Zeiten erzählten.

Der Vater war hocherfreut (wenn nicht sogar verblüfft) über die Reaktion seiner Kinder. Aber nichts hätte ihn auf die Bitte vorbereiten können, die sie wenige Wochen später vorbrachten.

„Papa . . . wir möchten auch das Weihnachtsessen in der Mission kochen!"

Und das taten sie auch. Wie die Kinder gehofft hatten, kamen einige derselben Leute, die sie bereits zu Thanksgiving kennengelernt hatten. Sie hatten vor allem an eine arme Familie gedacht, und alle strahlten, als sie sie unter den Gästen entdeckten. Seither unterhält die Familie mehrere Kontakte zu bedürftigen Familien. Die verwöhnten Teenager krempelten mehr als einmal ihre Ärmel hoch, um der Familie aus einer der ärmeren Gegenden von Dallas zu helfen.

Auch zu Hause war eine deutliche Veränderung festzustellen. Die Kinder schienen nicht mehr alles als selbstverständlich hinzunehmen. Ihre Eltern fanden, daß sie ernster geworden waren . . . verantwortungsbewußter.

Ja, es war ein später Anfang, aber es war ein Anfang.

Gary Smalley und John Trent

Wie ist es in Ihrer Stadt?

Es war einmal ein alter und sehr weiser Mann. Jeden Tag saß er in seinem Schaukelstuhl vor einer Tankstelle und grüßte die Autofahrer, die durch seine kleine Stadt fuhren. An diesem besonderen Tag setzte sich seine Enkelin zu seinen Füßen und leistete ihm Gesellschaft.

Als sie so dasaßen und die Leute beobachteten, kam ein sehr großer Fremder, der ein Tourist sein mußte – da sie alle Einwohner der kleinen Stadt kannten –, und sah sich um, als suche er einen Platz zum Bleiben.

Der Fremde kam zu ihnen und fragte: „Was für eine Stadt ist das hier?"

Der alte Mann wandte sich langsam dem Fremden zu und erwiderte: „Nun, aus was für einer Stadt kommen Sie?"

Der Tourist antwortete: „In der Stadt, aus der ich komme, sind alle ihren Mitbewohnern gegenüber sehr kritisch. Die Menschen reden übereinander. Es ist wirklich kein schöner Ort zum Leben. Ich bin sehr froh, dort wegziehen zu können."

Der Mann in dem Schaukelstuhl blickte den Fremden an und sagte: „Wissen Sie, hier in dieser Stadt ist es genauso."

Etwa eine Stunde später hielt eine Familie auf der Durchreise an der Tankstelle an, um zu tanken. Der Wagen bog ab und rollte langsam zu dem Platz, wo der alte Herr mit seiner Enkelin saß. Die Mutter sprang mit ihren zwei kleinen Kindern aus dem Wagen und fragte nach der Toilette. Der Mann in dem Schaukelstuhl deutete auf ein kleines Schild, das lose an einem Nagel hing. Der Vater stieg ebenfalls aus dem Wagen aus und fragte den Mann: „Ist diese Stadt ein guter Ort zum Leben?"

Der Mann in dem Schaukelstuhl erwiderte: „Aus was für einer Stadt kommen Sie? Wie ist sie?"

Der Vater blickte den Mann an und sagte: „Nun, in der Stadt, aus der wir kommen, stehen sich alle sehr nahe, und jeder ist bereit, seinem Nachbarn zu helfen. Wo immer man hingeht, wird man freudig willkommen geheißen. Es fällt mir sehr schwer, dort wegzuziehen. Ich habe beinahe das Gefühl, eine Familie zurückzulassen."

Der ältere Herr wandte sich dem Vater zu und lächelte ihn herzlich an. „Wissen Sie, so ist es auch in dieser kleinen Stadt." Daraufhin kehrte die Familie zu ihrem Wagen zurück, bedankte sich, winkte und fuhr davon.

Nachdem die Familie fortgefahren war, sah die Enkelin ihren Großvater an und fragte: „Opa, wie kommt es, daß du dem ersten Mann erzählt hast, unsere Stadt sei ein schrecklicher Ort, aber dieser Familie hast du gesagt, es sei wunderbar hier?"

Der Großvater schaute seine Enkelin liebevoll an und erwiderte: „Wo immer man hingeht, man bringt seine Einstellung mit, und sie ist es, die einen Ort wunderschön oder schrecklich macht."

Kris Gray

Das Experiment

Catherine Marshall berichtet von einem Experiment, das ihr die Augen über sich selbst geöffnet hat.

Sie hatte dasselbe Problem wie die meisten von uns. Sie stellte nämlich fest, daß ihr Kritik an anderen sehr leicht über die Lippen kam.

Eines Morgens dachte sie über den Vers nach: „Darum laßt uns nicht mehr einer den anderen richten" (Römer 14,13). Sie hatte das Gefühl, sie sollte einmal einen ganzen Tag lang versuchen, keinerlei Kritik zu üben.

Natürlich versuchte sie, dieses Gefühl zu ignorieren. Aber der Gedanke ging ihr nicht aus dem Sinn. Darum begann sie, ihre kritische Einstellung vor sich selbst zu rechtfertigen: „Müssen wir denn nicht den Verstand, den Gott uns gegeben hat, auch einsetzen? Ist es nicht unsere Aufgabe zu analysieren und zu bewerten – auch wenn das Ergebnis nicht immer positiv ausfällt?"

Aber der innere Drang wurde immer stärker, wenn sie sich auch noch immer dagegen wehrte. Und schließlich gab sie nach. Sie war bereit, dieses Experiment zu wagen – aber nur einen Tag lang. Einen Tag lang würde sie sich jeder Kritik enthalten.

Den ganzen Vormittag über fragte sie sich, was am Ende des Tages wohl dabei herauskommen würde. Das Mittagessen mit ihrem Mann und ihren Freunden verlief normal, abgesehen davon, daß eine Person – nämlich Catherine – ungewöhnlich schweigsam war. Sie schwieg nicht bewußt, sie wollte nur nicht kritisieren. Es erstaunte sie selbst zu sehen, wieviel Kritisches ihre Gesprächsbeiträge enthielten. Sie war nur deshalb still, weil sie nichts zu der Unterhaltung beitragen konnte, das keine Kritik enthielt. Darum schwieg sie, und niemand schien es zu bemerken. Das war ein Schlag für ihr Selbstwertgefühl.

Am Spätnachmittag dann ereignete sich etwas Seltsames. Kreative Ideen gingen ihr durch den Sinn in einer Art, wie sie es lange schon nicht mehr erlebt hatte.

Am Ende des Tages staunte sie über das, was sie alles erlebt hatte, weil sie einmal bewußt ihre kritische Einstellung unterdrückt hatte. Sie hatte einen mutmachenden Brief an eine Freundin geschrieben und dem Drang nachgegeben, für einen Studenten zu beten. Auch war ihr klargeworden, daß sie ihr Kind für eine bestimmte Sache um Vergebung bitten sollte. All das kam ihr in den Sinn, weil keine negativen Gedanken diese positiven Ideen blockierten.

Catherines Experiment wurde zu einer Lebenseinstellung.

Catherine Marshall, erzählt von Marilyn K. McAuley

Es ist doch wirklich egal

Die Jugendlichen der Shively Christian Church, die von Jugendpastor Dave Stone betreut wurden, lagen im heftigen Wettstreit
mit der Nachbargemeinde, den Baptisten – vor allem im Soft-
ballspielen. Auch nahmen sie ihr Christentum sehr ernst. Treu
besuchten sie das Sommerlager, das ihr Jugendpastor Jahr für
Jahr durchführte.

In einer Woche ging es in der Bibelarbeit um Johannes 13, wo
Jesus seinen Jüngern die Füße wäscht. Um das Dienen praktisch
werden zu lassen, teilte der Jugendpastor die Jugendlichen in
Gruppen ein.

„Ich möchte, daß ihr euch während der kommenden zwei
Stunden einmal wie Jesus verhaltet", sagte er. „Wenn Jesus hier
wäre, was würde er tun? Überlegt euch, wie er den Menschen um
euch her helfen würde."

Zwei Stunden später trafen sich die Jugendlichen in Pastor Sto-
nes Wohnzimmer, um zu berichten, was sie erlebt hatten.

Eine Gruppe hatte zwei Stunden lang für einen älteren Mann
den Garten umgegraben. Eine andere Gruppe hatte Eiscreme
gekauft und sie zu mehreren Witwen in der Gemeinde gebracht.
Eine dritte Gruppe hatte ein Gemeindemitglied im Krankenhaus
besucht und ihm eine Karte gebracht. Die vierte Gruppe ging zu
einem Pflegeheim und sang Weihnachtslieder – jawohl, Weihnachtslieder mitten im August. Einer der Insassen bemerkte, es
sei das wärmste Weihnachten gewesen, das er je erlebt hätte.

Doch als die fünfte Gruppe von dem berichtete, was sie getan
hatte, stöhnten alle. Diese Gruppe war zu ihrem Erzrivalen, der
Baptistengemeinde, gegangen und hatte den Pastor gefragt, ob er
jemanden kennen würde, dem sie helfen könnten. Der Pastor
hatte sie zu einer älteren Dame geschickt, die Hilfe bei der Gar-

tenarbeit brauchte. Zwei Stunden lang hatten sie Rasen gemäht, den Hof gekehrt und Hecken geschnitten.

Als sie gehen wollten, rief die Dame die Gruppe zusammen und dankte ihr für die Hilfe. „Ich weiß nicht, wie ich es ohne euch geschafft hätte", sagte sie. „Ihr Jugendlichen aus der Baptistengemeinde seid meine Rettung gewesen."

„*Der Baptistengemeinde?*" unterbrach Pastor Stone. „Ich hoffe doch, daß ihr sie korrigiert und ihr gesagt habt, daß ihr von uns kommt."

„Nein, das haben wir nicht", erwiderten die Jugendlichen. „Wir fanden, das ist doch wirklich egal."

Charles Colson

Denkmäler

In Hiwatha im Staate Kansas steht auf dem Friedhof eine seltsame Gruppe von Grabmälern. Ein Mann namens Davis, ein Farmer und Selfmade-Mann, hatte sie aufstellen lassen. Er hatte als Tagelöhner angefangen und es durch harte Arbeit und eiserne Sparsamkeit geschafft, ein Vermögen zusammenzutragen. Dabei hatte sich der Farmer jedoch keine Freunde gemacht. Auch hatte er kaum Kontakt zu der Familie seiner Frau, da sie ihn in ihre Kreisen nicht aufgenommen hatte. Verbittert schwor er sich, der Familie seiner Frau nicht einen roten Heller zu hinterlassen.

Als seine Frau starb, ließ Davis zur Erinnerung an sie ein kunstvoll gearbeitetes Grabmal errichten. Er beauftragte einen Steinmetz, ein Grabmal zu schaffen, das sie und ihn auf einem Sofa darstellen sollte. Von dem Ergebnis war er so begeistert, daß er eine weitere Statue in Auftrag gab – dieses Mal von ihm, wie er an ihrem Grab kniete und einen Kranz darauf legte. Diese Statue beeindruckte ihn so sehr, daß er ein drittes Grabmal plante, dieses Mal von seiner Frau, die an seiner zukünftigen Grabstätte kniete und einen Kranz darauf legte. Der Steinmetz sollte ihr Flügel auf den Rücken arbeiten, da sie aussehen sollte wie ein Engel. Eine Idee führte zu einer anderen, so daß er schließlich knapp eine Viertelmillion Dollar für Statuen von sich und seiner Frau ausgegeben hatte!

Wann immer jemand aus der Stadt ihn für ein Projekt für das Allgemeinwohl (ein Krankenhaus, einen Park, ein Schwimmbad für die Kinder oder ein öffentliches Gebäude) zu interessieren suchte, runzelte der alte Geizkragen die Stirn, schob das Kinn vor und rief: „Was hat diese Stadt jemals für mich getan? Ich schulde ihr gar nichts!"

Nachdem er sein gesamtes Geld für Steinstatuen ausgegeben

hatte, starb John Davis im Alter von 92 Jahren im Armenhaus. Aber seine Denkmäler . . . das ist seltsam . . . Jedes einzelne versinkt langsam im Boden, wird ein Opfer der Zeit, des Vandalismus und der Vernachlässigung. Ein Mahnmal der Boshaftigkeit. Traurige Erinnerungen an ein selbstsüchtiges, mitleidloses Leben. Es liegt eine gewisse poetische Gerechtigkeit in der Tatsache, daß in wenigen Jahren alle Denkmäler fort sein werden.

Ach übrigens, nur sehr wenige Leute nahmen an Mr. Davis' Beerdigung teil. Es wird berichtet, daß eigentlich nur einer aufrichtig zu trauern schien – und das war Horace England . . . der Steinmetz.

Charles L. Allen

Hühner

Jack Londons wundervoller Klassiker *Wolfsblut* erzählt die Geschichte eines Tieres, halb Hund, halb Wolf. Es überlebt in der Wildnis und lernt schließlich, unter Menschen zu leben. Eine bestimmte Geschichte aus diesem Buch hat mich ganz besonders und nachhaltig beeindruckt.

Wolfsblut fraß für sein Leben gern Hühner, und bei einer Gelegenheit drang er in einen Hühnerstall ein und tötete fünfzig Hennen. Sein Herr, Weeden Scott, den Wolfsblut als eine Art Gott betrachtete und „von ganzem Herzen liebte", schimpfte ihn deswegen aus und brachte ihn dann in den Hühnerhof. Als Wolfsblut seine Lieblingsspeise vor sich im Hof umhermarschieren sah, folgte er seinem natürlichen Instinkt und sprang ein Huhn an. Sofort wurde er von der Stimme seines Herrn zurückgerufen. Sie blieben noch eine ganze Weile im Hühnerhof, und jedesmal, wenn Wolfsblut auf ein Huhn losgehen wollte, rief ihn die Stimme seines Herrn zurück. Auf diese Weise lernte er, was sein Herr von ihm wollte – er lernte, die Hühner zu ignorieren.

Weeden Scotts Vater war der Ansicht, man „könnte einen Hühnermörder nicht heilen", aber Weeden forderte ihn heraus, und sie kamen überein, Wolfsblut einen ganzen Nachmittag mit den Hühnern einzusperren und alleinzulassen.

In den Hof eingesperrt und dort von seinem Herrchen zurückgelassen, legte sich Wolfsblut hin und schlief ein. Als er aufwachte, ging er zur Tränke, um etwas Wasser zu trinken. Die Hühner ignorierte er. Was ihn betraf, existierten sie nicht. Gegen vier Uhr sprang er mit einem großen Satz auf das Dach des Hühnerstalles und auf der anderen Seite herunter, von wo aus er ernst und gemächlich zum Haus marschierte. Er hatte seine Lektion gelernt.

Aus dem Wunsch heraus, dem Willen seines geliebten Herrn gehorsam zu sein, überwand Wolfsblut seine natürlichen, ihm angeborenen Instinkte. Er hat den Grund vielleicht nicht verstanden, aber er hatte beschlossen, sich dem Willen seines Herrn zu beugen.

Tiergeschichten rühren an und verdeutlichen häufig eine tiefe Wahrheit. Die Klarheit von Wolfsbluts Zuneigung zu seinem Herrn half mir zu erkennen, daß es in meinem Leben immer eine Menge „Hühner" geben wird. Ich muß mir darüber klar werden, wem ich dienen will.

Anne Paden

Der Millionär
und die Putzfrau

Es gibt einen Millionär, der sein Büro im zweiten Stock des Gebäudes der First National Bank hat. Wenn er morgens in sein Büro geht, fährt er mit dem Aufzug hoch, aber wenn er sein Büro abends verläßt, nimmt er die Treppe.

Er ist ein sehr hochmütiger Mann, der früher arm war, aber dann aufgestiegen ist. Pünktlich am Ersten des Monats zahlt er seine Miete, und die Leute, die den Fahrstuhl führen, die Fenster putzen oder Kohle in die Öfen unter den Boilern schaufeln, ignoriert er. Auch beschenkt er keinen von ihnen zu Weihnachten mit einem Trinkgeld oder einem Truthahn.

In diesem Gebäude gibt es eine Frau, die die Treppen und die Flure schrubbt. Sehr oft ist er an ihr vorbeigegangen, aber erst vor kurzem hat er sie zum ersten Mal richtig wahrgenommen. Denn er trug die Nase stets recht hoch und überlegte, wie er weitere Millionen machen könnte.

An diesem Tag nun verließ er wie immer sein Büro und stieg die Treppe hinunter. Die Putzfrau befand sich im ersten Stock; sie hatte ganz oben begonnen, die Treppe zu putzen. Und auf der obersten Stufe lag in einer Pfütze ein großes Stück Seife. Der Millionär übersah sie.

Der Fuß, mit dem er darauf getreten war, rutschte nach Osten zum Sonnenaufgang, und der andere Fuß begann eine Expedition zum Sonnenuntergang. Der Millionär setzte sich auf die oberste Stufe, aber dort blieb er nicht. Wie es seine Absicht gewesen war, bewegte er sich nach unten, aber nicht so, wie er es ursprünglich vorgehabt hatte. Und während er nach unten polterte, schlug er auf jede Stufe wie eine Trommel.

Und die Putzfrau trat höflich beiseite und ließ ihn vorbei.

Unten angekommen, erhob er sich und überlegte, ob er in die

Verwaltung des Gebäudes eilen und die Entlassung der Putzfrau fordern sollte; doch dann würde er den Grund angeben müssen, und das würde große Belustigung unter den Beschäftigten in diesem Gebäude hervorrufen. Darum hielt er den Mund.

Aber seit diesem Tag nimmt er Notiz von der Putzfrau und geht mit großer Vorsicht an ihr vorbei.

Denn es ist niemand so hoch oder mächtig, daß er es sich leisten kann, einen seiner Mitmenschen zu ignorieren. Eine sehr demütige Putzfrau und ein ganz gewöhnliches Stück Seife können mit erstaunlicher Geschwindigkeit den Sinn eines großen Mannes von seinen Geschäftssorgen ablenken.

Darum denk über diese Dinge nach und fühle dich nicht zu hoch erhaben über die geringsten Kinder Gottes, damit du nicht eines Tages von deinem hohen Roß fällst und mit deinen Wunden davongehst und dich fragen mußt, ob sich die Putzfrau nicht ins Fäustchen lacht und viel fröhlicher an ihr Tagewerk geht, weil sie sich über dein Unglück freut.

Dies sind ernste Tage, und derjenige, der ein Lächeln auf das Gesicht einer Putzfrau zaubert, hat nicht umsonst gelebt.

William E. Barton

Das Zeichen

Der junge Mann saß allein im Bus und starrte fast die ganze Zeit aus dem Fenster. Er war etwa Mitte zwanzig, sah gut aus und hatte ein freundliches Gesicht. Sein dunkelblaues Hemd paßte zur Farbe seiner Augen. Sein Haar war kurz geschnitten und ordentlich frisiert. Gelegentlich wandte er sich vom Fenster ab.

Die Angst, die im Blick dieses jungen Mannes lag, rührte eine ältere Dame an, die auf der anderen Seite des Ganges saß. Der Bus näherte sich gerade dem Randgebiet einer kleineren Stadt. Sie fühlte sich so stark zu dem jungen Mann hingezogen, daß sie zu ihm hinging und ihn fragte, ob sie sich neben ihn setzen dürfe.

Nachdem sie ein wenig über das schöne Frühlingswetter geplaudert hatten, brach es aus ihm hervor: „Ich bin zwei Jahre im Gefängnis gewesen. Heute morgen bin ich entlassen worden, und ich fahre jetzt nach Hause."

Die Worte sprudelten nur so aus ihm hervor, und er erzählte der alten Dame, er sei in einer armen, aber sehr stolzen Familie aufgewachsen. Seine Verfehlung habe seiner Familie Schande und Herzeleid bereitet. In den ganzen zwei Jahren habe er nichts von ihnen gehört. Er wußte, daß sie zu arm waren, um in die Stadt zu reisen, wo er inhaftiert gewesen sei, und daß sie sich vermutlich scheuten, ihm zu schreiben, weil sie sich zu ungebildet fühlten. Nachdem er nie Antwort von ihnen bekam, hatte auch er schließlich aufgehört zu schreiben.

Drei Wochen vor seiner Entlassung hatte er in seiner Verzweiflung einen letzten Brief an seine Eltern geschickt. Er hatte ihnen geschrieben, wie leid es ihm tue, daß er sie enttäuscht hätte, und sie um Verzeihung gebeten. Nun sei er auf dem Weg in seine Heimatstadt – dieser Bus hielt unmittelbar vor dem Haus, in dem er aufgewachsen war und in dem seine Eltern noch immer lebten. In seinem Brief hatte er erklärt, er würde es verstehen, wenn sie ihm nicht verzeihen könnten.

Er wollte es ihnen leicht machen und hatte sie gebeten, ihm ein Zeichen zu geben, das er vom Bus aus sehen könnte. Wenn sie ihm verziehen hätten und ihn wieder zu Hause aufnehmen wollten, sollten sie ein weißes Band an den alten Apfelbaum im Vorgarten knüpfen. Wenn dieses Band nicht im Baum hing, würde er nicht aussteigen, sondern im Bus bleiben und für immer aus der Stadt und aus ihrem Leben verschwinden.

Als sich der Bus seiner Straße näherte, wurde der junge Mann immer ängstlicher und unruhiger. Er fürchtete sich, aus dem Fenster zu sehen, weil er sicher war, daß kein Band im Baum hängen würde.

Nachdem die Frau seine Geschichte angehört hatte, fragte sie einfach: „Würde es Ihnen helfen, wenn wir die Plätze tauschen und ich für Sie nach dem Zeichen Ausschau halte?"

Der Bus fuhr noch einige Straßen weiter, und plötzlich entdeckte sie den Baum. Sanft berührte sie die Schulter des jungen Mannes.

Nur mit Mühe die Tränen unterdrückend, sagte sie: „Sehen Sie doch nur! Oh sehen Sie! Der ganze Baum ist mit weißen Bändern geschmückt!"

Alice Gray

Ähnlichkeit

Wir sind Ungeheuern gleich, wenn wir töten.
Wir sind Menschen gleich, wenn wir verurteilen.
Wir sind Gott gleich, wenn wir vergeben.

Autor unbekannt

Dankbar in allem?

Matthew Henry ist ein bekannter Bibelausleger. Eines Tages wurde er beraubt, und an diesem Abend machte er den folgenden Eintrag in seinem Tagebuch:

Laß mich dankbar sein –
erstens, *weil ich noch nie zuvor beraubt worden bin,*
zweitens, *weil sie mir das Leben nicht genommen haben, auch wenn sie mir meine Brieftasche gestohlen haben,*
drittens, *weil sie mir zwar alles genommen haben, es jedoch nicht viel war, und*
viertens, *weil ich derjenige war, der beraubt wurde, nicht derjenige, der geraubt hat.*

Matthew Henry

Der barmherzige Samariter

Ein Seminarprofessor führte in seiner Predigtklasse ein unge-wöhnliches Experiment durch. Er gab seinen Studenten die Auf-gabe, eine Predigt über das Gleichnis vom barmherzigen Samari-ter vorzubereiten. An dem festgelegten Tag sollten die Studenten nacheinander von einem Klassenraum zum nächsten gehen und ihre Predigt halten. Einigen Studenten gewährte der Professor zehn Minuten Zeit, um zum nächsten Raum zu gelangen, ande-re hatten dagegen sehr viel weniger Zeit. Die Studenten mußten sich sehr beeilen, um im Zeitplan zu bleiben. Alle Studenten mußten durch einen bestimmten Korridor gehen, an einem Obdachlosen vorbei, der ganz bewußt dorthin gebracht worden war und offensichtlich Hilfe brauchte.

Die Ergebnisse waren erstaunlich und für die Studenten eine hervorragende Lektion. Die Prozentzahl derjenigen, die stehen-blieben, um zu helfen, war extrem niedrig, vor allem bei denen, die unter starkem Zeitdruck standen. Je enger der zeitliche Spiel-raum, desto weniger blieben stehen, um dem Hilfsbedürftigen zu helfen. Sie können sich sicher vorstellen, welchen Einfluß dieses Experiment auf die Klasse von zukünftigen geistlichen Führern gehabt hat. In der Hetze, eine Predigt über den barmherzigen Samariter zu halten, waren sie an der Verkörperung dieses Gleichnisses vorbeigelaufen.

Wir müssen Augen haben, die sehen, und Hände, die zu-packen, sonst können wir niemals helfen. Ich glaube, das nach-stehende Gedicht drückt dies sehr gut aus:

Tim Hansel

*Ich war hungrig, und du hast einen humanitären Club ins Leben
    gerufen, um über meinen Hunger zu diskutieren.*
Vielen Dank.

*Ich war im Gefängnis, und du hast dich leise in deine Kapelle
    geschlichen, um für meine Freilassung zu beten.*
Sehr nett.

*Ich war nackt, und du hast dir Gedanken gemacht
    um die moralischen Auswirkungen meiner Erscheinung.*
Was hat das bewirkt?

*Ich war krank, und du bist auf die Knie gefallen
    und hast Gott für deine Gesundheit gedankt.*
Aber ich habe dich gebraucht.

Ich war heimatlos, und du hast mir von der Liebe Gottes gepredigt.
Ich wünschte, du hättest mich mit nach Hause genommen.

*Ich war einsam, und du hast mich allein gelassen,
    um für mich zu beten.*
Warum bist du nicht geblieben?

*Du wirkst so heilig, so eng mit Gott verbunden;
    aber ich bin noch immer hungrig und einsam, mir ist kalt,
    und ich habe noch immer Schmerzen.*

Macht es dir etwas aus?

Anonym

Zufriedenheit ist ...

Ich hörte die Stimme, konnte die Person jedoch nicht sehen. Sie befand sich auf der anderen Seite der Umkleidekabine und war gerade vom Schwimmen gekommen. Ihre Stimme klang wie der Morgen selbst – strahlend, fröhlich und voller Leben. Um 6 Uhr 15 morgens würde das die Aufmerksamkeit eines jeden Zuhörers auf sich ziehen.

„Dolores, ich möchte dir noch einmal herzlich danken für das Buch, das du mir letzte Woche besorgt hast. Ich weiß, daß die Bibliothek nicht auf deinem Weg lag. Ich habe das Buch nicht mehr aus der Hand legen können. Solschenizyn ist ein wundervoller Autor. Ich bin froh, daß du es mir empfohlen hast."

„Guten Morgen, Pat", begrüßte sie eine andere Schwimmerin. Einen Augenblick lang schwieg die melodische Stimme, dann hörte ich sie erneut. „Ist das nicht ein herrlicher Tag? Als ich heute morgen hergekommen bin, habe ich ein paar Lerchen hören können. Da freut man sich doch, am Leben zu sein, nicht?"

Die Stimme war zu schön, um wahr zu sein. Wer kann um diese Uhrzeit am Morgen so dankbar sein? Ihre Stimme klang gebildet. Vermutlich war sie irgendeine wohlhabende Frau, die den ganzen Tag nichts anderes zu tun hatte, als Tee auf ihrer Veranda zu trinken und Solschenizyn zu lesen. Vermutlich wäre ich um sechs Uhr morgens auch fröhlich, wenn ich schwimmen gehen und danach den ganzen Tag lesen könnte. Vermutlich besitzt sie sogar eine Hütte in den Wäldern.

Ich ging zu den Duschen und stand plötzlich der Frau mit der fröhlichen Stimme gegenüber. Die Frau packte gerade ihre Sachen zusammen. Sie war um die fünfzig und trug eine gelbe Uniform. Diese Uniform hatte ich bereits gesehen – zusammen mit einem Mop, mit Besen, Staubtüchern und Eimern. Sie gehörte zum Reinigungspersonal des Schwimmbads, in dem ich immer meine Morgenrunden drehte. Sie lächelte mich an, nahm ihren Karren und eilte zur Tür hinaus, wobei sie allen, an denen sie vorbeikam, einen wunderschönen Tag wünschte.

Während ich meine Runden drehte und anschließend in den Whirlpool stieg, hatte ich immer die gelbe Uniform vor Augen. Die beiden anderen Leute im Becken waren in ein Gespräch vertieft. Zumindest einer von ihnen. Mit müder, trauriger Stimme erzählte er von der Tragik arthritischer Knie, einem Herzaneurysma, schlaflosen Nächten und Tagen voller Schmerzen.

Nichts war für ihn gut oder richtig. Das Wasser war zu heiß, die Düsen des Whirlpools für seine Knie nicht stark genug, und seine Ärzte hatte viel zu lange gebraucht, um ihre Diagnose zu stellen. Mit seiner diamantenberingten Hand wischte er sich über das Gesicht. Er wirkte alt, aber ich vermutete, daß auch er erst um die fünfzig war.

Die gelbe Uniform und der Diamantring standen in krassem, stummem Gegensatz. Sie waren der Beweis für mich, daß Gott es wirklich so gemeint hat, wenn er sagt: „Die Frömmigkeit aber ist ein großer Gewinn für den, der sich genügen läßt."

An diesem Morgen hatte ich sowohl Zufriedenheit wie auch Unzufriedenheit erlebt. Ich beschloß, das niemals zu vergessen.

Ruth Senter

Gebet des Franz von Assisi

Herr, mache du mich zu einem Werkzeug deines Friedens,
daß ich Liebe übe, wo man sich haßt,
daß ich verzeihe, wo man sich beleidigt,
daß ich verbinde, wo Streit ist,
daß ich die Wahrheit sage, wo der Irrtum herrscht,
daß ich den Glauben bringe, wo der Zweifel drückt,
daß ich die Hoffnung wecke, wo Verzweiflung quält,
daß ich ein Licht anzünde, wo die Finsternis regiert,
daß ich Freude mache, wo der Kummer wohnt.
Herr, laß du mich trachten:
nicht, daß ich getröstet werde, sondern daß ich tröste,
nicht, daß ich verstanden werde, sondern daß ich verstehe;
nicht, daß ich geliebt werde, sondern daß ich liebe.
Denn wer da hingibt, der empfängt;
wer sich selbst vergißt, der findet;
wer verzeiht, dem wird verziehen;
und wer stirbt, erwacht zum ewigen Leben.

Motivation

Vision

Wenn deine Vision für ein Jahr reicht,
pflanze Weizen an.
Wenn deine Vision für zehn Jahre reicht,
pflanze Bäume an.
Wenn deine Vision für ein ganzes Leben reicht,
pflanze Menschen.
Altes chinesisches Sprichwort

Der Hüter der Quelle

Der verstorbene Peter Marshall, ein sprachgewandter Redner und mehrere Jahre lang Kaplan des Senats der Vereinigten Staaten, erzählte gern die Geschichte vom „Hüter der Quelle", der hoch oben in einem österreichischen Dorf an den Südhängen der Alpen wohnte.

Der alte Herr war viele Jahre zuvor vom Stadtrat einer jungen, aufstrebenden Stadt eingestellt worden, um die kleinen Seen oben in den Bergen, die den Fluß durch ihre Stadt und den großen See speisten, von Schmutz und Abfall zu reinigen. Mit stiller, treuer Regelmäßigkeit entfernte er Blätter, Zweige und Schlamm, die sonst das Fließen des Wassers verhindert und die kleinen Seen vergiftet hätten. Nach und nach wurde das Dorf zu einem beliebten Urlaubsziel für Reisende. Anmutige Schwäne glitten über das kristallklare Wasser des Sees, die Mühlräder der verschiedenen Unternehmen drehten sich lustig Tag und Nacht, die Äcker wurden auf natürliche Weise bewässert, und die Aussicht von den Restaurants war einfach atemberaubend.

Jahre vergingen. Eines Abends trat der Stadtrat zu seiner Jahresversammlung zusammen. Bei der Diskussion über das Budget wurde die Aufmerksamkeit der Anwesenden auf den Lohn gelenkt, der dem geheimnisvollen „Hütter der Quelle" gezahlt wurde.

„Wer ist dieser alte Mann? Warum zahlen wir ihm Jahr für Jahr ein Gehalt? Niemand bekommt ihn jemals zu Gesicht. Sieht irgend jemand Ergebnisse seiner Arbeit? Wir brauchen ihn nicht mehr!"

Es wurde abgestimmt und der einstimmige Entschluß gefaßt, den alten Mann von seiner Aufgabe zu entbinden.

Mehrere Wochen lang änderte sich nichts. Zu Beginn des

Herbstes fingen die Bäume an, ihre Blätter abzuwerfen. Kleine Zweige knickten ab, fielen in die Teiche und verhinderten so das Nachfließen frischen Wassers. Eines Nachmittags bemerkte jemand eine leicht gelblich-braune Färbung des Wassers. Einige Tage später war das Wasser schon sehr viel dunkler. Nach einer weiteren Woche hatte sich im Uferbereich ein schleimiger Film auf das Wasser gelegt, und ein fauliger Gestank machte sich breit. Die Mühlräder drehten sich langsamer, und einige kamen schließlich ganz zum Stillstand. Die Schwäne verschwanden, und die Touristen blieben fort. Krankheit und Seuchen streckten ihre Finger nach den Dorfbewohnern aus.

Eilig wurde eine Sondersitzung des Stadtrats einberufen. Sie erkannten ihr grobes Fehlurteil und stellten den Hüter der Quelle schleunigst wieder ein . . . und innerhalb weniger Wochen wurde das Wasser im Fluß wieder klar. Die Mühlräder drehten sich wieder, und neues Leben kehrte in das Alpendorf zurück.

Diese Geschichte ist mehr als nur eine Geschichte. Wir erkennen darin eine Analogie zu der Zeit, in der wir leben. Was der Hüter der Quelle für das Dorf war, sind die Christen für unsere Welt. Die erhaltende, würzende Prise Salz gemischt mit den Hoffnungsstrahlen des Lichts mögen schwach und nutzlos erscheinen . . . aber Gott helfe jeder Gesellschaft, die versucht, ohne sie auszukommen! Das Dorf ohne den Hüter der Quelle ist eine exakte Darstellung des Weltsystems ohne Salz und Licht.

Charles R. Swindoll

Man kann doch nicht einfach nur herumsitzen

Die meisten Menschen haben Träume, aber wie viele Menschen lassen ihre Träume tatsächlich Wirklichkeit werden? Larry Walters gehört zu den relativ wenigen Menschen, die dies getan haben. Seine Geschichte ist wahr, wenn sie Ihnen vielleicht auch unglaublich erscheint.

Larry war Fernfahrer, doch sein lebenslanger Traum war das Fliegen. Nach seinem Schulabschluß trat er in die Luftwaffe ein in der Hoffnung, Pilot werden zu können. Leider war ihm aufgrund seines schlechten Sehvermögens der Zugang zu diesem Beruf versperrt. Als er schließlich die Armee verließ, mußte er sich damit zufriedengeben, die Kampfflugzeuge zu beobachten, die über die Himmel jagten. Wenn er in seinem Gartenstuhl in seinem Hof saß, träumte er vom Fliegen.

Und eines Tages hatte Larry Walters eine Idee. Er fuhr in die Stadt und kaufte eine Flasche Helium und fünfundvierzig Wetterballons. Das sind keine gewöhnlichen Luftballons, die man für Partys verwendet, sondern widerstandsfähige Ballons, die, wenn sie voll aufgeblasen sind, einen Durchmesser von mehr als einem Meter haben.

Larry knotete die Ballons an seinen Gartenstuhl. Den Gartenstuhl band er an der Stoßstange seines Jeeps fest, danach füllte er die Ballons mit dem Helium. Dann packte er einige Sandwiches und etwas zu trinken ein und holte sein Gewehr, denn um zu landen, wollte er einfach einige Ballons zerschießen.

Nachdem er seine Vorbereitungen abgeschlossen hatte, setzte sich Larry Walters in seinen Stuhl und zerschnitt die Schnur, die ihn auf der Erde hielt. Er hatte geplant, langsam in die Luft aufzusteigen, ein wenig zu schweben und dann gemächlich zur Erde zurückzukehren. Doch es lief nicht ganz so, wie er es sich vorgestellt hatte.

Als Larry das Seil zerschnitt, stieg er nicht langsam auf; er schoß wie eine Rakete in die Höhe! Auch blieb er nicht bei wenigen hundert Fuß Höhe stehen, sondern stieg auf elftausend Fuß! In dieser Höhe konnte er es nicht riskieren, ein paar der Ballons zu zerschießen, weil er sonst das Gleichgewicht verloren hätte und abgestürzt wäre! Darum blieb er oben und schwebte vierzehn Stunden lang in dieser Höhe über die Erde, ohne zu wissen, wie er wieder herunterkommen sollte.

Schließlich kreuzte Larry den Luftkorridor für den internationalen Flughafen in Los Angeles. Ein Pilot informierte den Tower, er sei gerade in elftausend Fuß Höhe an einem Burschen in einem Gartenstuhl mit einem Gewehr auf dem Schoß vorbeigeflogen. (Was hätte ich darum gegeben, mir dieses Gespräch anzuhören!)

Bei Einbruch der Dunkelheit drehte der Wind an der Küste ab. Larry wurde aufs Meer hinausgetrieben. Die Marine schickte einen Hubschrauber los, der ihn retten sollte. Doch die Rettungsmannschaft hatte große Schwierigkeiten, Larry zu erreichen, weil der Luftzug, den ihr Rotor verursachte, ihn immer weiter von ihnen wegtrieb. Schließlich gelang es ihnen, sich über ihn zu setzen und ihn mit Hilfe einer Rettungsleine langsam zur Erde zurückzulotsen.

Unten angekommen wurde Larry sofort verhaftet. Als er in Handschellen abgeführt wurde, rief ihm ein Fernsehreporter zu: „Mr. Walters, warum haben Sie das getan?"

Larry blieb stehen, sah den Mann an und erwiderte: „Man kann doch nicht einfach nur herumsitzen."

Chip McGregor

Kommt schon, holt ihn euch!

Vor kurzem verlor ich eine meiner besten Freundinnen, eine Frau von 86 Jahren, die beste Lehrerin, die ich jemals gehabt habe.

Das letzte Mal traf ich sie auf einer dieser sterilen christlichen Parties. Wir hockten auf unseren Stühlen und gaben uns ein frommes Aussehen, als sie hereinkam und sagte: „Na, Hendricks, ich habe dich lange nicht mehr gesehen. Welches sind die fünf besten Bücher, die du im vergangenen Jahr gelesen hast?"

Sie hatte die Begabung, Leben in eine Gruppe zu bringen. Ihre Einstellung war: *Wir wollen uns nicht gegenseitig langweilen, indem wir nur von uns selbst erzählen; wir wollen in eine Diskussion einsteigen, und wenn wir nichts finden, über das wir diskutieren können, fangen wir eben einen Streit an.*

Mit 83 machte sie ihre letzte Reise ins Heilige Land. Sie fuhr mit einer Gruppe von Fußballspielern dorthin. In meiner Vorstellung sehe ich sie vor mir, wie sie mit dem Ball in der Hand vor ihnen steht und den Männern zuruft: „Kommt schon, Männer, holt ihn euch!"

Sie starb im Schlaf im Haus ihrer Tochter in Dallas. Ihre Tochter erzählte mir, kurz vor ihrem Tode habe sie ihre Ziele für die nächsten zehn Jahre niedergeschrieben.

Möge es noch viele Menschen ihrer Art geben!

Howard Hendricks

Die nächste Schlacht

Möchten Sie ein Gewinner sein?

Kämpfen Sie gegen sich selbst an, nicht gegen andere Menschen.

Daß Sie Ihren Partner im Golf geschlagen haben, bedeutet nicht, daß dies auch wirklich Ihr bestes Spiel gewesen ist. Vor Ihrem Gegner durchs Ziel gegangen zu sein, bedeutet nicht unbedingt, daß es Ihr bestes Rennen gewesen ist. Sie können einen anderen Menschen besiegen und trotzdem nicht Ihr Bestes gegeben haben.

Das gilt für alle Bereiche des Lebens. Um unser Bestes geben zu können, müssen wir gegen uns selbst ankämpfen. Das ist der größte Wettkampf im Leben.

Ein Verlierer ist ein Gewinner, wenn er sich selbst besiegt, egal wie groß seine Verluste sind.

Ein Gewinner ist ein Verlierer, wenn er die Schlacht gegen sich selbst verliert, egal wie oft er auch gesiegt haben mag. Alexander der Große eroberte die Welt und verfluchte seinen Mangel an Selbstbeherrschung.

Ein Sieg über andere kann sogar verhindern, daß der Sieger sich selbst besiegt. Der Sieg macht ihn stolz, arrogant, unabhängig, gedankenlos – und manchmal grausam.

Mit anderen Worten ausgedrückt: Nicht das, was passiert, ist entscheidend, sondern die Art, wie man anschließend mit dem Geschehenen umgeht.

Ein Mensch, der aufhört, im Glauben zu wachsen, weil er denkt, er würde sich besser als alle anderen in der Bibel auskennen oder erfolgreicher sein, ist noch weit von dem entfernt, was Christus für ihn vorgesehen hat.

Wenn Sie sich unbedingt mit jemandem vergleichen wollen, vergleichen Sie sich mit Christus. Lassen Sie Ihr Leben von ihm gestalten und formen. Nur so werden Sie Ihr Bestes geben und sich nach dem Plan Gottes für Ihr Leben entfalten können.

Richard C. Halverson
(ehemaliger Kaplan des Senats der Vereinigten Staaten)

Ein guter Ratgeber

Im Jahre 1919 mietete ein Mann, der sich gerade von seinen Verletzungen aus dem Ersten Weltkrieg erholte, eine Wohnung in Chicago. Er wählte ausgerechnet diese Wohnung aus, weil sie ganz in der Nähe des Hauses lag, in dem der bekannte Autor Sherwood Anderson wohnte. Anderson hatte einen hochgelobten Roman geschrieben und war bekannt für seine Bereitschaft, jungen Autoren zu helfen.

Die beiden Männer schlossen schnell Freundschaft, und zwei Jahre lang verbrachten sie fast jeden Tag zusammen. Sie aßen gemeinsam, machten lange Spaziergänge und sprachen bis tief in die Nacht hinein über die Kunst des Schreibens. Der junge Mann brachte Anderson häufig Kostproben seiner Arbeiten, und der Schriftsteller übte ehrliche und oft harte Kritik. Doch der junge Schriftsteller ließ sich dadurch nicht entmutigen. Er hörte immer gut zu, machte sich sorgfältig Notizen und kehrte an seine Schreibmaschine zurück, um seine Arbeit zu verbessern. Nie versuchte er, seine Arbeiten zu verteidigen, denn, wie er später sagte: „Ich lernte erst schreiben, als ich Sherwood Anderson kennenlernte."

Besonders geholfen hatte dem jungen Schriftsteller, daß Anderson seinen jungen Protégé seinen zahllosen Kollegen in der literarischen Welt vorgestellt hat. Schon bald verfaßte der junge Mann seine eigenen Werke. Im Jahre 1926 veröffentlichte er seinen ersten Roman. Das Buch hieß *Fiesta*. Der Name des jungen Autors war Ernest Hemingway.

Aber warten Sie! Das ist noch nicht das Ende der Geschichte. Nachdem Hemingway Chicago verlassen hatte, zog Anderson nach New Orleans. Dort lernte er einen anderen jungen Schriftsteller kennen, einen Dichter mit dem unersättlichen Drang, seine Fähigkeiten zu verbessern. Anderson verfuhr mit ihm auf dieselbe Weise wie mit Hemingway – schreiben, Kritik, diskutieren, ermutigen und noch mehr schreiben. Er gab dem jungen Mann seine Romane und machte ihm Mut, sie aufmerksam zu lesen und auf die Worte, Themen und die Entwicklung der Charaktere und der Geschichte zu achten. Ein Jahr später half Anderson dem jungen Mann, seinen ersten Roman *Soldatenlohn* zu veröffentlichen. Drei Jahre später schrieb William Faulkner, der neue Stern am Schriftstellerhimmel, *Schall und Wahn*. Dieser Roman entwickelte sich schnell zu einem Hauptwerk der amerikanischen Literatur.

Andersons Rolle als Ratgeber für aufstrebende Schriftsteller war damit noch immer nicht beendet. In Kalifornien arbeitete er unter anderen mehrere Jahre lang mit dem Dramatiker Thomas Wolfe und einem jungen Mann mit Namen John Steinbeck. Drei von Andersons Protégés bekamen den Nobelpreis für Literatur, und vier von ihnen einen Pulitzer Preis. Der bekannte Literaturkritiker Malcolm Cowley sagte, Anderson sei „der einzige Schriftsteller seiner Generation gewesen, der seine Spuren im Stil und der Vision der nächsten Generation hinterlassen" habe.

Was brachte Anderson dazu, seine Zeit und Fachkenntnis so großzügig jüngeren Menschen zur Verfügung zu stellen? Ein Grund könnte sein, daß er selbst unter dem Einfluß eines älteren Schriftstellers gestanden hatte, dem bekannten Theodore Dreiser. Auch verbrachte er viel Zeit mit Carl Sandburg.

Für mich ist dieses Vorbild sehr lehrreich. Es spiegelt nicht nur meine eigene Erfahrung wider, es illustriert auch, was meiner Meinung nach das fundamentale Prinzip der menschlichen Erfahrung ist – die Zukunft beeinflussen kann man am ehesten durch einen anderen Menschen.

Chip McGregor

Erfolg

Mutter Teresa besuchte eine Zusammenkunft von Königen, Präsidenten und Staatsmännern aus der ganzen Welt. Sie erschienen mit ihren Kronjuwelen und in Seidengewändern, und Mutter Teresa trug ihren alten, von einer rostigen Sicherheitsnadel zusammengehaltenen Sari.

Einer der großen Männer sprach mit ihr über ihre Arbeit unter den Ärmsten der Armen in Kalkutta. Er fragte sie, ob sie nicht manchmal entmutigt sei, weil sie so wenig Erfolg in ihrer Arbeit sehe.

Mutter Teresa antwortete: „Nein, ich lasse mich nicht entmutigen. Sehen Sie, Gott hat mich nicht zu einem sehr erfolgreichen Dienst gerufen. Er hat mir einen Dienst der Barmherzigkeit gegeben. Und darin erlebe ich jeden Tag viele Erfolge."

Alice Gray

Der rote Regenschirm

Als die Trockenheit schon, wie es schien, eine Ewigkeit andauerte, wußte die kleine Gemeinschaft von Bauern aus dem Mittelwesten nicht mehr, was sie tun sollte. Der Regen war nicht nur für die Ernte wichtig, sondern auch für das tägliche Leben der Dorfbewohner. Als das Problem immer drängender wurde, beschloß die örtliche Gemeinde, sich einzuschalten. Eine Gebetsversammlung wurde einberufen, in der um Regen gebetet werden sollte.

In Erinnerung an ein altes Ritual kamen die Leute ins Gemeindehaus. Der Pastor beobachtete, wie immer mehr Gemeindemitglieder eintrafen. Sie plauderten fröhlich miteinander, während er von Gruppe zu Gruppe schlenderte und die einzelnen begrüßte und sich so langsam nach vorne vorarbeitete, um mit der Gebetsversammlung zu beginnen. Vorne angekommen, überlegte der Pastor, wie er die Menge zum Schweigen bringen könnte.

Als er gerade das Wort ergreifen wollte, fiel sein Blick auf ein elfjähriges Mädchen in der ersten Reihe. Sie strahlte vor Aufregung. Neben ihr lag ein knallroter Regenschirm für den Heimweg bereit. Die Schönheit und Unschuld dieses Anblicks brachte den Pastor zum Lächeln, während er über den Glauben dieses kleinen Mädchens nachdachte, der sich so von dem der übrigen Menschen im Raum unterschied. Denn die anderen waren gekommen, um für Regen zu beten . . . das kleine Mädchen war gekommen, um Gottes Antwort mitzuerleben.

Tania Gray

Man braucht nur ein wenig Motivation

Mir gefällt die Geschichte, die der verstorbene Dr. Ken McFarland so gern erzählte. Ein Mann arbeitete in der Schicht von vier Uhr nachmittags bis Mitternacht, und nach der Arbeit ging er immer zu Fuß nach Hause.

In einer Nacht schien der Mond so hell, daß er beschloß, eine Abkürzung über den Friedhof zu nehmen. Das würde ihm etwa eine halbe Meile Weg sparen. Da alles gut ging, nahm er von da an regelmäßig diesen Weg. Als er eines Nachts wieder über den Friedhof ging, bemerkte er nicht, daß tagsüber mitten auf seinem Weg ein Grab ausgehoben worden war. Er fiel in die Grube und versuchte verzweifelt, wieder herauszukommen. Doch es gelang ihm nicht, und nach wenigen Minuten beschloß er, einfach zu warten, bis ihm morgens jemand heraushelfen würde.

Er setzte sich in die Ecke und war schon halb eingeschlafen, als ein Betrunkener ebenfalls in das Grab fiel. Der Schichtarbeiter war sofort hellwach, da der Betrunkene verzweifelt versuchte, aus dem Grab zu klettern.

Unser Held berührte den Betrunkenen am Bein und sagte: „Freund, du wirst es nicht schaffen, hier herauszukommen . . .“ – aber er schaffte es doch! Das ist Motivation!

Zig Ziglar

Eine Autobiographie
in fünf Akten

1. Ich gehe über die Straße. Da ist ein tiefes Loch im Bürgersteig.
   Ich falle hinein. Ich bin verloren. Ich bin hilflos. Es ist nicht
   meine Schuld. Es dauert eine Ewigkeit, einen Ausweg zu finden.

2. Ich gehe die Straße hinunter. Da ist ein tiefes Loch im Bürgersteig. Ich tue so, als würde ich es nicht sehen. Ich falle hinein.
   Ich kann kaum glauben, daß ich mich schon wieder in derselben Situation befinde, aber es ist nicht meine Schuld. Es dauert lange, bis ich herausfinde.

3. Ich gehe die Straße hinunter. Da ist ein tiefes Loch im Bürgersteig. Ich sehe es. Ich falle trotzdem hinein. Es wird zur
   Gewohnheit. Meine Augen sind offen. Ich weiß, wo ich mich
   befinde. Es ist meine Schuld. Ich komme sofort heraus.

4. Ich gehe die Straße hinunter. Da ist ein tiefes Loch im Bürgersteig. Ich gehe darum herum.

5. Ich wähle eine andere Straße.

Portia Nelson

Ein wunderschöner Tag, nicht?

Der Tag begann schlecht. Ich verschlief und kam zu spät zur Arbeit. Auch im Büro lief alles schief. Meine Nervosität steigerte sich. Als ich die Bushaltestelle erreichte, um nach Hause zu fahren, war mein Magen wie zugeknotet.

Wie gewöhnlich kam der Bus zu spät – und war überfüllt. Ich fand keinen Sitzplatz und mußte im Gang stehen. Während ich von einer Seite zur anderen geworfen wurde, verschlechterte sich meine Laune noch mehr.

Plötzlich hörte ich eine tiefe Stimme: „Ein wunderschöner Tag, nicht?" Wegen der vielen Menschen konnte ich den Mann nicht sehen, aber ich hörte seine Kommentare zu dem herrlichen Frühlingstag und spürte, wie er die Aufmerksamkeit der Menge auf die Umgebung lenkte. Die Kirche. Der Park. Der Friedhof. Das Spritzenhaus. Schon bald starrten alle Passagiere aus den Fenstern. Die Begeisterung des Mannes war so ansteckend, daß selbst ich zum ersten Mal an diesem Tag lächeln mußte.

Der Bus hielt an meiner Station an. Während ich mich durch die Menschenmenge kämpfte, fiel mein Blick auf unseren „Fremdenführer": eine unförmige Gestalt mit einem schwarzen Bart, die eine dunkle Sonnenbrille und einen dünnen weißen Stock trug.

Barbara Johnson

Gib nicht auf

Eines Tages ging ein junger Mann durch eine abgelegene Straße, als er ein Geräusch hörte, das wie ein Schrei klang. Er konnte das Geräusch nicht genau identifizieren, aber es schien von unter einer Brücke her zu kommen. Als er sich der Brücke näherte, wurde das Geräusch immer lauter, und schließlich entdeckte der junge Mann, woher es kam. Es war ein mitleiderregender Anblick.

Im schlammigen Flußbett lag ein etwa zwei Monate alter Welpe mit einer Platzwunde auf dem Kopf und über und über mit Schlamm bedeckt. Seine Vorderbeine waren fest zusammengebunden und an der Stelle, wo die Seile saßen, dick geschwollen.

Der junge Mann empfand Mitleid mit dem kleinen Hund und wollte ihm helfen, doch als er sich näherte, hörte das Bellen auf. Der Hund fletschte die Zähne und begann zu knurren. Aber der junge Mann ließ sich davon nicht abschrecken. Er ging neben dem Hund in die Hocke und sprach besänftigend auf ihn ein.

Es dauerte eine ganze Weile, doch schließlich hörte der Hund auf zu knurren, und der junge Mann konnte sich dem Hund nähern. Er streichelte ihn und löste das Seil an seinen Vorderpfoten. Vorsichtig nahm er das Tier auf den Arm, versorgte zu Hause seine Wunden, gab ihm Futter und Wasser und bereitete ihm ein warmes Lager. Trotzdem knurrte der Hund den jungen Mann jedesmal an, wenn er sich ihm näherte. Aber der junge Mann gab nicht auf.

Wochen zogen ins Land, und der Mann sorgte auch weiterhin für das Hündchen. Und eines Tages wedelte der Hund mit dem Schwanz, als der junge Mann zu ihm kam.

Beharrliche Liebe und Freundlichkeit hatten gesiegt, und eine lebenslange Freundschaft, getragen von Loyalität und Vertrauen, begann.

Laßt uns aber Gutes tun und nicht müde werden; denn zu seiner Zeit werden wir auch ernten, wenn wir nicht nachlassen.
(Galater 6,9)

Alice Gray

Entscheide dich!

An diesem Morgen durchlaufen unser großer Kater Oreo (den Namen hat er wegen seiner hübschen schwarz-weißen Musterung, die an eine Kekssorte mit Namen Oreo erinnert) und ich unser gewohntes Ritual an der Hintertür.

Oreo ist eine Weile draußen gewesen und möchte nun hereinkommen. Ich öffne also die Tür und warte. Aber er kommt nicht. Er bleibt stehen und senkt mißtrauisch den Kopf, als wäre ich ein Todfeind.

„Komm schon, Oreo", sage ich ungeduldig.

Er setzt sich nachdenklich hin und beginnt sich sein Gesicht mit einer Pfote zu putzen. Es ist zum Verrücktwerden.

„Oreo", sage ich, „ich gebe dir Futter. Ich sorge für alle deine Bedürfnisse. Ich kann nicht sagen, daß du mir etwas dafür zurückgibst. Und jetzt fordere ich dich persönlich auf, in mein Haus zu kommen. Also beweg dich!"

Oreo setzt eine Pfote über die Schwelle und zieht sie wieder zurück. Mit einem abwesenden, unergründlichen Gesichtsausdruck blickt er über den Hof zurück. Aber er kommt noch immer nicht herein.

„Oreo", sage ich, „ich werde nicht ewig hier stehenbleiben. Wenn du nicht hereinkommst, werde ich diese Tür schließen. Das ist deine letzte Chance!"

Ich beginne die Tür ganz langsam zu schließen. Kommt er herein? Nein, er bleibt sitzen und übt sich in der freien Willensäußerung oder etwas Ähnlichem. Er kommt erst dann, wenn es ihm paßt, und keine Minute früher. Er denkt, ich würde geduldig warten.

Und bisher hat er auch immer damit recht gehabt.

Gott hat die Katzen erschaffen. Er hat auch die Menschen erschaffen. Ich frage mich, wie er sich manchmal fühlt, wenn er an der Tür steht und wartet . . . und wartet . . .

Ich glaube, ich weiß es.

Arthur Gordon

Headhunter

Ein Headhunter, ein Mann, der leitende Angestellte für Firmen anwirbt, sagte mir einmal: „Wenn ich jemanden kennenlerne, den ich gern für einen bestimmten Posten anwerben möchte, entwaffne ich ihn zuerst. Ich biete ihm einen Drink an, ziehe meine Jacke und dann meine Weste aus, nehme meine Krawatte ab, lege die Füße hoch und spreche mit ihm über Sport, die Familie und alles mögliche, bis die betreffende Person sich entspannt. Und wenn ich denke, daß er entspannt ist, beuge ich mich vor, sehe ihm geradewegs in die Augen und frage: ‚Was ist Ihr Lebensziel?‘

Es ist erstaunlich, wie Topmanager auf eine solche Frage reagieren.

Vor kurzem habe ich ein solches Gespräch mit einem Bewerber geführt. Ich legte die Füße auf seinen Schreibtisch und unterhielt mich mit ihm über Football. Dann beugte ich mich vor und fragte: ‚Was ist Ihr Lebensziel, Bob?‘ Und ohne zu zögern erwiderte er: ‚In den Himmel zu kommen und so viele Menschen wie möglich mitzubringen.‘

Zum ersten Mal in meinem Leben war ich sprachlos."

Josh McDowell

Wenn ich noch einmal leben könnte

Wenn ich noch einmal leben könnte, würde ich versuchen, noch mehr Fehler zu machen. Ich würde mich entspannen, lockerer sein. Ich würde mich noch dümmer anstellen als in diesem Leben. Nur weniges würde ich ernst nehmen. Ich würde mehr reisen. Ich würde auf mehr Berge steigen, in mehr Flüssen schwimmen und mir mehr Sonnenuntergänge ansehen. Ich würde mehr spazierengehen und mir die Landschaft ansehen. Ich würde mehr Eis essen und weniger Bohnen. Ich würde mich mehr auf die tatsächlichen Probleme konzentrieren und weniger auf die eingebildeten.

Sehen Sie, ich gehöre zu den Menschen, die Stunde um Stunde, Tag für Tag prophylaktisch, vernünftig und gesund leben. Oh, ich habe auch meine verrückten Augenblicke, und wenn ich noch einmal ganz von vorn beginnen könnte, würde ich mehr davon erleben. Ich würde sogar versuchen, nur solche Augenblicke zu erleben. Nur Momente, einen nach dem anderen, anstatt so viele Jahre im voraus zu leben.

Ich gehöre zu den Menschen, die niemals irgendwo hingehen ohne ein Thermometer, eine Wärmflasche, ein Mittel zum Gurgeln, einen Regenmantel, ein Aspirin und einen Fallschirm mitzunehmen. Wenn ich es noch mal zu tun hätte, würde ich mir mehr Orte ansehen, mehr Dinge tun, die mir Freude machen, und mit leichterem Gepäck reisen als bisher.

Wenn ich noch einmal zu leben hätte, würde ich häufiger auf einem Karussell fahren und mehr Stiefmütterchen pflücken.

Bruder Jeremiah

Brief an einen Trainer

Lieber Trainer,

ich habe gerade Ihren Brief an meinen Sohn und uns, die Eltern, gelesen, in dem Sie darlegen, welche Erwartungen Sie an die Sportler in Ihrer Mannschaft stellen, die Sie trainieren. Johnnys Mutter und ich können Ihnen nur zustimmen, da wir schon lange erkannt haben, welchen Wert die sportliche Betätigung hat.

Nach Ihren Aufzeichnungen zu urteilen, scheinen Sie Ihre Sache sehr gut zu machen und Ihre Aufgabe sehr ernst zu nehmen. Das ist wichtig.

Es gibt jedoch noch einen anderen Aspekt des Trainings, der unserer Meinung nach noch wichtiger ist. Gestatten Sie, daß ich erkläre, was ich meine.

Johns Mutter und ich geben unseren kostbarsten Schatz für einige Wochen in Ihre Obhut. In dieser Zeit und während der folgenden vier Jahre wird unser Sohn zu Hause häufig von Ihnen sprechen. Er wird uns erzählen, wie Sie damals, 1965, die Packers besiegt hätten, wenn Sie sich Ihr Knie nicht verletzt hätten. Er wird uns erzählen, wie Sie von hinten gekommen sind und Rivaltown geschlagen haben. Wir werden hören, wie gut Sie noch immer den Ball weitergeben oder schießen können. Und die Augen unseres Sohnes werden dabei strahlen. Sehen Sie, Trainer, er wird Sie verehren.

Wir haben nicht mehr viele Helden. Viele professionelle Spieler würden heute ihre Seele verkaufen, wie es aussieht. Einige Sportler haben in diesem Jahr viele negative Schlagzeilen gemacht. Wir wissen, daß nicht alle Sportler Ladendiebe sind, aber das ist, was wir hören.

Sie sind der Held unseres Sohnes. Wir verlassen uns auf Sie.

Seine Muskeln sind schon ziemlich gut entwickelt, aber sein Geist ist noch immer sehr leicht zu beeindrucken. Sie tragen eine große Verantwortung. Tun Sie Ihr Bestes!

Der Vater eines Sportlers

Die Größe Amerikas

Anfang des neunzehnten Jahrhunderts führte ein französischer Staatsmann, Alexander de Tocqueville, eine Studie über die Demokratie in den Vereinigten Staaten durch, und er schrieb folgendes:

„Ich suchte nach der Größe und Einzigartigkeit Amerikas in seinen Handelshäfen und auf den großen Flüssen und fand sie nicht.

Ich suchte nach der Größe und Einzigartigkeit Amerikas auf den fruchtbaren Feldern und in den unendlichen Wäldern und fand sie nicht.

Ich suchte nach der Größe und Einzigartigkeit Amerikas in den reichen Minen und dem Welthandel und fand sie nicht.

Ich suchte nach der Größe und Einzigartigkeit Amerikas im System der öffentlichen Schulen und den Lehrinstituten und fand sie nicht.

Ich suchte nach der Größe und Einzigartigkeit Amerikas im demokratischen Kongreß und in der unvergleichlichen Verfassung und fand sie nicht.

Erst als ich die Kirchen Amerikas besuchte und von den Kanzeln flammende Reden über Gott und seine Gerechtigkeit hörte, verstand ich das Geheimnis der Größe und Einzigartigkeit Amerikas.

Amerika ist groß, weil Amerika gut ist, und wenn Amerika jemals aufhört, gut zu sein, wird Amerika auch nicht mehr groß sein."

Alexander de Tocqueville

Kugeln oder Samenkorn

Man kann anderen seine Ideen als Kugeln oder als Samenkörner anbieten. Man kann sie auf die Menschen abschießen oder sie säen; die Leute mit ihnen am Kopf treffen oder sie in ihre Herzen pflanzen.

Ideen, die als Kugeln verwendet werden, werden die Inspiration töten und die Motivation neutralisieren. Als Samenkörner vorgebracht, werden sie Wurzeln ziehen, wachsen und im Leben derer, in die sie hineingepflanzt wurden, Realität werden.

Das einzige Risiko bei dem Samenkorn-Ansatz: Wenn die Idee erst einmal wächst und Teil des Menschen wird, in den sie hineingepflanzt wurde, wird möglicherweise vergessen werden, von wem die Idee eigentlich stammt. Aber wenn man bereit ist, ohne den Dank auszukommen ... dann wird man reiche Ernte machen.

Richard C. Halverson
(ehemaliger Kaplan des Senats der Vereinigten Staaten)

Liebe

Überlistet

Er zog einen Kreis und schloß mich aus –
Ketzer, Rebell, ein Ding zum Verhöhnen.
Aber die Liebe und ich hatten genug Verstand,
um zu gewinnen;
wir zogen einen Kreis, der ihn einschloß!
Edwin Markham

Das Mädchen mit der Rose

John Blanchard erhob sich von der Bank, strich seine Uniform glatt und betrachtete die Menschenmenge, die sich durch die Grand Central Station, den New Yorker Hauptbahnhof, schob. Er hielt Ausschau nach dem Mädchen, dessen Herz er zwar kannte, dessen Gesicht er aber noch nie gesehen hatte – das Mädchen mit der Rose.

Sein Interesse an ihr war dreizehn Monate zuvor in einer Bibliothek in Florida erwacht. Er hatte ein Buch aus dem Regal genommen und war fasziniert gewesen – nicht von dem Inhalt des Buches, sondern von den Notizen, die am Rand standen. Die weiche Handschrift ließ eine nachdenkliche Seele und einen wachen Verstand erkennen. Vorne im Buch entdeckte er den Namen des vorherigen Besitzers, eine Miss Hollis Maynell.

Unter großer Mühe machte er ihre Adresse ausfindig. Sie lebte in New York. Er schrieb ihr einen Brief, in dem er sich vorstellte und sie bat, ihm doch zurückzuschreiben. Am folgenden Tag schiffte er sich nach Übersee zu seinem Militärdienst im Zweiten Weltkrieg ein. Im Laufe des folgenden Jahres lernten sich die beiden durch ihre Briefe kennen. Jeder Brief war ein Samenkorn, das auf fruchtbaren Boden fiel.

Eine zarte Liebesgeschichte entwickelte sich.

Blanchard bat sie um ein Foto, doch sie weigerte sich. Sie war der Meinung, wenn sie ihm wirklich etwas bedeutete, würde es ihm egal sein, wie sie aussah.

Als er endlich von Europa zurückkam, vereinbarten sie ein erstes Treffen – um sieben Uhr abends an der Grand Central Station in New York.

„Du wirst mich an der roten Rose erkennen, die ich an meinem Revers tragen werde", schrieb sie.

Pünktlich um sieben Uhr abends fand er sich am Bahnhof ein und suchte nach dem Mädchen, dessen Herz er liebte, dessen Gesicht er aber noch nie gesehen hatte.

Mr. Blanchard soll selbst erzählen, was passierte:

„Eine junge Frau kam auf mich zu. Sie war bildschön und groß und schlank. Ihr blondes Haar hing in Locken auf ihre Schultern; ihre Augen waren blau wie Kornblumen. Ihre Lippen und ihr Kinn waren seltsam entschlossen, und in ihrem hellgrünen Kostüm sah sie aus wie der verkörperte Frühling. Ich wollte auf sie zugehen und übersah dabei vollkommen, daß sie keine Rose trug. Als ich mich in Bewegung setzte, umspielte ein kleines, provokatives Lächeln ihre Lippen.

Ich machte noch einen Schritt auf sie zu, dann entdeckte ich Hollis Maynell.

Sie stand fast unmittelbar hinter dem Mädchen. Eine Frau weit über vierzig. Ihr graues Haar hatte sie unter einen alten Hut gesteckt. Sie war mehr als vollschlank, und ihre Füße mit den dicken Knöcheln steckten in flachen Schuhen. Das Mädchen in dem grünen Kostüm entfernte sich rasch. Ich war innerlich zerrissen. So stark mein Wunsch war, ihr zu folgen, so tief war meine Sehnsucht nach der Frau, dessen Geist mich so angesprochen und mich aufgerichtet hatte.

Und da stand sie. Ihr blasses, plumpes Gesicht war sanft und einfühlsam, ihre grauen Augen strahlten freundlich. Ich zögerte nicht. Meine Finger umklammerten die kleine, blaue Lederausgabe des Buches, mit dem ich mich ihr zu erkennen geben wollte. Es würde keine Liebesgeschichte zwischen uns werden, aber es würde etwas Kostbares entstehen, etwas, das vielleicht sogar noch besser war als Liebe – eine Freundschaft, für die ich dankbar war und immer dankbar sein würde.

Ich straffte die Schultern, salutierte und streckte der Frau das Buch entgegen, und noch während ich sprach, unterdrückte ich nur mühsam meine Enttäuschung. ‚Ich bin Leutnant John Blanchard, und Sie müssen Miss Maynell sein. Ich bin so froh, daß Sie herkommen konnten; darf ich Sie zum Abendessen ausführen?'

Das Gesicht der Frau wurde durch ein strahlendes Lächeln

erhellt. ‚Ich weiß nicht genau, worum es hier geht, Sohn', antwortete sie, ‚aber die junge Dame in dem grünen Kostüm, die gerade vorbeigegangen ist, bat mich, diese Rose in meinem Revers zu tragen. Und sie sagte, falls Sie mich zum Abendessen einladen, sollte ich Ihnen sagen, daß sie in dem großen Restaurant auf der anderen Straßenseite auf Sie wartet. Sie sagte, es sei eine Art Test.'"

Es ist nicht schwierig, Miss Maynells Weisheit zu verstehen und zu bewundern . . .

„*Sag mir, wen du liebst*", schrieb Houssaye, „*und ich sage dir, wer du bist.*"

Max Lucado

Gedanken

Letzte Woche ist es schon wieder passiert. Nachdem einer nach dem anderen von der Familie zu Bett gegangen war, legte ich noch einige Holzscheite aufs Feuer, machte es mir in meinem Lieblingssessel bequem und las noch über eine Stunde. Ich fand ein paar Gedanken von Ed Dayton, einem langjährigen Mitarbeiter bei *World Vision*. Seine Worte versetzten mich um viele Jahre zurück. Er berichtete von einem kurzen Film mit dem Titel *The Giving Tree* (Der gebende Baum), ein einfacher, phantasiereicher Film über einen Baum, der einen Jungen liebte.

Als der Junge noch klein war, kletterte er in den Ästen des Baumes herum, aß seine Äpfel und schlief in seinem Schatten. Es war eine so sorgenfreie, glückliche Zeit. Der Baum liebte diese Jahre.

Doch als der Junge älter wurde, verbrachte er immer weniger Zeit mit dem Baum. „Komm, laß uns spielen", forderte der Baum ihn bei einer Gelegenheit auf, doch der junge Mann interessierte sich nur noch für Geld. „Nimm meine Äpfel und verkaufe sie", bot der Baum an. Er tat es, und der Baum war glücklich.

Viele Jahreszeiten vergingen – Sommer und Winter, stürmische Tage und einsame Nächte –, und der Baum wartete. Schließlich kam der Mann zurück, zu alt und zu müde, um zu spielen, Reichtümer zu suchen oder auf dem Meer zu fahren.

„Setz dich doch und ruh dich aus", schlug der Baum vor. Der alte Mann tat es, und der Baum war glücklich.

Ich starrte ins Feuer und sah mein Leben an mir vorüberziehen, während ich mit dem Baum und dem Jungen älter wurde. Ich identifizierte mich mit beiden – und es tat weh.

Wie viele „gebende Bäume" hat es in meinem Leben gegeben? Wie viele haben einen Teil von sich aufgegeben, damit ich wachsen, meine Ziele erreichen und Zufriedenheit finden konnte? Es waren unzählig viele. Vielen Dank, Herr, für jeden einzelnen. Ihre Namen würden diese Seite ausfüllen.

Das Feuer erstarb zu glühender Asche. Es war spät, als ich ins Bett kroch. Ich hatte geweint, aber nun lächelte ich. „Gute Nacht, Herr", sagte ich. Ich war dankbar.

Dankbar, daß ich mir die Zeit zum Nachdenken genommen hatte.

Charles R. Swindoll

Das kleine Geschenk

Reverend Chalfant erzählt die Geschichte eines Ehepaares, das goldene Hochzeit feierte. Der Mann wurde gefragt, welches denn das Geheimnis seiner erfolgreichen Ehe sei. Wie ältere Leute das gern tun, antwortete der alte Herr mit einer Geschichte.

Seine Frau Sarah war noch sehr jung, als er anfing, um sie zu werben. Er war in einem Waisenhaus aufgewachsen und hatte hart für alles gearbeitet, was er besaß. Nie hatte er Zeit gehabt, mit Mädchen auszugehen, bis er Sarah kennenlernte. Bevor er noch wußte, wie ihm geschah, hatte sie ihn dazu gebracht, ihr einen Heiratsantrag zu machen.

Nachdem sie an ihrem Hochzeitstag ihr Ehegelübde abgelegt hatten, nahm Sarahs Vater den frischgebackenen Ehemann beiseite und reichte ihm ein kleines Geschenk. Er sagte: „Dieses Geschenk ist alles, was du brauchst, um eine glückliche Ehe zu führen." Der nervöse junge Mann fummelte mit den Bändern und dem Papier herum, bis er das Päckchen endlich ausgepackt hatte.

In der Schachtel lag eine große goldene Uhr. Mit großer Vorsicht nahm er sie heraus. Als er sie sich näher ansah, entdeckte er eine Inschrift, die er jedesmal, wenn er auf die Uhr sah, lesen würde – Worte, die, wenn er sie beachtete, das Geheimnis einer glücklichen Ehe beinhalteten. Sie lauteten: „Sag Sarah etwas Nettes."

Morris Chulfant, erzählt von Marilyn K. McAuley

Für meine Schwester

Es gibt eine wahre Geschichte von einem kleinen Jungen, dessen Schwester eine Bluttransfusion brauchte. Der Arzt erklärte den Eltern, sie hätte dieselbe Krankheit, von der sich ihr Bruder zwei Jahre zuvor erholt hätte. Ihre einzige Chance auf Genesung sei eine Bluttransfusion von jemandem, der diese Krankheit bereits gehabt hatte. Da die beiden Kinder dieselbe seltene Blutgruppe hatten, war der Junge der ideale Spender.

„Würdest du Mary dein Blut geben?" fragte der Arzt.

Johnny zögerte. Seine Unterlippe begann zu zittern. Dann lächelte er und antwortete: „Klar, ich tu's für meine Schwester."

Bald darauf wurden die beiden Kinder in das Krankenzimmer gefahren. Mary, blaß und dünn. Johnny, robust und gesund. Keiner von beiden sprach ein Wort, doch als ihre Blicke sich begegneten, grinste Johnny.

Als die Schwester die Nadel in seinen Arm einführte, verschwand Johnnys Lächeln. Er beobachtete, wie sein Blut durch das Röhrchen floß.

Als die Prozedur fast vorüber war, durchbrach Johnnys zitternde Stimme das Schweigen.

„Doktor, wann sterbe ich denn?"

Erst in diesem Augenblick wurde dem Arzt klar, warum Johnny gezögert hatte und warum seine Lippe gezittert hatte, als er sich damit einverstanden erklärte, sein Blut zu spenden. Er dachte, wenn er seiner Schwester sein Blut spendete, würde das bedeuten, sein Leben aufzugeben. In diesem kurzen Augenblick hatte er eine große Entscheidung getroffen.

David Needham

In den Schützengräben

Vermutlich kennen Sie die bewegende Geschichte von der tiefen Freundschaft zweier Soldaten in den Schützengräben des Ersten Weltkriegs. Die beiden Freunde dienten zusammen in dem Schlamm und dem Elend der kriegerischen Auseinandersetzungen in Europa (in einer Version sollen sie sogar Brüder gewesen sein). Monat um Monat lebten sie in den Schützengräben, in der Kälte und dem Schlamm, unter Beschuß und unter Befehlen.

Von Zeit zu Zeit erhob sich die eine oder andere Seite aus den Schützengräben, warf sich gegen die feindliche Linie und sank wieder zurück, um ihre Wunden zu lecken, ihre Toten zu begraben und darauf zu warten, daß das Ganze wieder von vorne anfing.

In diesem Elend entstanden tiefe Freundschaften. Zwei Soldaten kamen sich besonders nahe. Tag um Tag, Nacht um Nacht unterhielten sie sich über das Leben, über ihre Familien, über Hoffnungen und darüber, was sie tun würden, wenn sie diese schreckliche Zeit überstehen würden.

Bei einer dieser nutzlosen Versuche, den Feind zurückzutreiben, fiel „Jim" schwer verletzt zu Boden. Sein Freund „Bill" schaffte es zurück in die Sicherheit des Schützengrabens. In der Zwischenzeit lag Jim unter Beschuß. Zwischen den Linien. Allein.

Das Feuergefecht ging weiter. Außerhalb des Schützengrabens war es lebensgefährlich. Trotzdem wollte Bill zu seinem Freund, um ihn zu trösten und ihm Mut zu machen, wie nur Freunde es tun können. Der befehlshabende Offizier verweigerte Bill die Erlaubnis, den Schützengraben zu verlassen. Es war einfach zu gefährlich. Als er sich jedoch umdrehte, kletterte Bill aus dem Schützengraben. Er ignorierte den beißenden Korditgeruch, den

Aufschlag der Kugeln um sich herum und sein wild pochendes Herz und erreichte schließlich seinen Freund Jim.

Irgendwann später schaffte er es, Jim in die Sicherheit des Schützengrabens zu schaffen. Zu spät. Sein Freund war tot.

Als der selbstgerechte Offizier Jims toten Körper sah, fragte er Bill zynisch, ob das alles das „Risiko wert" gewesen sei. Bill antwortete ohne zu zögern.

„Jawohl, Sir", sagte er. „Die letzten Worte meines Freundes waren es mehr als wert. Er blickte mich an und sagte: ‚Ich wußte, daß du kommen würdest.'"

Stu Weber

Das Gewand der Liebe

Der Saum am Gewand der Liebe
reicht bis in den Schmutz hinein.
Er fegt die Straßen und Wege,
und weil er das kann, muß er es auch tun.

Mutter Teresa

Nur ein zerknittertes Foto

In einem Urlaub besuchte ich meine Mutter, die sehr weit von uns entfernt wohnt. Wir schwelgten in Erinnerungen an lang vergangene Zeiten, wie Mütter und Söhne es gern tun. Unausweichlich wurde die große Schachtel mit den Fotos hervorgeholt, auf denen meine Kindheit und Teenagerzeit festgehalten war: verkleidet beim Cowboy-und-Indianer-Spielen, mein erstes Theaterstück, die Abschlußfeiern von der Grundschule, der Highschool und schließlich des Colleges.

Unter diesen Fotos fand ich eines von mir als Kleinkind. Mein Name stand hinten darauf geschrieben. An dem Porträt selbst war nichts Ungewöhnliches. Ich sah aus wie jedes Baby: mit dicken Backen, halb kahlem Kopf und einem noch nicht zielgerichteten Blick. Aber das Foto war schrecklich zerknittert. Ich fragte meine Mutter, warum sie so ein zerknittertes Foto aufgehoben habe, wo sie doch so viele andere hatte, die noch alle in Ordnung waren.

Dazu muß man eins über meine Familie wissen: Als ich zehn Monate alt war, bekam mein Vater Polio. Er starb drei Monate später, kurz nach meinem ersten Geburtstag. Im Alter von vierundzwanzig Jahren war mein Vater vollständig gelähmt, seine Muskeln so geschwächt, daß er in einem großen Stahlzylinder liegen mußte, der seine Atmung für ihn übernahm. Nur wenige Leute besuchten ihn – damals in den fünfziger Jahren hatten die Leute genauso panische Angst vor Polio wie heute vor AIDS. Der einzige Besucher, der treu kam, war meine Mutter. Sie saß an einem bestimmten Platz, damit er sie in einem Spiegel sehen konnte, der an der Innenseite der Eisernen Lunge angebracht war.

Meine Mutter erklärte mir, sie habe dieses Foto als Erinnerung

115

behalten, weil es während der Krankheit meines Vaters an seiner Eisernen Lunge gehangen habe. Er hatte sie um Bilder von ihr und seinen beiden Söhnen gebeten, und meine Mutter hatte die Bilder zwischen zwei Metallgriffe einklemmen müssen. Darum war das Foto so zerknittert.

Nachdem mein Vater ins Krankenhaus eingeliefert worden war, sah ich ihn nur noch selten, da Kinder keinen Zugang zu den Polio-Stationen hatten. Außerdem war ich noch so klein, daß ich, selbst wenn ich ihn hätte besuchen können, keine Erinnerung an diese Besuche gehabt hätte.

Als meine Mutter mir die Geschichte von dem zerknitterten Foto erzählte, durchströmte mich ein unerklärliches, aber sehr mächtiges Gefühl. Es war seltsam, sich vorzustellen, daß jemand, den ich eigentlich nie gekannt hatte, mich so geliebt hat.

Während der letzten Monate seines Lebens hatte mein Vater diese drei Bilder seiner Familie angesehen, meiner Familie. Nichts anderes konnte er sehen. Was hat er den ganzen Tag getan? Hat er für uns gebetet? Ja, ganz bestimmt. Hat er uns geliebt? Ja. Aber wie kann ein gelähmter Mensch seine Liebe ausdrücken, vor allem, wenn nicht einmal seine eigenen Kinder ihn besuchen dürfen?

Ich habe noch oft an dieses zerknitterte Foto denken müssen, denn es ist eines der wenigen Stücke, die mich mit dem Fremden, der mein Vater war, verbinden – einem Fremden, der bei seinem Tod zehn Jahre jünger war als ich jetzt. Jemand, an den ich keine Erinnerung habe, aber der den ganzen Tag an mich gedacht hat und mir seine Liebe geschenkt hat, so gut er es vermochte. Und es vielleicht auf geheimnisvolle Weise in einer anderen Dimension noch immer tut. Vielleicht werde ich Zeit haben, sehr viel Zeit, eine Beziehung zu erneuern, die so grausam beendet wurde, bevor sie überhaupt begonnen hatte.

Ich erzähle diese Geschichte, weil die Gefühle, die mich durchströmten, als meine Mutter mir das zerknitterte Foto zeigte, genau dieselben waren, die ich empfand, als ich in einer Februarnacht im College den Gott der Liebe kennenlernte. Mir wurde klar, daß jemand da war. Jemand, der das Leben auf dieser

Erde beobachtete. Mehr noch, jemand, der mich liebte. Es war ein verwirrendes Gefühl wilder Hoffnung, ein Gefühl, so neu und überwältigend, daß es das Risiko wert war, mein Leben dafür einzusetzen.

Philip Yancey

Loslassen

Loslassen bedeutet nicht aufhören zu lieben, es ist vielmehr die Erkenntnis, daß ich die Aufgabe eines anderen nicht übernehmen kann.

Loslassen bedeutet nicht, mich selbst auszuschließen, es ist vielmehr die Erkenntnis, daß ich einen anderen nicht kontrollieren kann.

Loslassen ist nicht befähigen, sondern die Möglichkeit zu geben, aus natürlichen Konsequenzen zu lernen.

Loslassen ist das Eingeständnis der eigenen Machtlosigkeit, die Erkenntnis, daß das Ergebnis nicht in meinen Händen liegt.

Loslassen ist nicht zu versuchen, einen anderen zu verändern oder ihm die Schuld zu geben. Ich kann nur mich selbst verändern.

Loslassen ist nicht, für etwas zu sorgen, sondern sich um etwas Gedanken zu machen.

Loslassen ist nicht, etwas in Ordnung zu bringen, sondern helfend zur Seite zu stehen.

Loslassen ist nicht zu urteilen, sondern einem anderen zu gestatten, ein Mensch zu sein.

Loslassen ist nicht alles selbst arrangieren zu wollen, sondern anderen zu gestatten, ihre Angelegenheiten selbst zu regeln.

Loslassen ist nicht einen übergroßen Beschützerinstinkt zu entwickeln, sondern einem anderen zu gestatten, sich der Realität zu stellen.

Loslassen ist nicht zu leugnen, sondern zu akzeptieren.

Loslassen ist nicht zu nörgeln, schimpfen oder streiten, sondern auf die eigenen Unzulänglichkeiten zu achten und sie zu korrigieren.

Loslassen ist nicht alles meinen Wünschen entsprechend zu

regeln, sondern jeden Tag so zu nehmen, wie er kommt, und den Augenblick zu genießen.

Loslassen ist nicht, alles zu kritisieren, sondern zu versuchen, meine Idealvorstellung von mir selbst zu verwirklichen.

Loslassen ist nicht über die Vergangenheit zu trauern, sondern für die Zukunft zu wachsen und zu leben.

Loslassen ist, sich weniger zu fürchten und mehr zu lieben.

Autor unbekannt

Die Macht der Liebe

Victor Frankl, ein Wiener Jude, wurde von den Nazis für mehr als drei Jahre in ein Konzentrationslager gesteckt. Mehrmals wurde er verlegt und verbrachte sogar mehrere Monate in Auschwitz. Dr. Frankl sagte, er hätte sehr früh gelernt, daß ein Weg zu überleben war, sich jeden Morgen zu rasieren, egal wie krank oder schwach man war, auch wenn man nur eine Glasscherbe zum Rasieren hatte. Denn jeden Morgen, wenn die Gefangenen zum Appell antraten, wurden die Kranken, die an diesem Tag nicht in der Lage sein würden zu arbeiten, in die Gaskammern geschickt. Wenn man rasiert war und das Gesicht dadurch gerötet war, stiegen die Chancen, an diesem Tag dem Tod zu entkommen.

Zu essen bekamen die Gefangenen täglich ein halbes Pfund Brot und einen Dreiviertelliter dünnen Haferschleim. Sie schliefen auf bloßen Bretterkojen, zweieinhalb Meter breit, neun Männer auf einer Koje. Die neun Männer teilten sich zwei Decken. Drei schrille Pfiffe weckten sie morgens um drei Uhr zur Arbeit.

Als sie eines Morgens loszogen, um Kilometer vom Lager entfernt Eisenbahnschienen auf dem gefrorenen Boden zu verlegen, trieben die Wärter sie mit Rufen und ihren Gewehrkolben an. Die Männer stützten sich aufeinander, um ihre wunden Füße zu schonen.

Der Mann neben Frankl murmelte in seinen hochgezogenen Kragen: „Wenn unsere Frauen uns sehen könnten! Ich hoffe nur, daß es ihnen in ihren Lagern besser geht und daß sie nie erfahren, was mit uns hier passiert."

Frankl schreibt: „Da mußte ich wieder an meine Frau denken. Und während wir kilometerweit marschierten, auf eisigen Flächen ausrutschten und uns gegenseitig immer wieder stützten, wurde kein Wort gesprochen, aber eines wußten wir beide: Jeder von uns dachte an seine Frau. Gelegentlich sah ich hinauf zum Himmel, wo die Sterne langsam verschwanden und das rosa Morgenrot hinter einer dunklen Wolkenbank heraufzog. Doch meine Gedanken hingen am Bild meiner Frau, und ich sah sie in aller Deutlichkeit vor mir stehen. Ich hörte, wie sie mir antwortete, sah ihr Lächeln, ihren offenen und ermutigenden Blick.

Ein Gedanke hielt mich gefangen: Zum ersten Mal im Leben erkannte ich die Wahrheit, die so viele Dichter vertont hatten, die von so vielen Denkern als die letztgültige Weisheit proklamiert worden war. Die Wahrheit – daß die Liebe das letzte und höchste Ziel eines Menschen ist. Dann begriff ich die Bedeutung des größten Geheimnisses, das die Dichtung und das Gedankengut des Menschen weiterzugeben haben: Die Erlösung des Menschen geschieht nur durch die Liebe und in der Liebe.

Nun aber bleiben Glaube, Hoffnung, Liebe, diese drei; aber die Liebe ist die größte unter ihnen.
(1.Korinther 13,13)

Alan Loy McGinnis

Das Geschenk der Weisen

Einen Dollar und 78 Cents. Das war alles, was sie hatte. 78 Cents, die sie sich dadurch zusammengespart hatte, daß sie beim Lebensmittelhändler und beim Gemüsemann den Preis heruntergehandelt hatte, bis ihre Wangen von der stillen Anklage des Geizes glühten. Dreimal zählte Della ihr Geld. Einen Dollar und 78 Cents. Und am nächsten Tag war Weihnachten.

Da blieb ihr nichts anderes übrig, als sich auf die schäbige kleine Couch sinken zu lassen und zu heulen. Und das tat Della auch. Was die moralische Betrachtung in Gang setzte, daß das Leben aus Schluchzen, Schniefen und Lächeln besteht, wobei das Schniefen häufiger ist.

Während die Hausherrin langsam von der ersten Phase in die zweite übergeht, wollen wir uns ihr Heim einmal ansehen. Eine möblierte Wohnung für acht Dollar pro Woche. Eine sehr ärmlich ausgestattete Wohnung.

Im Vestibül unten war ein Briefkasten angebracht, in den kein Brief jemals seinen Weg fand, und ein Klingelknopf, dem kein sterblicher Finger jemals ein Klingeln entlocken konnte. Über dem Klingelknopf hing ein Schild, auf dem der Name „Mr. James Dillingham Young" stand.

Das „Dillingham" wirkte stattlich, als der Träger dieses Namens noch dreißig Dollar pro Woche verdiente. Jetzt, wo das Einkommen auf zwanzig Dollar zusammengeschrumpft war, wirkten die Buchstaben des Namens „Dillingham" etwas verzerrt, so als würden sie ernsthaft darüber nachdenken, ob sie nicht zu einem bescheidenen und unauffälligen D. zusammenschrumpfen sollten. Aber wann immer Mr. James Dillingham Young nach Hause kam und seine Wohnung erreichte, wurde er Jim genannt und herzlich von Mrs. James Dillingham Young umarmt, die wir bereits als Della vorgestellt hatten. Und das war sehr gut.

Della hörte auf zu weinen und bestäubte ihre Wangen mit Rouge. Sie stand am Fenster und betrachtete eine graue Katze, die an einem grauen Zaun in einem grauen Hinterhof entlangspazierte. Morgen war Weihnachten, und sie besaß nur einen Dollar und 78 Cents, um Jim ein Geschenk zu kaufen. Seit Monaten hatte sie jeden Penny gespart, und diese Summe war zusammengekommen. Mit zwanzig Dollar pro Woche kommt man nicht weit. Die Ausgaben waren größer gewesen, als sie gedacht hatte. Aber das war immer so. Nur einen Dollar und 78 Cents, um ein Weihnachtsgeschenk für Jim zu kaufen. Für ihren Jim. Viele glückliche Stunden hatte sie damit verbracht, sich etwas Schönes für ihn zu überlegen. Etwas Erlesenes und Seltenes und Wertvolles – etwas, das der Ehre wert war, von Jim besessen zu werden.

Zwischen den Fenstern des Raumes hing ein Pfeilerspiegel. Vielleicht haben Sie schon einen Pfeilerspiegel gesehen. Eine sehr schlanke und bewegliche Person könnte es schaffen, in einer schnellen Abfolge von Längsstreifen eine ziemlich akkurate Darstellung ihres Aussehens zu bekommen. Da Della sehr schlank war, hatte sie es geschafft.

Plötzlich wirbelte sie vom Fenster herum und stellte sich vor den Spiegel. Ihre Augen strahlten, doch ihr Gesicht verlor innerhalb von zwanzig Sekunden seine Farbe. Schnell löste sie ihr Haar und ließ es sich über den Rücken fallen.

Die Dillingham Youngs verfügten über zwei Besitztümer, auf die sie sehr stolz waren. Das eine war Jims goldene Uhr, die schon seinem Vater und seinem Großvater gehört hatte. Das andere war Dellas Haar. Wenn die Königin von Saba in einer Wohnung auf der anderen Seite des Luftschachts gewohnt hätte, hätte Della eines Tages ihr Haar zum Trocknen aus dem Fenster hängen lassen, und sie hätte die Juwelen und Brillanten Ihrer Majestät in den Schatten gestellt. Wäre König Salomo der Pförtner gewesen, und hätte er alle seine Schätze im Keller aufgehäuft, hätte Jim jedesmal, wenn er an ihm vorbeiging, seine goldene Uhr hervorgeholt, nur um zu sehen, wie er sich vor Neid am Bart zupfte.

Dellas wunderschönes Haar fiel ihr nun also glänzend wie ein Wasserfall braunen Wassers über die Schultern. Es reichte bis unterhalb ihres Knies und hüllte sie beinahe ein wie ein Umhang. Schnell steckte sie es wieder auf. Sie zögerte einen Augenblick und stand ganz still, während eine Träne auf den zerschlissenen roten Teppich tropfte.

Dann holte sie entschlossen ihre alte braune Jacke und ihren alten braunen Hut. Mit funkelnden Augen stürzte sie aus der Wohnung und rannte die Treppe hinunter auf die Straße.

Sie blieb vor einem Laden stehen, über dem ein Schild mit der Aufschrift hing: „Madame Sofronie. Haarwaren aller Art." Della rannte eine Treppenflucht hoch und blieb keuchend stehen. Madame Sofronie war groß, blaß und dünn.

„Kaufen Sie mein Haar?" fragte Della.

„Ich kaufe Haar", erwiderte Madam. „Nehmen Sie Ihren Hut ab und lassen Sie mich mal sehen."

Und wieder fiel ihr der braune Wasserfall über den Rücken.

„Zwanzig Dollar", sagte Madame und betastete die Masse mit geübter Hand.

„Geben Sie es mir schnell", sagte Della.

Die nächsten zwei Stunden schwebte sie auf rosa Wolken. Vergessen war ihr Elend. Sie durchstöberte die Geschäfte auf der Suche nach einem Geschenk für Jim.

Und endlich fand sie es. Es war wie für Jim und niemand anderen gemacht. In keinem der anderen Geschäfte hatte sie etwas Vergleichbares gefunden, und sie hatte sie alle abgeklappert. Es war eine Platinuhrkette, einfach und bescheiden im Aussehen, die ihren Wert allein durch das Material erhielt und nicht durch protzige Verzierungen – wie es bei allen hochwertigen Dingen sein sollte. Sie war der Uhr würdig. Sobald sie sie erblickt hatte, wußte sie, daß sie Jim gehören mußte. Sie paßte zu ihm. Ruhe und Wert – diese Beschreibung paßte zu beiden. 21 Dollar kostete sie, und mit ihren restlichen 78 Cents eilte sie nach Hause. Mit dieser Kette an seiner Uhr würde Jim in Gesellschaft sicher gern die Uhr hervorholen und nach der Uhrzeit sehen. So großartig die Uhr auch war, manchmal sah er heimlich darauf, weil er sich des schäbigen Lederbandes schämte, an der sie hing.

Als Della ihre Wohnung erreichte, wich ihre Begeisterung der Ernüchterung. Sie holte ihren Lockenstab hervor, zündete das Gas an und machte sich daran, die Schäden zu reparieren, die durch ihre Großzügigkeit und Liebe entstanden waren.

Innerhalb von vierzig Minuten war ihr Kopf mit kleinen, dicht anliegenden Locken bedeckt. Sie betrachtete ihre Erscheinung lange und kritisch im Spiegel.

„Wenn Jim mich nicht umbringt", sagte sie zu sich, „bevor er mich ein zweites Mal ansieht, wird er sagen, ich sehe aus wie ein Chormädchen aus Coney Island. Aber was konnte ich schon mit einem Dollar und siebenundachtzig Cents anfangen?"

Um sieben Uhr war der Kaffee gekocht, und die Bratpfanne stand auf dem Herd bereit, um die Frikadellen zu braten.

Jim kam nie zu spät. Della legte die Uhrkette in ihrer Hand doppelt und setzte sich auf die Tischkante in der Nähe der Tür, durch die er immer eintrat. Schließlich hörte sie seine Schritte auf der Treppe unten im ersten Stock, und alle Farbe wich aus ihren Wangen. Sie hatte die Angewohnheit, wegen der einfachsten Dinge des Alltags kleine Stoßgebete zum Himmel zu schicken, und jetzt flüsterte sie: „Bitte, lieber Gott, mach, daß er mich noch immer hübsch findet."

Die Tür öffnete sich. Jim trat ein und schloß sie hinter sich. Er wirkte sehr schmal und sehr ernst. Armer Kerl, er war erst 22 – und trug schon die Bürde der Verantwortung für eine Familie! Er brauchte dringend einen neuen Mantel und besaß auch keine Handschuhe.

Jim blieb wie angewurzelt stehen, wie ein Jagdhund, der den Geruch einer Wachtel wahrnimmt. Sein Blick war auf Della gerichtet. In ihm lag ein Ausdruck, den sie nicht deuten konnte, und das erschreckte sie. Es war nicht Ärger, auch nicht Überraschung, Mißbilligung, Entsetzen oder eines der Gefühle, mit denen sie gerechnet hatte. Er starrte sie einfach an mit diesem seltsamen Gesichtsausdruck.

Della erhob sich und ging auf ihn zu.

„Jim, Liebling", rief sie, „sieh mich nicht so an. Ich habe mein Haar abschneiden lassen und verkauft, weil ich es nicht ertragen hätte, dir zu Weihnachten kein Geschenk machen zu können. Es wird wieder wachsen – du hast doch nichts dagegen, nicht? Ich mußte es einfach tun. Mein Haar wächst schrecklich schnell. Sag ‚Fröhliche Weihnachten!', Jim, und laß uns glücklich sein. Du weißt ja gar nicht, was für ein schönes – was für ein wunderschönes Geschenk ich für dich habe!"

„Du hast dein Haar abschneiden lassen?" fragte Jim mühsam, als hätte er es noch immer nicht verstanden.

„Abschneiden lassen und verkauft", erwiderte Della. „Magst du mich jetzt nicht mehr? Ich bin doch ich, auch ohne mein Haar, nicht?"

Jim sah sich im Zimmer um. „Dein Haar ist fort?" fragte er wie betäubt.

„Du brauchst gar nicht danach zu suchen", erwiderte Della. „Es ist verkauft, das habe ich dir doch erklärt – verkauft und fort. Es ist Heiligabend, mein Schatz. Vielleicht sind die Haare auf meinem Kopf gezählt", fuhr sie mit plötzlichem Ernst fort, „aber niemand kann jemals meine Liebe für dich in Worte fassen. Soll ich die Frikadellen in die Pfanne legen, Jim?"

Jetzt schien Jim endlich aus seiner Trance zu erwachen. Er nahm seine Della in die Arme. Deshalb wollen wir für zehn Sekunden unseren Blick diskret abwenden.

Acht Dollar pro Woche oder eine Million pro Jahr – wo liegt da der Unterschied? Ein Mathematiker oder ein kluger Kopf würde die falsche Antwort geben. Der Weise brachte wertvolle Geschenke, aber der war nicht unter ihnen. Dieses dunkle Eingeständnis wird später noch erleuchtet werden.

Jim holte ein Päckchen aus seiner Manteltasche und warf es auf den Tisch.

„Denk nichts Falsches über mich, Dell", sagte er. „Kein Haarschnitt, kein Shampoo und keine Färbung könnte bewirken, daß ich mein Mädchen weniger liebe. Aber wenn du dieses Päckchen auspackst, wirst du sehen, warum ich so lange brauchte, um mich zu fassen."

Mit zitternden Fingern löste sie die Bänder und riß das Papier auf. Ein begeisterter Freudenschrei; und dann, ach weh!, aus dem Freudenschrei wurde Weinen und Jammern, und ihr Mann mußte alle seine Kraft aufbieten, um sie zu trösten.

Denn dort lagen Kämme – die Kämme, die Della schon so lange in einem Schaufenster am Broadway bewunderte. Wunderschöne Kämme, reines Schildpatt mit juwelenbesetzten Rändern, die sie in ihrem wunderschönen Haar tragen sollte, das nun nicht mehr da war. Es waren teure Kämme, das wußte sie, und sie hatte sich danach verzehrt ohne die geringste Hoffnung, sie jemals zu besitzen. Und nun gehörten sie ihr, aber ihr Haar, das sie schmücken sollten, war fort.

Doch sie drückte sie an ihre Brust, und schließlich konnte sie Jim in die Augen sehen und sagen: „Mein Haar wächst ja so schnell, Jim!"

Und dann sprang Della auf wie eine Katze und rief: „Oh!"

Jim hatte ja sein wunderschönes Geschenk noch nicht gesehen! Eifrig legte sie es ihm in die geöffnete Hand. Ihr Strahlen schien sich in dem kostbaren Metall widerzuspiegeln.

„Ist sie nicht wunderschön, Jim? Ich habe die ganze Stadt danach abgesucht, bis ich sie endlich gefunden habe. Jetzt wirst du hundertmal am Tag auf die Uhr sehen. Gib mir deine Uhr. Ich möchte sehen, wie sie daran aussieht."

Doch anstatt zu gehorchen, ließ sich Jim auf die Couch sinken, legte die Hände hinter seinen Kopf und lächelte.

„Dell", sagte er, „wir wollen unsere Weihnachtsgeschenke fortpacken und eine Weile aufheben. Sie sind zu schön, um sie im Augenblick zu tragen. Ich habe die Uhr verkauft und für das Geld die Kämme gekauft. Und jetzt solltest du die Frikadellen in die Pfanne legen."

Die Weisen waren, wie Sie sicher wissen, weise Männer – sehr weise Männer –, die dem Kind in der Krippe Geschenke gebracht haben. Sie haben die Kunst des Geschenkemachens erfunden. Da sie selbst weise waren, waren ihre Geschenke zweifellos auch weise, und vermutlich konnte man sie umtauschen für den Fall, daß man sie doppelt bekam.

Und ich habe Ihnen nun die Chronik von zwei törichten Kindern erzählt, die höchst unklug einander die größten Schätze ihres Hauses geopfert hatten. Aber noch ein letztes Wort zu den Weisen dieser Zeit: Von allen, die Geschenke machen, waren diese beiden die Klügsten. Von allen, die Geschenke geben und empfangen, sind sie die Klügsten. Überall sind sie die Klügsten. Sie sind die Weisen.

O. Henry

Aneinander glauben

Die Liebe glaubt alles.

Im Jahre 1910 entwickelte DeWitt Wallace eine neue Idee für eine Zeitschrift. Sie sollte eine Reihe von knappen Artikeln enthalten und *Reader's Digest* heißen. Er stellte also eine Probeausgabe zusammen und schickte sie an verschiedene Verleger im ganzen Land. Niemand schien interessiert zu sein. DeWitt war schrecklich entmutigt.

Etwa zur selben Zeit lernte er Lila Bell Acheson, die Tochter eines presbyterianischen Pastors, kennen. Es dauerte nicht lange, bis die beiden sich ineinander verliebten. Lila glaubte an DeWitts Traum. Sie ließ nicht zu, daß er aufgab, und machte ihm Mut, an seiner hervorragenden Idee festzuhalten. Gestärkt durch ihren festen Glauben begann DeWitt, Rundschreiben an mögliche Abonnenten zu verfassen.

Im Oktober 1921 heirateten Lila und DeWitt. Als sie von ihrer Hochzeitsreise zurückkehrten, fanden sie einen ganzen Stapel von Anworten interessierter Abonnenten vor. Zusammen arbeiteten sie an Band 1, Nummer 1, der im Februar 1922 erschien. DeWitt Wallace machte Lila zur Mitherausgeberin und Mitbesitzerin seiner Zeitung. Im Laufe der Jahre wurde ihre kleine Zeitschrift immer größer. Heute wird *Reader's Digest* in mindestens achtzehn Sprachen übersetzt und ist die meistverkaufte Zeitschrift auf der ganzen Welt.

DeWitt und Lila waren mehr als Mann und Frau, sie waren wahre Freunde. Sie ermutigten und unterstützten einander und glaubten aneinander. Seite an Seite verwirklichten sie ihren Traum, und dabei lernten sie sich zu respektieren.

DeWitt sagte einmal: „Ich glaube, Lila hat *Reader's Digest* erst möglich gemacht."

Ich kann mir vorstellen, daß Lila dasselbe vermutlich über DeWitt sagen würde.

Ja, die Liebe glaubt alles. Sie hält an anscheinend unmöglichen Träumen fest und applaudiert, während diese Träume weitergesponnen und schließlich Wirklichkeit werden.

Steve Stephens

Akt der Liebe

Eine Mutter kam nach einem langen, harten Arbeitstag nach Hause. Ihr kleines Mädchen rannte ihr entgegen, um sie zu begrüßen. „Mami, Mami, ich muß dir unbedingt erzählen, was heute passiert ist."

Nachdem sie sich ein paar Sätze angehört hatte, meinte die Mutter, der Rest könnte warten, sie müsse unbedingt das Abendessen richten. Während der Mahlzeit klingelte das Telefon, und die Geschichten der anderen Familienmitglieder waren länger und lauter als die des kleinen Mädchens.

Sie versuchte es noch einmal, nachdem die Küche aufgeräumt war, doch dann mußten die Fragen ihres Bruders zu seinen Hausaufgaben beantwortet werden, und schließlich war es Zeit, sich für das Bett fertig zu machen.

Die Mutter kam, um ihr kleines Mädchen ins Bett zu bringen und mit ihm zu beten. Als sie sich bückte, um ihrer Tochter über die Locken zu streicheln und ihre weiche Wange zu küssen, blickte das Kind sie an und fragte: „Mami, hast du mich eigentlich wirklich lieb, wenn du nicht einmal Zeit hast, mir zuzuhören?"

Alice Gray

Komm nach Hause

Das kleine Haus war einfach, aber nett. Es bestand aus einem großen Zimmer und stand in einer staubigen Straße. Das mit roten Ziegeln gedeckte Dach war eines von vielen anderen in dieser ärmlichen Umgebung am Rande eines brasilianischen Dorfes. Es war ein gemütliches Haus. Maria und ihre Tochter Christina hatten ihr Möglichstes getan, um Farbe und Wärme auf die grauen Wände und den harten Lehmboden zu bringen: einen alten Kalender, eine verblaßte Fotografie, ein Holzkreuz. Die Möbel waren bescheiden: ein Strohsack auf jeder Seite des Zimmers, eine Waschschüssel und ein mit Holz beheizter Herd.

Marias Mann war gestorben, als Christina noch sehr klein war. Die junge Mutter weigerte sich eigensinnig, ein zweites Mal zu heiraten. Sie suchte sich einen Job und zog ihre kleine Tochter allein groß. Und nun, fünfzehn Jahre später, war das Schlimmste überstanden. Wenn sie sich auch mit Marias Lohn als Hausmädchen keinen Luxus leisten konnten, so reichte er zumindest aus für Nahrung und Kleidung. Auch war Christina jetzt alt genug, sich ebenfalls Arbeit zu suchen und mitzuhelfen.

Einige behaupteten, Christina hätte ihre Unabhängigkeit von ihrer Mutter geerbt. Die traditionelle Vorstellung, früh zu heiraten und eine Familie großzuziehen, war ihr zuwider. Nicht, daß sie nicht schon eine Reihe von Bewerbern gehabt hätte. Ihre olivfarbene Haut und ihre dunklen Augen zogen einen nicht abreißen wollenden Strom von Bewerbern an ihre Türschwelle. Sie hatte eine ansteckende Art, den Kopf in den Nacken zu werfen und den Raum mit ihrem Lachen zu erfüllen. Auch verfügte sie über einen seltenen Zauber, den nur wenige Frauen ihr eigen nennen können. Jeder Mann fühlte sich in ihrer Nähe wie ein

König. Doch es war ihre Neugier auf das Leben, die sie veranlaßte, alle Männer auf Armeslänge von sich fernzuhalten.

Sie sprach oft davon fortzugehen. Sie träumte davon, ihre schmutzige Gegend gegen die aufregenden Prachtstraßen und das Leben in der Stadt einzutauschen.

Allein der Gedanke daran entsetzte ihre Mutter. Maria erinnerte Christina immer sofort daran, wie hart es auf den Straßen zuging. „Die Leute kennen dich dort nicht. Es gibt wenig Arbeit, und das Leben ist schwierig. Und außerdem, womit würdest du denn dort deinen Lebensunterhalt verdienen?"

Maria wußte genau, was Christina würde tun müssen, um sich ihren Lebensunterhalt zu verdienen. Darum brach ihr das Herz, als sie eines Morgens aufwachte und das Bett ihrer Tochter leer vorfand. Maria wußte sofort, wohin ihre Tochter gegangen war. Sie wußte auch sofort, was sie tun mußte, um sie zu finden. Schnell warf sie einige Kleider in eine Tasche, suchte all ihr Geld zusammen und rannte aus dem Haus.

Auf ihrem Weg zur Bushaltestelle betrat sie eine Drogerie, um noch ein Letztes zu besorgen: Bilder. Sie saß in der Fotozelle, schloß den Vorhang und gab alles Geld, das sie erübrigen konnte, für Fotos aus. Mit der Tasche voller kleiner Schwarzweißfotos bestieg sie den nächsten Bus nach Rio de Janeiro.

Maria wußte, daß Christina keine Chance haben würde, Geld zu verdienen. Sie wußte auch, daß ihre Tochter zu eigensinnig war, um aufzugeben. Doch der Hunger bringt die Menschen dazu, Dinge zu tun, die vorher undenkbar gewesen wären. In diesem Wissen begann Maria mit ihrer Suche. Bars, Hotels, Nachtclubs, jeden Ort, wo Obdachlose und Prostituierte zu finden waren. Sie suchte sie alle auf. Überall hinterließ sie ihr Foto – an einen Badezimmerspiegel geklebt, an das schwarze Brett eines Hotels geheftet oder in der Ecke einer Telefonzelle befestigt. Und auf die Rückseite eines jeden Fotos schrieb sie eine kurze Notiz.

Es dauerte nicht lange, bis ihr das Geld und die Fotos ausgingen, und Maria mußte nach Hause zurückkehren. Die müde Mutter weinte, als der Bus seine lange Fahrt zurück in ihr kleines Dorf antrat.

Wenige Wochen später stieg die junge Christina die Treppen eines Hotels hinunter. Ihr junges Gesicht war müde. Ihre braunen Augen funkelten nicht mehr vor jugendlicher Begeisterung, sondern sprachen von Schmerz und Furcht. Ihr Lachen war gebrochen. Ihr Traum hatte sich in einen Alptraum verwandelt. Tausendmal schon hatte sie sich danach gesehnt, die zahllosen Betten gegen ihren ärmlichen, aber sicheren Strohsack eintauschen zu können. Doch ihr kleines Dorf war in vieler Hinsicht viel zu weit entfernt.

Als sie unten ankam, fiel ihr Blick auf ein vertrautes Gesicht. Sie sah noch einmal hin, und tatsächlich: Da an dem Spiegel in der Empfangshalle hing ein kleines Foto ihrer Mutter. Christinas Augen brannten, und ihre Kehle schnürte sich zusammen, als sie zu dem Spiegel hinging und das kleine Foto entfernte. Auf der Rückseite standen die einladenden Worte: „Was immer du getan hast, wozu du auch geworden bist, es ist egal. Bitte, komm nach Hause."

Und das tat sie auch.

Max Lucado

Familie

Gesegnet

*Kein anderer Erfolg im Leben - nicht das Präsidentenamt, Reichtum,
Collegestudium, Schriftstellerei oder irgend etwas anderes -
ist mit dem Erfolg eines Mannes oder einer Frau zu vergleichen,
die ihre Pflicht getan haben.
Nichts ist der Freude vergleichbar, die sie empfinden,
wenn ihre Kinder und Enkelkinder sie gesegnet nennen.*
Theodore Roosevelt

Eines Tages

Eines Tages, wenn die Kinder erwachsen sind, wird alles anders sein. Die Garage wird nicht mehr voller Fahrräder stehen, da wird keine elektrische Eisenbahn, kein Sägebock, umgeben von kleinen Holzstückchen, keine Nägel, kein Hammer und keine Säge, keine unfertigen „Experimentierprojekte" und kein Hasenstall mehr herumstehen. Ich werde beide Wagen ordentlich an ihrem Platz parken können und nie mehr über Skateboards, einen Stapel Zeitungen oder eine Tüte Hasenfutter stolpern, die dann aufplatzt und das Hasenfutter über die ganze Garage verstreut.

Eines Tages, wenn die Kinder erwachsen sind, wird die Küche unglaublich aufgeräumt sein. Im Spülbecken wird kein eingetrocknetes Geschirr stehen, der Müllzerkleinerer wird nicht durch Gummibänder oder Papierbecher verstopft, der Kühlschrank nicht durch neun Flaschen Milch überfüllt sein, und wir werden nicht mehr die Deckel der Marmeladengläser, der Ketchupflasche, der Erdnußbutter, der Margarine oder des Senfs verlieren. Die Wasserflasche steht nicht mehr leer im Kühlschrank, der Eiswürfelbehälter bleibt nicht über Nacht außerhalb der Gefriertruhe stehen, und der Honig wird in seinem Glas bleiben.

Eines Tages, wenn die Kinder erwachsen sind, wird das Gerät, das „Telefon" genannt wird, auch tatsächlich zur Verfügung stehen. Es wird nicht so aussehen, als würde es aus dem Ohr eines Teenagers herauswachsen. Es wird einfach dort hängen . . . still und erstaunlich verfügbar! Es wird nicht mit Lippenstift verschmiert sein, kein Speichel, keine Mayonnaise, keine Krümel und keine Zahnstocher werden in diesen kleinen Löchern stecken.

Eines Tages, wenn die Kinder erwachsen sind, werde ich durch die Autofenster hinaussehen können. Sie werden nicht mehr durch Fingerabdrücke, Fußabdrücke und Hundespuren (wie auch immer die an die Fenster kommen) verschmiert sein. Der Rücksitz wird kein Katastrophengebiet mehr sein, wir werden nicht mehr auf Stiften oder Spielfiguren sitzen, der Tank wird nicht mehr immer leer sein, und (Gott sei Dank!) werde ich nicht mehr den Hundedreck wegwischen müssen.

Eines Tages, wenn die Kinder erwachsen sind, werden wir wieder ein normales Gespräch führen können. Sie wissen schon, ein ganz einfaches Gespräch. Es wird nicht mehr jeder Satz mit einem siebenmaligen „kraß" unterstrichen. „Ätzend" wird nicht mehr zu hören sein. „Beeil dich, ich muß los!" wird nicht mehr das Klopfen an der Badezimmertür begleiten. „Ich bin dran" wird nicht mehr nach einem Vermittler schreien. Und ein Zeitungsartikel kann ohne Unterbrechung gelesen werden, und die Eltern werden ausführlich darüber sprechen können, ohne daß sie sich auf den Dachboden zurückziehen müssen, um ihr Gespräch zu Ende zu führen.

Eines Tages, wenn die Kinder erwachsen sind, wird uns nicht mehr das Toilettenpapier ausgehen. Meine Frau wird ihre Schlüssel nicht mehr verlieren. Wir werden nicht mehr vergessen, die Kühlschranktür zu schließen. Ich werde mir nicht mehr überlegen müssen, wie ich die Kinder von dem Kaugummiautomaten ablenke . . . oder auf die Frage antworten müssen: „Papa, ist es eine Sünde, daß du 60 in einer Dreißig-km/h-Zone fährst?" . . . oder versprechen müssen, dem Hasen einen Gutenachtkuß zu geben . . . oder bis in die Nacht aufbleiben müssen, bis die Kinder von ihrer Verabredung nach Hause kommen . . . oder eine Nummer ziehen müssen, um beim Abendbrottisch zu Wort zu kommen . . . oder mir die neuesten frommen Popmusikscheiben so laut anhören müssen, daß es an die Schmerzgrenze reicht.

Ja, eines Tages, wenn die Kinder erwachsen sind, wird alles ganz anders sein. Einer nach dem anderen werden sie unser Nest verlassen, und im Haus wird wieder Ordnung, vielleicht sogar ein Hauch von Eleganz einziehen. Man wird bei passender Gelegenheit das Klirren von vornehmem Porzellan hören. Das Knistern des Feuers wird durch den Flur hallen. Das Telefon wird seltsam still sein. Das Haus wird still sein . . . und ruhig . . . und immer sauber . . . und leer . . . und wir werden unsere Zeit nicht mehr damit verbringen, auf die Zukunft zu hoffen, sondern an das Gestern denken.

Und wir werden denken: „Vielleicht können wir auf die Enkelkinder aufpassen, dann wird wieder Leben in dieses Haus einziehen!"

Charles R. Swindoll

„Noch mehr, Papa . . . noch mehr"

Neulich packte mich bei einer Konferenz eine Frau am Arm, nachdem ich gerade darüber gesprochen hatte, wie sehr wir alle Bestätigung brauchen.

„Dr. Trent, darf ich Ihnen meine Geschichte erzählen?" fragte sie. „Eigentlich geht es um etwas, das mein Sohn mit meiner Enkelin erlebt hat, das perfekte Beispiel für das Thema, über das Sie gerade gesprochen haben. Es zeigt, wie wichtig Bestätigung ist.

Mein Sohn hat zwei Töchter, eine Fünfjährige und eine, die gerade die ‚schrecklichen Zwei' erlebt." Wenn eine Großmutter sagt, das Kind erlebe gerade die ‚schrecklichen Zwei', dann glauben Sie mir, ist es wirklich schlimm! „Mehrere Jahre lang hat mein Sohn immer wieder mit dem ältesten Mädchen etwas unternommen, doch bei der Zweijährigen fing er erst kürzlich damit an. Bei seiner ersten ‚Verabredung' mit der jüngeren Tochter ging er mit ihr zum Frühstücken in ein Fast-Food-Restaurant. Sie hatten gerade ihre Pfannkuchen bekommen, und mein Sohn dachte, es sei jetzt an der Zeit, diesem Kind zu sagen, wie sehr er es liebte."

„Jenny", hatte ihr Sohn begonnen, „ich möchte dir sagen, wie sehr ich dich liebe und wieviel du deiner Mama und mir bedeutest. Wir beten schon jahrelang für dich, und du bist zu einem so wundervollen Mädchen herangewachsen, auf das wir sehr stolz sind."

Nachdem er das gesagt hatte, griff er nach seiner Gabel und wollte zu essen beginnen . . . aber er schaffte es nicht, seine Gabel zum Mund zu führen.

Seine Tochter legte ihre kleine Hand auf die ihres Vaters. Sein Blick wanderte zu ihr, und mit leiser, bittender Stimme sagte sie: „Mehr, Papa . . . mehr."

Er legte die Gabel hin und zählte ihr noch mehr Gründe auf, warum sie sie liebten und stolz auf sie waren, dann griff er erneut nach seiner Gabel. Ein zweites Mal . . . und ein drittes Mal . . . und ein viertes Mal hörte er die Worte: „Mehr, Papa . . . mehr."

Dieser Vater bekam an diesem Morgen nicht viel zu essen, aber seine Tochter bekam die emotionale Nahrung, die sie so sehr brauchte.

Einige Tage später rannte sie spontan zu ihrer Mutter und sagte: „Ich bin wirklich ein ganz besonderes Kind, Mama. Papa hat mir das gesagt."

John Trent

Weisheit

Weisheit ist, was man lernt, nachdem man weiß, daß nur sie wichtig ist.

Ballons

Vor mehreren Wochen nahm ich an einer Hochzeit teil, die in einem wunderschönen Garten gefeiert wurde. Nachdem der Pastor den Bräutigam aufgefordert hatte, die Braut zu küssen, stiegen ungefähr 150 gasgefüllte Ballons in den blauen Himmel über Kalifornien. Es war ein hübscher Anblick, der mich an einen ähnlichen Augenblick bei den olympischen Spielen 1984 in Los Angeles erinnerte. Innerhalb weniger Sekunden hatten sich die Ballons am Himmel verteilt – einige stiegen Hunderte von Metern hoch, andere trieben dem Horizont zu.

Die Verteilung war seltsam. Alle waren von derselben Stelle aufgestiegen, sie waren alle mit ungefähr gleichviel Gas gefüllt und stiegen unter denselben Bedingungen von Sonne und Wind auf. Trotzdem waren sie innerhalb weniger Minuten in alle Himmelsrichtungen verteilt. Ein paar Ballons blieben in den oberen Zweigen eines Baumes hängen, während andere nur noch als bunter Punkt am Himmel zu erkennen waren.

Wie interessant, dachte ich – und welch ein gutes Symbol für Kinder.

James Dobson
Siehe Erklärung in den Anmerkungen hinten im Buch.

Was ist eine Großmutter?

Eine Großmutter ist eine Dame, die keine eigenen Kinder hat. Sie mag die kleinen Jungen und Mädchen anderer Leute. Ein Großvater ist eine männliche Großmutter. Er geht mit den Jungen spazieren, und sie sprechen über das Fischen und solche Sachen.

Großmütter haben nichts zu tun, außer dazusein. Sie sind so alt, daß sie nicht mehr wild spielen oder rennen sollten. Es reicht aus, wenn sie uns zu dem Supermarkt fahren, wo das elektrische Schaukelpferd steht, und eine Menge Münzen parat haben. Oder wenn sie mit uns spazierengehen, bleiben sie bei hübschen Dingen wie besonderen Blättern und Raupen stehen. Niemals sagen sie: „Beeil dich."

Normalerweise sind Großmütter dick, aber nicht zu dick, um deine Schuhe zuzubinden. Sie tragen Brillen und seltsame Unterwäsche. Sie können ihre Zähne wie ein Kaugummi herausnehmen.

Großmütter müssen nicht klug sein, sie müssen nur Fragen beantworten können wie: „Warum ist Gott nicht verheiratet?" und „Wie kommt es, daß Hunde immer Katzen hinterherjagen?"

Großmütter sprechen nicht in Babysprache mit dir, wie Gäste es immer tun, weil es schwer zu verstehen ist. Wenn sie uns vorlesen, lassen sie keine Worte aus und haben auch nichts dagegen, wenn sie dieselbe Geschichte immer wieder lesen müssen.

Alle sollten versuchen, eine Großmutter zu haben, vor allem, wenn sie keinen Fernseher haben, denn sie sind die einzigen Erwachsenen, die Zeit haben.

Brief eines Drittklässlers

Die Mauer

Ihr Hochzeitsfoto verspottete sie vom Tisch aus, diese beiden,
deren Geist den anderen nicht mehr anrührte.

Sie hatten eine so dicke Mauer zwischen sich aufgebaut,
daß weder das Geschützfeuer der Worte
noch die Artillerie der Berührung sie niederreißen konnte.
Irgendwo zwischen dem ersten Zahn des ältesten Kindes
und dem Abschlußzeugnis der jüngsten Tochter
haben sie sich verloren.
Im Laufe der Jahre hat jeder von ihnen langsam
dieses verheddertе Knäuel, das sich „Ich" nennt, entwirrt,
und während sie an den eigensinnigen Knoten zerrten,
hat jeder seine Suche vor dem anderen versteckt.
Manchmal weinte sie nachts und
bat die flüsternde Dunkelheit, ihr zu sagen, wer sie war.
Er lag neben ihr und schnarchte wie ein Bär im Winterschlaf,
und bemerkte ihren Winter nicht.
Einmal, nachdem sie sich geliebt hatten,
wollte er ihr erzählen, wie sehr er sich vor dem Sterben fürchtete,
aber aus Angst, seine Seele zu entblößen,
sprach er statt dessen von der Schönheit ihrer Brüste.
Sie machte einen Kurs über moderne Kunst,
versuchte, sich in den Farben zu finden, die sie auf die Lein-
    wand spritzte,
und beklagte sich bei den anderen Frauen über die
Gefühllosigkeit der Männer.
Er stieg in ein Grab, „das Büro" genannt,
wickelte seinen Geist in ein Leichentuch aus Papierzahlen,
und begrub sich in den Kunden.

Langsam wurde die Mauer zwischen ihnen höher,
zementiert durch den Mörtel der Gleichgültigkeit.
Eines Tages, als sie nacheinander griffen, um sich zu berühren,
bemerkten sie die Mauer, die sie nicht durchdringen konnten,
und sie zuckten zurück vor der Kälte des Steines,
jeder zog sich von dem Fremden auf der anderen Seite zurück.
Denn die Liebe stirbt nicht in dem Augenblick eines zornigen
      Streits,
nicht, wenn leidenschaftliche Körper ihre Hitze verlieren.
Sie liegt keuchend, erschöpft,
erloschen am Fuß einer Mauer, die sie nicht überwinden
      konnte.

Autor unbekannt

Sanfte Berührung

Mein Vater hatte ein Herz für Menschen, die Hunger litten. Er war Evangelist und reiste von Ort zu Ort, um Evangelisationen zu halten. Das Reisen war teuer, und das Geld war bei uns zu Hause immer sehr knapp. Ein großes Problem damals war die Bezahlung der Evangelisten. Pastoren bekamen ein festes Jahresgehalt, doch Evangelisten wurden nur bezahlt, wenn sie auch arbeiteten. Darum versiegte das Einkommen meines Vaters immer abrupt zu Weihnachten und in den Sommerferien oder wann immer er sich ausruhte. Vielleicht hatten wir deshalb immer so wenig Geld, wenn er zu Hause war.

Aber unsere Geldknappheit hielt meinen Vater nicht davon ab, anderen zu geben. Ich erinnere mich noch, wie Dad zu einer kleinen Gemeinde fuhr, um dort zu predigen, und zehn Tage später wiederkam. Meine Mutter begrüßte ihn herzlich und fragte, wie die Evangelisation gelaufen sei. Er sprach immer begeistert über dieses Thema. In solchen Augenblicken wechselte sie dann geschickt das Thema und fragte ihn nach den Spenden. Frauen machen sich immer um solche Dinge Gedanken.

„Wieviel haben sie dir bezahlt?" fragte sie.

Noch immer sehe ich das Gesicht meines Vaters vor mir, wie er lächelte und zu Boden sah. „Äh . . .", stammelte er. Meine Mutter trat zurück und sah ihm in die Augen.

„Aha, ich verstehe", erwiderte sie. „Du hast das Geld weggegeben, nicht?"

„Myrt", sagte er. „Der Pastor dort macht gerade eine schwierige Zeit durch. Seine Kinder sind so bedürftig. Es hat mir einfach das Herz gebrochen. Sie haben Löcher in ihren Schuhen, und einer von ihnen geht bei diesem kalten Wetter ohne Mantel zur

Schule. Ich hatte das Gefühl, ich sollte ihnen die gesamten fünfzig Dollar geben."

Meine gute Mutter blickte ihn einen Augenblick lang eindringlich an und lächelte dann. „Du weißt, wenn Gott dir aufgetragen hat, das zu tun, dann bin ich damit einverstanden."

Und ein paar Tage später passierte das Unausweichliche. Die Dobsons hatten überhaupt kein Geld mehr. Wir verfügten über keinerlei Reserven, die uns über die Runden gebracht hätten.

Mein Vater rief uns ins Schlafzimmer, damit wir zusammen beteten. Ich erinnere mich an diesen Tag, als wäre es gestern gewesen. Er betete zuerst.

„Oh Herr, du hast versprochen, daß du uns, wenn wir dir in guten Zeiten treu sind, auch über die schwierigen Zeiten hinweghelfen willst. Wir haben versucht, großzügig mit dem zu sein, das du uns gegeben hast, und jetzt rufen wir dich um Hilfe an."

Ein tief beeindruckter zehnjähriger Junge hörte an diesem Tag sehr aufmerksam zu. *Was wird passieren?* fragte er sich. *Wird Gott Papas Gebet erhören?*

Am folgenden Tag kam ganz unerwartet mit der Post ein Scheck über 1200 Dollar. Ehrlich! Genau so ist es passiert, nicht nur bei dieser Gelegenheit, sondern immer wieder. Ich sah, wie Gott sich der Großzügigkeit meines Vaters gemäß verhalten hat. Nein, Gott hat uns niemals reich gemacht, aber er hat uns alles gegeben, was wir brauchten, und mein junger Glaube wuchs stetig und unaufhaltsam. Ich habe gelernt, daß man Gott niemals etwas schenken kann!

Mein Vater gab auch weiterhin großzügig, bis ins hohe Alter. Ich machte mir Sorgen, wie er und Mom die Ruhestandsjahre finanzieren sollten, da sie nur wenig hatten ansparen können. Wenn Papa Geld bekam, gab er es weg. Ich fragte mich, wie um alles in der Welt sie mit dem Hungerlohn auskommen sollten, den die Pastoren im Ruhestand von ihren Glaubensgemeinschaften bekamen. (Als Witwe bekam meine Mutter nur 80 Dollar im Monat, nachdem Papa 45 Jahre in der Gemeinde gearbeitet hatte.)

Eines Tages lag mein Vater auf dem Bett, während Mama sich bereits anzog. Als sie sich umdrehte, bemerkte sie, daß er weinte.

„Was ist denn los?" fragte sie.

„Der Herr hat gerade zu mir gesprochen", erwiderte er.

„Möchtest du mir davon erzählen?" fragte sie vorsichtig.

„Er hat mir etwas in bezug auf dich gesagt."

Sie forderte ihn auf, ihr zu sagen, was der Herr ihm klargemacht hatte.

Mein Vater sagte: „Es war eine seltsame Erfahrung. Ich lag hier auf meinem Bett und dachte über vieles nach. Ich betete nicht, dachte auch nicht an dich, als Gott zu mir sprach und sagte: ‚Ich werde für Myrthel sorgen.'"

Keiner von ihnen verstand die Botschaft; sie sortierten sie sorgfältig in die Liste des Unverständlichen ein. Doch fünf Tage später bekam mein Vater einen schweren Herzanfall, und drei Monate danach war er tot. Im Alter von 66 Jahren ging dieser gute Mann, dessen Namen ich trage, zu Christus, den er sein ganzes Leben lang geliebt und dem er gedient hatte.

Es war faszinierend zu sehen, wie Gott sein Versprechen, für meine Mutter zu sorgen, wahrmachte. Auch als sie im Endstadium an der Parkinson'schen Krankheit litt und permanente Pflege zu astronomischen Kosten brauchte, sorgte Gott vor. Das kleine Erbe, das mein Vater seiner Frau hinterlassen hatte, vervielfältigte sich in den Jahren nach seinem Tod. Es reichte aus, alles zu bezahlen, was sie brauchte, einschließlich liebevoller Pflege. Gott war auch in anderer Hinsicht bei ihr und nahm sie sanft in seine sicheren Arme, bis er sie nach Hause holte. Es war tatsächlich so, daß mein Vater Gott niemals auch nur annähernd etwas geschenkt hatte.

James Dobson

Als du dachtest,
ich würde nicht hinsehen

Als du dachtest, ich würde nicht hinsehen, hängtest du mein erstes Bild an den Kühlschrank, und ich wollte ein anderes malen.

Als du dachtest, ich würde nicht hinsehen, hast du eine streunende Katze gefüttert, und ich dachte, es sei gut, Tiere gut zu behandeln.

Als du dachtest, ich würde nicht hinsehen, backtest du einen Geburtstagskuchen nur für mich, und ich wußte, daß nur wenige Dinge etwas ganz besonderes sind.

Als du dachtest, ich würde nicht hinsehen, sprachst du ein Gebet, und ich dachte, es gibt einen Gott, mit dem ich immer reden kann.

Als du dachtest, ich würde nicht hinsehen, hast du mir einen Gutenachtkuß gegeben, und ich fühlte mich geliebt.

Als du dachtest, ich würde nicht hinsehen, sah ich Tränen in deinen Augen, und ich lernte, daß manches auch weh tut – aber daß es in Ordnung ist zu weinen.

Als du dachtest, ich würde nicht hinsehen, lächeltest du, und das weckte in mir den Wunsch, ebenso hübsch auszusehen.

Als du dachtest, ich würde nicht hinsehen, sorgtest du für mich, und ich wollte mein Bestes geben.

Als du dachtest, ich würde nicht hinsehen – sah ich hin . . . und wollte danke sagen für alle die Dinge, die du getan hast, als du dachtest, ich würde nicht hinsehen.

Mary Rita Schilke Korzan

Wenn ich groß bin ...

Mein Enkel Danny war erst drei, als er und sein Vater für ein Jahr
zu uns zogen. Jeden Morgen standen wir in der Tür und warfen
seinem Vater und seinem Großvater, wenn sie zur Arbeit gingen,
Handküsse hinterher und winkten ihnen nach. Dann räumten
Danny und ich das Haus auf, damit wir Wolkenkratzer aus Bau-
klötzchen bauen und wundervolle Reisen unternehmen konnten, indem wir ein Buch nach dem anderen lasen. Später gingen
wir unseren Feldweg entlang zum Briefkasten, unsere Post zu
holen, und lauschten dem Wind, der in den hohen Tannen
raschelte.

Eines Abends nach der Arbeit warf Opa Danny hoch in die Luft
und sagte: „Komm, laß uns einen Hamburger holen." Unterwegs
sangen wir und plauderten miteinander, und schließlich wurde
es still im Wagen. Danny dachte nach. Er sagte: „Opa hat einen
Job, und Papa hat einen Job, und wenn ich groß bin, werde ich
auch einen Job haben."

„Das stimmt, Danny", erwiderte Opa.

Nach einer Weile fügte Danny hinzu: „Und wenn Oma groß
ist, wird sie auch einen Job haben."

Marilyn K. McAuley

Auch wenn es dunkel ist

Er war ein starker Mann, der einem Feind gegenüberstand, der viel stärker war als er.

Seine junge Frau war ernstlich krank geworden und starb ganz unerwartet. Sie ließ den großen Mann mit einem Mädchen von knapp fünf Jahren allein.

Der Trauergottesdienst in der Dorfkapelle war einfach und sehr ergreifend. Nach der Beerdigung auf dem kleinen Friedhof sammelten sich die Nachbarn des Mannes um ihn.

„Bitte komm doch mit deinem kleinen Mädchen für ein paar Tage zu uns", bot jemand an. „Du solltest jetzt nicht allein nach Hause gehen."

Trotz seines Kummers erwiderte der Mann: „Vielen Dank, liebe Freunde, für dieses freundliche Angebot. Aber wir müssen nach Hause zurückgehen - dorthin, wo sie war. Mein Kind und ich müssen uns dem stellen."

So kehrten sie also zurück, der große Mann und sein kleines Mädchen, in ein, wie es schien, leeres und totes Haus. Der Mann stellte das kleine Bett seiner Tochter in sein Zimmer, damit sie sich der ersten dunklen Nacht gemeinsam stellen konnten.

Die Minuten schlichen an diesem Abend dahin, und das kleine Mädchen bemühte sich einzuschlafen . . . genau wie ihr Vater. Was könnte einen Mann tiefer treffen als ein Kind, das leise nach seiner Mutter weint, die niemals zurückkommen wird?

Das kleine Mädchen weinte bis tief in die Nacht hinein. Der große Mann reichte zu ihr hinüber und versuchte, sie so gut er konnte zu trösten. Nach einer Weile gelang es dem Mädchen, mit dem Weinen aufzuhören - aber nur ihrem Vater zuliebe.

Da der Vater dachte, seine Tochter sei eingeschlafen, sah er zur

Decke hinauf und sagte mit gebrochener Stimme: „Ich vertraue dir, Vater, aber . . . es ist so dunkel!"

Als das kleine Mädchen das Gebet ihres Vaters hörte, begann es wieder zu weinen.

„Ich dachte, du würdest schlafen, Kleines", sagte er.

„Papa, ich habe es versucht. Du hast mir so leid getan. Ich habe es wirklich versucht. Aber – ich konnte nicht einschlafen. Papa, hast du gewußt, daß es so dunkel sein kann? Warum ist das so, Papa? Ich kann nicht einmal dich sehen, so dunkel ist es." Und unter Tränen flüsterte das Kind: „Aber du hast mich doch lieb, auch wenn ich dich nicht sehe, nicht, Papa?"

Als Antwort griff der große Mann hinüber, hob das kleine Mädchen aus seinem Bett und legte es neben sich. Er hielt seine Tochter im Arm, bis sie endlich einschlief.

Als sie zur Ruhe gekommen war, begann er zu beten. Er machte sich den Schrei seiner kleinen Tochter zu eigen und gab ihn an Gott weiter.

„Vater, es ist so schrecklich dunkel. Ich kann dich überhaupt nicht sehen. Aber du liebst mich doch, auch wenn es dunkel ist und ich dich nicht sehen kann, nicht?"

In dieser dunklen Stunde rührte der Herr ihn an und gab ihm neue Kraft, um weiterzumachen. Er wußte, daß Gott ihn auch in der Dunkelheit liebte.

Ron Mehl

Hast du eine Minute Zeit?

Eine Mutter hatte gerade ein Buch über Erziehung gelesen . . . und einiges erkannt, was sie als Mutter falsch gemacht hatte. Deshalb ging sie hoch zu ihrem Sohn, um mit ihm darüber zu sprechen. Als sie nach oben kam, hörte sie aus dem Zimmer ihres Jungen den lauten Rhythmus seines Schlagzeugs. Sie wollte wirklich alles besser machen, doch als sie an die Tür klopfte, bekam sie kalte Füße.

„Hast du eine Minute Zeit?" sagte sie, als ihr Sohn auf ihr Klopfen hin öffnete.

„Mama, du weißt doch, daß ich immer Zeit für dich habe", erwiderte der Junge.

„Weiß du, mein Junge, ich . . . ich . . . mir gefällt, wie du Schlagzeug spielst."

Er erwiderte: „Ehrlich? Vielen Dank, Mama!"

Sie erhob sich und wollte wieder nach unten gehen. Auf halbem Weg wurde ihr klar, daß sie das, was sie eigentlich hatte sagen wollen, nicht weitergegeben hatte. Darum kehrte sie um und klopfte noch einmal an seine Zimmertür.

„Ich bin es noch einmal! Hast du noch eine Minute Zeit für mich?"

Er erwiderte: „Mama, wie ich dir schon sagte, ich habe immer Zeit für dich."

Sie setzte sich auf das Bett. „Als ich eben hier war, wollte ich dir etwas sagen, aber ich habe es noch immer nicht herausgebracht. Was ich eigentlich sagen wollte, war . . . dein Vater und ich . . . wir finden dich einfach großartig."

Er sagte: „Du und Paps?"

Sie erwiderte: „Ja, dein Paps und ich."

„Prima, Mom. Vielen Dank."

Sie verließ das Zimmer und war wieder auf halbem Weg nach unten, als ihr klarwurde, daß sie dem, was sie eigentlich hatte sagen wollen, zwar näher gekommen war, ihrem Sohn aber noch immer nicht gesagt hatte, daß sie ihn liebte. Also kehrte sie wieder um und ging zu seinem Zimmer.

Dieses Mal hörte er sie kommen. Bevor sie noch anklopfen konnte, rief er: „Ja, ich habe eine Minute Zeit!"

Sie setzte sich wieder auf sein Bett. „Weißt du, mein Junge, ich habe es jetzt schon zweimal probiert und noch immer nicht herausbekommen. Was ich dir eigentlich sagen wollte, ist, daß ich dich liebe. Ich liebe dich von ganzem Herzen. Nicht ‚dein Vater und ich lieben dich', sondern ‚ich liebe dich'."

Er sagte: „Mama, das ist großartig. Ich liebe dich auch!" Er nahm sie fest in den Arm.

Sie verließ das Zimmer und war gerade an der Treppe angekommen, als ihr Sohn den Kopf zur Tür herausstreckte und fragte: „Mama, hast du eine Minute Zeit?"

Sie lachte und sagte: „Sicher."

„Mama", sagte er, „bist du gerade von einem Seminar zurückgekommen oder sowas?"

David Jeremiah

Das Gebet eines Vaters

Lieber himmlischer Vater, kannst du mir vergeben, daß ich meinen Kindern weh getan habe?

Ich kam aus ärmlichen Verhältnissen, darum dachte ich, ein großes Haus würde meinen Kindern das Gefühl geben, wichtig zu sein. Ich erkannte nicht, daß sie dazu nur meine Liebe brauchten.

Ich dachte, Geld würde sie glücklich machen, aber es überzeugte sie davon, daß materielle Dinge wichtiger waren als Menschen.

Ich dachte, Prügel würde sie so widerstandsfähig machen, daß sie sich verteidigen könnten. Doch es hielt mich nur davon ab, nach Weisheit zu streben, damit ich sie erziehen und lehren konnte.

Ich dachte, sie sich selbst zu überlassen, würde sie unabhängig machen. Doch es zwang meinen ersten Sohn nur dazu, der Vater meines zweiten Sohnes zu sein.

Ich dachte, ich würde Frieden halten, indem ich über alle Familienprobleme hinwegging. Doch ich lehrte sie nur wegzulaufen, anstatt etwas anzupacken.

Ich dachte, die perfekte Familie vorzutäuschen würde ihnen Ansehen bringen. Doch ich lehrte sie nur, eine Lüge zu leben und das Geheimnis zu wahren.

Ich dachte, als Vater bräuchte ich nur Geld zu verdienen und ihre materiellen Bedürfnisse zu befriedigen. Doch ich weiß jetzt, daß ein Vater mehr zu sein hat. Das Problem ist, sie wissen gar nicht, was ein Vater wirklich ist.

Und, lieber Gott, ich hoffe, du kannst dieses Gebet lesen. Meine Tränen haben eine ganze Reihe von Worten verwischt.

John Ellis

Sommerurlaub

Ein guter Freund von mir aus Alabama erzählte mir vor einigen Jahren eine unvergeßliche Geschichte von einem Sommerurlaub, den er für seine Frau und seine Kinder geplant hatte. Aus beruflichen Gründen konnte er nicht mitfahren, aber er half ihnen bei der Planung jedes einzelnen Tages des Campingurlaubs. Sie wollten in dem Kombi von Montgomery nach Kalifornien fahren, dann an der Westküste entlang wieder zurück nach Montgomery.

Er hatte ihre Route genau im Kopf und wußte, wann sie den „Great Divide" überqueren mußten. Mein Freund buchte also einen Flug zum nächstgelegenen Flughafen und mietete einen Wagen mit Fahrer, der ihn zu der Stelle fahren sollte, an der der Wagen vorbeikommen mußte. Mehrere Stunden lang saß er im Wagen und wartete auf den vertrauten Kombi. Als er endlich in Sicht kam, stellte er sich an den Straßenrand und hielt seinen Daumen in die Höhe wie ein Tramper, um von seiner Familie mitgenommen zu werden, die ihn dreitausend Meilen entfernt glaubte.

Ich sagte zu ihm: „Coleman, ich bin erstaunt, daß sie nicht entsetzt von der Straße abfuhren oder einen Herzschlag bekamen. Was für eine unglaubliche Geschichte. Warum hast du dir soviel Mühe gemacht?"

„Naja", erwiderte er, „eines Tages werde ich tot sein, und wenn das passiert, sollen meine Kinder und meine Frau sagen: ‚Wißt ihr, unser Papa war immer zu einem Scherz aufgelegt.'"

Toll, dachte ich. *Das ist ein Mann, der anderen Leuten Freude bereiten möchte.* Das brachte mich zum Nachdenken, wie meine eigene Familie mich wohl in Erinnerung behalten wird. Ich bin sicher, sie werden sagen: „Na ja, Papa war ein netter Kerl, aber er hat sich sehr viele Gedanken darum gemacht, daß die Lichter ausgemacht und die Fenster geschlossen werden, daß der Garten in Ordnung und der Rasen gemäht ist."

Ich will nicht, daß das die einzigen bleibenden Erinnerungen an mich sind!

Bruce Larson

An meinen erwachsenen Sohn

Meine Hände waren so beschäftigt;
ich hatte nicht viel Zeit, mit dir zu spielen;
die kleinen Dinge, um die du mich gebeten hast –
ich hatte nicht viel Zeit für dich.
Ich wusch deine Kleider, ich nähte und kochte;
doch als du dein Bilderbuch gebracht
und mich gebeten hast, deine Freude zu teilen,
sagte ich: „Später, mein Sohn."

Ich habe dich abends ins Bett gebracht
und sprach mit dir das Abendgebet, knipste das Licht aus,
und schlich leise zur Tür . . .
ich wünschte, ich wäre noch eine Minute geblieben.

Denn das Leben ist kurz, die Jahre eilen vorüber . . .
ein kleiner Junge wird so schnell erwachsen.
Er ist nicht mehr an deiner Seite,
um dir seine kostbaren Geheimnisse anzuvertrauen.
Die Bilderbücher werden weggepackt;
es werden keine Spiele mehr gespielt.
Kein Gutenachtkuß, keine Gebete –
das alles gehört der Vergangenheit an.

Meine Hände, früher so beschäftigt, ruhen jetzt.
Die Tage sind lang und schwer zu füllen.
Ich wünschte, ich könnte die Zeit zurückdrehen und
die kleinen Dinge tun, um die du mich gebeten hast.

Autor unbekannt

27 Dinge,
die man seinem Partner nicht sagen sollte

Es gibt nichts Schlimmeres als eine ungesunde Kommunikation mit dem Menschen, den man liebt. Durch die Kommunikation treten wir miteinander in Verbindung. Wenn diese Verbindung vergiftet wird, ist es nur eine Frage der Zeit, bis die ganze Beziehung vergiftet ist. Wenn man miteinander kommuniziert, muß man wissen, was man lieber nicht sagen sollte . . .

Darum habe ich ein paar gute Freunde gefragt, was man seinem Partner lieber nicht sagen sollte. Hier ist ihre Liste:

„Das habe ich dir doch gleich gesagt."
„Du bist genau wie deine Mutter."
„Du hast immer schlechte Laune."
„Du denkst einfach nicht nach."
„Das ist alles deine Schuld."
„Was ist bloß wieder los mit dir?"
„Du beklagst dich immer nur."
„Ich kann dir auch gar nichts recht machen."
„Du bekommst eben das, was du verdient hast."
„Warum hörst du denn auch nicht auf mich?"
„Kannst du nicht etwas mehr Verantwortungsbewußtsein zeigen?"
„Was hast du dir dabei gedacht?"
„Du bist unmöglich!"
„Ich weiß nicht, warum ich mich überhaupt mit dir abgebe."
„Ich kann mit dir reden, bis ich schwarz werde, aber es bringt nichts."
„Ich kann tun, was ich will."

„Wenn es dir nicht paßt, kannst du ja gehen."
„Kannst du denn gar nichts richtig machen?"
„Das war dumm von dir."
„Du denkst immer nur an dich."
„Wenn du mich wirklich lieben würdest, würdest du das
   machen."
„Du bist ja so ein Kind."
„Wie wäre es zur Abwechslung mal mit Fairneß?"
„Du verdienst eine Dosis deiner eigenen Medizin."
„Was ist denn dein Problem?"
„Ich kann dich einfach nicht verstehen."
„Mußt du denn immer recht haben?"

Steve Stephens

37 Dinge,
die man seinem Partner
sagen sollte

Eine gesunde Ehe ist ein sicherer Zufluchtsort, wo man sich entspannen und von den Anforderungen des Alltags erholen kann. Wir müssen positive Dinge von unserem Partner hören. Dieselben Freunde, die die Liste mit den Dingen zusammengestellt haben, die man seinem Partner *nicht* sagen sollte, schrieben auf, was sie gern von ihrem Partner hören würden.

„Gute Arbeit!"
„Du bist wunderbar."
„Das war wirklich großartig."
„Du siehst heute toll aus."
„Ohne dich fühle ich mich unvollständig."
„Ich möchte dir für alles danken, was du in den vergangenen
      Jahren für mich getan hast."
„Du nimmst den ersten Platz in meinem Leben ein, noch vor
      den Kindern, meinem Beruf, Freunden und allem anderen."
„Ich bin froh, daß ich dich geheiratet habe."
„Du bist mein bester Freund."
„Ich würde dich jederzeit wieder heiraten."
„Ich wäre heute gern mit dir zusammen gewesen."
„Ich habe dich heute sehr vermißt."
„Ich mußte heute immer an dich denken."
„Es ist schön, neben dir aufzuwachen."
„Ich werde dich immer lieben."
„Ich sehe dich so gern lächeln."
„Du bist mein Traumpartner."
„Ich vertraue dir."

„Du kannst immer auf mich zählen."
„Bei dir fühle ich mich zu Hause."
„Ich bin so stolz darauf, mit dir verheiratet zu sein."
„Es tut mir leid."
„Ich hatte unrecht."
„Was würde dir gefallen?"
„Was denkst du gerade?"
„Ich möchte dir nur zuhören."
„Du bist etwas ganz Besonders."
„Ich kann mir ein Leben ohne dich nicht vorstellen."
„Ich wünschte, ich wäre dir ein besserer Partner."
„Wie kann ich dir helfen?"
„Bitte bete für mich."
„Ich bete heute für dich."
„Ich weiß jeden Augenblick zu schätzen, den wir zusammen
    sind."
„Danke, daß du mich liebst."
„Danke, daß du mich akzeptierst."
„Danke, daß du mein Partner bist."
„Du machst mir jeden Tag heller."

Steve Stephens

Von höherem Wert

Ein Freund, Vater von zwei Töchtern, gibt zu, daß er den Jungen, mit denen seine Töchter ausgehen, gern ein wenig auf den Zahn fühlt. Seinen Töchtern ist es zwar peinlich, wenn er um ein kurzes Gespräch mit den Jungen bittet, und ihm wäre es natürlich auch lieber, wenn die Jungen ihn ganz in Ordnung fänden, als daß sie ihn für einen knöcherigen Vater mit einem übergroßen Beschützerinstinkt halten. Aber manches ist einfach ein wenig Peinlichkeit wert. Den Jungen mag der Beschützerinstinkt zu groß sein. In den Augen der Väter gibt es so etwas wie einen zu großen Beschützerinstinkt jedoch nicht.

Ein anderer Freund erzählt mir, er verdeutliche seinen Standpunkt am Beispiel eines Sportwagens. Er sagt zu dem Verehrer seiner Tochter: „Wenn ich einen besonders teuren, exotischen Sportwagen besitzen und dich einmal damit fahren lassen würde, würdest du doch sehr sorgsam damit umgehen, nicht wahr?"

„Aber natürlich, darauf können Sie wetten."

„Du würdest ihn besser behandeln, als wenn er dir gehören würde, nicht?"

„Bestimmt."

„Es würde mir gar nicht gefallen, wenn du so schnell fahren würdest, daß die Reifen quietschen, nicht?"

„Nein."

„Ich möchte dir etwas sagen, so von Mann zu Mann, nur damit wir uns recht verstehen. Meine Tochter hat für mich einen unendlich höheren Wert als jeder Wagen. Verstehst du, was ich meine? Sie ist für die nächsten paar Stunden eine Leihgabe von mir an dich, und ich möchte nicht feststellen müssen, daß sie mit weniger Sorgfalt und Respekt von dir behandelt worden ist, als ich ihr zukommen lassen würde. Ich bin für sie verantwortlich.

Sie steht unter meinem Schutz. Ich vertraue sie dir an. Dieses Vertrauen darf nicht enttäuscht werden. Verstanden?"

Mittlerweile wird sich der junge Mann natürlich fragen, warum er nicht ein anderes Mädchen eingeladen hat. Er nickt nur, bekommt keinen Ton heraus. Meistens bringt er das Mädchen früher als verabredet nach Hause. Die Tochter beklagt sich natürlich über die Vorgehensweise ihres Vaters, aber tief in ihrem Innern fühlt sie sich geliebt und umsorgt, und Sie können sicher sein, daß sie einen Mann heiraten wird, der sie ebenso behandelt.

Jerry B. Jenkins

Testament

Ich habe nun meinen gesamten Besitz an meine Familie verteilt. Eines würde ich ihnen jedoch noch gern mitgeben, und das ist der christliche Glaube. Wenn sie den hätten, wären sie reich, auch wenn ich ihnen nicht einen einzigen Pfennig hinterlassen hätte. Wenn sie den Glauben nicht haben, sind sie arm, auch wenn ich ihnen die ganze Welt vermacht hätte.

Patrick Henry

Schenk mir einen Sohn

Schenk mir einen Sohn, o Herr, der stark genug ist, um zu wissen, wann er schwach ist, und tapfer genug, daß er sich seine Angst eingestehen kann; einer, der stolz und unbeugsam ist in ehrlicher Niederlage und demütig und sanft im Sieg.

Schenk mir einen Sohn, dessen Brustbein nicht da ist, wo sein Rückgrat sein sollte; ein Sohn, der dich kennt – und weiß, daß sich selbst zu kennen der Grundstein der Weisheit ist.

Führe ihn, darum bitte ich dich, nicht auf den Weg der Bequemlichkeit, sondern den Pfad der Schwierigkeiten und Herausforderung. Laß ihn hier lernen, gegen den Sturm anzukämpfen; und laß ihn Mitleid lernen für die, die fallen.

Schenk mir einen Sohn, dessen Herz rein ist, dessen Ziele hoch gesteckt sind; einen Sohn, der zuerst sich selbst beherrscht, ehe er danach strebt, über andere zu herrschen; einen Sohn, der lernt zu lachen, doch nie das Weinen verlernt; einen Sohn, der sich nach der Zukunft ausstreckt, jedoch nie die Vergangenheit vergißt.

Und zu all diesen Dingen gib ihm genügend Sinn für Humor, daß er immer ernst sein kann, sich selbst jedoch nie zu ernst nimmt. Gib ihm Demut, damit er sich immer an die Einfachheit wahrer Größe erinnern kann, den offenen Sinn für wahre Weisheit, die Schwäche wahrer Stärke. Dann werde ich, sein Vater, wagen zu sagen: „Ich habe nicht umsonst gelebt."

General Douglas A. MacArthur

Eine große Dame

Ich erinnere mich, daß du, als ich in der vierten Klasse war, einmal bis tief in die Nacht hinein an einem Zorro-Kostüm für mich genäht hast. Ich wußte, daß du eine gute Mutter warst, aber mir war nicht klar, was für eine große Dame du warst.

Ich kann mich erinnern, daß du manchmal zwei Jobs auf einmal hattest und den kleinen Laden vor unserem Haus geführt hast, um sicherzustellen, daß unsere Familie alles hatte, was sie brauchte. Du hast viele Stunden gearbeitet und es trotzdem zustandegebracht, dabei noch zu lächeln. Ich wußte, daß du eine harte Arbeiterin warst, aber mir war nicht klar, was für eine große Dame du warst.

Ich erinnere mich an den Abend, an dem ich spät zu dir kam und dir erzählte, daß ich in einem Theaterstück am folgenden Tag einen König spielen sollte. Irgendwie hast du es geschafft, ein „Königsgewand" mit Hermelinkragen (aus Baumwolle mit schwarzen Punkten) anzufertigen. Nach all dieser Arbeit vergaß ich, mich in dem Stück umzudrehen, so daß niemand dein Werk richtig sah. Trotzdem konntest du lachen und lieben und sogar diese Augenblicke genießen. Ich wußte, daß du eine einzigartige Mutter warst, die mit jeder Situation fertig wurde, aber mir war nicht klar, was für eine große Dame du warst.

Ich erinnere mich, wie ich einmal, als ich eine Kindergruppe leitete, morgens um halb vier mit dreiundvierzig Kindern nach Hause gekommen bin und gefragt habe, ob sie über Nacht bei uns bleiben und bei uns frühstücken könnten. Ich erinnere mich, daß du um halb fünf aufgestanden bist und mit den Vorbereitungen angefangen hast. Ich wußte damals, daß du eine fröhliche und großzügige Geberin warst, aber mir war nicht klar, was für eine große Dame du warst.

Ich kann mich erinnern, daß du alle meine Football- und Basketballspiele besucht und begeistert verfolgt hast. Selbst im Mittelfeld konnte ich deine Anfeuerungsrufe hören. Ich wußte damals, daß du die beste Anfeurerin aller Zeiten warst, doch mir war nicht klar, was für eine große Dame du warst.

Ich erinnere mich an all die Opfer, die du gebracht hast, damit ich die Uni besuchen konnte – an die zusätzliche Arbeit, die du auf dich genommen hast, die lieben Päckchen, die du mir so regelmäßig geschickt hast, die Briefe, die mir immer wieder gezeigt haben, daß ich doch nicht ganz allein bin. Ich wußte, daß du eine großartige Freundin warst, aber mir war nicht klar, was für eine große Dame du warst.

Ich erinnere mich, wie ich nach meinem Abschluß für 200 Dollar im Monat in der Kinder-Mission zu arbeiten begann. Obwohl du und Paps gedacht habt, ich hätte den Verstand verloren, habt ihr mir trotzdem Mut gemacht. Ich weiß noch, wie du gekommen bist und mir geholfen hast, mir mein kleines Einzimmerappartment herzurichten. Durch deine liebevolle Mitarbeit wurde es zu einem schönen Zuhause. Ich erkannte damals, was für ein kreatives Genie du warst, aber mir war nicht klar, was für eine große Dame du warst.

Die Zeit verging. Ich wurde älter und heiratete, gründete eine Familie. Du wurdest „Nana" und liebtest deine neue Rolle, doch du schienst nicht älter zu werden. Ich erkannte damals, daß Gott einen ganz besonderen Platz im Leben für dich bereithielt, aber mir war nicht klar, was für eine große Dame du warst.

Ich wurde durch einen Unfall aus der Bahn geworfen. Alles wurde schwieriger für mich. Aber du standest an meiner Seite, wie du es immer getan hattest. *Manche Dinge verändern sich nie,* dachte ich – und ich war sehr dankbar. Ich erkannte damals, was ich schon lange gewußt hatte – was für eine großartige Krankenschwester du warst –, aber mir war nicht klar, was für eine große Dame du warst.

Ich schrieb einige Bücher, und den Leuten schienen sie zu gefallen. Du und Paps, ihr wart so stolz, daß du den Leuten manchmal ein Exemplar der Bücher geschenkt hast, nur um zu zeigen, was eines deiner Kinder geschafft hat. Ich erkannte damals, was für eine großartige Förderin du warst, aber mir war nicht klar, was für eine große Dame du warst.

Die Zeiten haben sich geändert . . . Jahre sind ins Land gezogen, und Paps ist gestorben. Ich sehe dich noch bei dem Beerdigungsgottesdienst vor mir, hoch aufgerichtet und stolz in einem purpurfarbenen Kleid, wie du den Leuten sagtest: „Wie gesegnet sind wir gewesen, und wie dankbar sind wir für ‚ein gutes Leben‘.“ In diesem Augenblick sah ich eine Frau, die aufrecht und dankbar auch die schwierigsten Lebensumstände meistern kann. Ich begann zu erkennen, was für eine große Dame du warst.

In dem letzten Jahr, als du allein standest wie nie zuvor, ist alles, was ich in all den Jahren beobachtet und erfahren habe, in einer ganz neuen Weise zusammengekommen. Trotz allem ist dein Lachen jetzt voller, deine Kraft noch größer, deine Liebe noch tiefer, und ich erkenne in Wahrheit, was für eine große Dame du bist.

Tim Hansel

Leben

Schöne Dinge

Die besten und schönsten Dinge im Leben
können nicht gesehen oder sogar berührt werden . . .
sie müssen mit dem Herzen gefühlt werden.
Helen Keller

Kennedys Frage

Wenige Tage vor der Amtseinsetzung von Präsident John F. Kennedy bekam ich eine Einladung zu einem Golfspiel mit ihm und Senator George Smathers und eine Abendeinladung in das Haus Kennedys. Als wir nach dem Golfspiel zu Kennedys Haus fuhren, stellte Präsident Kennedy mir eine Frage. „Glauben Sie, daß Jesus Christus wiederkommt?"

Seine Frage traf mich vollkommen unvorbereitet. Nie hätte ich mir träumen lassen, daß Kennedy über ein solches Thema nachdachte! Da ich ihm vorher nur bei wenigen Gelegenheiten begegnet war, hatte ich keine Ahnung, wo er in bezug auf den christlichen Glauben stand.

„Jawohl, Sir, das tue ich", erwiderte ich.

„Gut", sagte er. „Erklären Sie es mir."

Und so hatte ich Gelegenheit, mit ihm über das zweite Kommen Jesu zu sprechen. Ich habe mich oft gefragt, warum er diese Frage gestellt hat, und ich glaube, zumindest eine Teilantwort bekam ich tausend Tage später, als er ermordet wurde.

Kardinal Cushing las die unten zitierten Verse bei Präsident Kennedys Beerdigung. Millionen Menschen auf der ganzen Welt verfolgten den Gottesdienst im Fernsehen oder im Radio.

Besonders ins Auge fällt die Aussage in Vers 17: *danach werden wir, die wir leben und übrigbleiben, zugleich mit ihnen entrückt werden auf den Wolken in die Luft, dem Herrn entgegen.* Der Ausdruck „entrückt" ist die Übersetzung eines griechischen Wortes, das „wegschnappen" bedeutet. Der Tag, an dem Jesus Christus wiederkommt, um seine Jünger von allen Friedhöfen dieser Welt „wegzuschnappen", rückt immer näher. Und diejenigen von uns, die noch leben und übrigbleiben, werden mit ihnen zusammen entrückt werden, Jesus entgegen. Das ist die Zukunftshoffnung für den Christen.

Denn er selbst, der Herr, wird, wenn der Befehl ertönt, wenn die Stimme des Erzengels und die Posaune Gottes erschallen, herabkommen vom Himmel, und zuerst werden die Toten, die in Christus gestorben sind, auferstehen. Danach werden wir, die wir leben und übrigbleiben, zugleich mit ihnen entrückt werden auf den Wolken in die Luft, dem Herrn entgegen; und so werden wir bei dem Herrn sein allezeit.
(1.Thessalonicher 4,16–17)

Billy Graham

Vertrauen

Ich verstehe es nicht,
aber ich vertraue meinem Guten Hirten,
weil ich weiß, daß er mich nicht irgendwohin führen wird,
wohin ich ihm nicht folgen soll.

Alice Marquardt

Wenn wir uns beeilt hätten

Es war einmal ein Mann, der mit seinem Vater ein kleines Stück Land bewirtschaftete. Mehrmals im Jahr belud er den alten Ochsenkarren mit Gemüse und fuhr in die nächste Stadt, um die Waren zu verkaufen. Abgesehen von ihrem Namen und dem kleinen Stück Land hatten Vater und Sohn wenig Gemeinsamkeiten. Der alte Mann nahm das Leben leicht. Der Junge war immer in Eile . . . ein sehr ehrgeiziger Mensch.

Eines Morgens spannten sie den Ochsen vor den beladenen Karren und machten sich auf die lange Reise. Der Sohn dachte, daß sie am nächsten Morgen in aller Frühe den Markt erreichen konnten, wenn sie sich beeilen und den ganzen Tag und die ganze Nacht durchfahren würden. Er trieb also den Ochsen mit der Gerte an.

„Nimm's leicht, mein Sohn", sagte der alte Mann. „Dann lebst du länger."

„Aber wenn wir den Markt vor den anderen erreichen, können wir bessere Preise erzielen", widersprach der Sohn.

Keine Antwort. Der Vater zog sich nur den Hut in die Stirn und schlief auf seinem Sitz ein. Verärgert trieb der Sohn den Ochsen noch mehr an. Doch dieser hielt stur an seinem Tempo fest.

Vier Stunden später hatten sie vier Meilen zurückgelegt und kamen an ein kleines Haus. Der Vater erwachte, lächelte und sagte: „Das ist das Haus deines Onkels. Wir wollen anhalten und ihn begrüßen."

„Aber wir haben doch schon eine Stunde verloren", beklagte sich der ungeduldige Junge.

„Dann machen ein paar Minuten mehr auch nichts mehr aus. Mein Bruder und ich sehen uns doch so selten", erwiderte der Vater langsam.

Der Junge konnte seinen Zorn nur mühsam unterdrücken, während die beiden Männer lachten und sich fast eine Stunde lang unterhielten. Als sie wieder unterwegs waren, übernahm der Vater die Zügel. Sie kamen an eine Straßengabelung, und der Vater führte den Ochsen nach rechts.

„Der linke Weg ist kürzer", widersprach der Sohn.

„Das weiß ich", erwiderte der alte Mann, „aber dieser Weg ist sehr viel schöner."

„Ist dir die Zeit denn vollkommen egal?" fragte der junge Mann ungeduldig.

„Oh, ich habe großen Respekt vor der Zeit! Darum möchte ich mir gern die schöne Landschaft ansehen und jeden Augenblick auskosten."

Der gewundene Pfad führte durch wunderschöne Wiesen mit wilden Blumen und an einem plätschernden Bach vorbei – was der junge Mann alles nicht wahrnahm, weil er innerlich kochte und vor Ungeduld beinahe platzte. Er bemerkte nicht einmal den herrlichen Sonnenuntergang an diesem Tag.

In der Abenddämmerung fuhren sie durch einen, wie es schien, riesigen, bunten Garten. Der alte Mann sog den Duft der Blumen tief ein, lauschte auf den plätschernden Bach und ließ den Ochsen anhalten. „Hier wollen wir übernachten", seufzte er.

„Das ist die letzte Fahrt, die ich mit dir mache", fuhr sein Sohn ihn an. „Du interessierst dich mehr für Sonnenuntergänge und den Duft der Blumen als dafür, Geld zu verdienen!"

„Das ist das Netteste, das du in der letzten Zeit zu mir gesagt hast", lächelte der Vater. Wenige Minuten später schnarchte er selig – während sein Sohn zornig die Sterne anfunkelte. Quälend zog sich die Nacht dahin. Der Junge konnte keine Ruhe finden.

Vor Sonnenaufgang weckte der Sohn seinen Vater. Sie spannten an und fuhren weiter. Etwa eine Meile später begegneten sie einem anderen Bauern, den sie aber nicht kannten. Er versuchte, seinen Wagen aus einem Graben zu ziehen.

„Wir wollen ihm helfen", sagte der alte Mann.

„Und noch mehr Zeit verlieren?" explodierte der Junge.

„Beruhige dich, mein Sohn . . . du könntest einmal selbst im Graben hängen. Wir müssen anderen helfen, die in Not sind – vergiß das nicht."

Der Junge senkte verärgert den Blick.

Es war fast acht Uhr morgens, als der andere Wagen endlich wieder auf der Straße stand. Plötzlich zuckte ein heller Blitz über den Himmel. Ein Grollen folgte. Jenseits der Hügel verdunkelte sich der Himmel.

„Sieht so aus, als würde ein heftiges Gewitter in der Stadt wüten", sagte der alte Mann.

„Wenn wir uns beeilt hätten, hätten wir unsere Ware jetzt schon fast verkauft", brummte sein Sohn.

„Nimm's leicht . . . dann lebst du länger. Und du kannst dein Leben dann auch viel besser genießen", riet der freundliche alte Herr.

Am späten Nachmittag erreichten sie den Hügel, von dem aus sie einen Blick auf die Stadt hatten. Sie blieben stehen und starrten lange Zeit hinunter. Keiner von ihnen sprach ein Wort.

Schließlich legte der junge Mann seinem Vater die Hand auf die Schulter und sagte: „Jetzt verstehe ich, was du meinst, Vater."

Sie wendeten ihren Wagen und fuhren langsam den Berg hinunter, von dem aus sie auf die Überreste der Stadt Hiroshima hinabgesehen hatten.

Billy Rose

Frühlingsfohlen

Du fröhliches Frühlingsfohlen,
das seinen Kopf zurückwirft
und die warme
Frühlingsbrise schnuppert.
Was für eine Schönheit du bist,
wie du frei
über die frische
grüne Erde läufst.
Weißt du nicht,
daß du gebrochen werden mußt,
um deinem Herrn
von Nutzen zu sein?

Nancy Spiegelberg

Lachen

Wer lacht . . . bleibt.

Tim Hansel

Der Hammer, die Feile
und der Ofen

Es war Rutherford, der in einer sehr schwierigen Situation gesagt hat:

„Preist Gott für den Hammer, die Feile und den Schmelzofen!"

Der Hammer ist ein nützliches und sehr handliches Werkzeug. Er ist unverzichtbar, wenn Nägel eingeschlagen werden müssen. Jeder Schlag des Hammerkopfes treibt die Nägel tiefer in das Holz hinein.

Doch wenn der Nagel Gefühle und einen Verstand hätte, würde er uns eine ganz andere Geschichte erzählen. Für den Nagel ist der Hammer ein grausamer, unbarmherziger Meister – ein Feind, der ihn gern in die Unterwerfung schlägt. Das ist die Sicht des Nagels von dem Hammer. Sie stimmt. Abgesehen von einer Sache: Der Nagel neigt dazu zu vergessen, daß sowohl er als auch der Hammer von demselben Handwerker gehalten werden. Der Handwerker entscheidet, wer „eingeschlagen" wird . . . und welchen Hammer er dafür verwendet.

Diese Entscheidung ist das souveräne Recht des Zimmermanns. Der Nagel muß sich nur klarmachen, daß er und der Hammer in der Hand desselben Handwerkers liegen . . . dann wird sein Zorn verblassen, und er wird sich widerstandslos dem Willen des Zimmermanns beugen.

Dasselbe gilt für das Metall, das der rauhen Oberfläche der Feile und der heißen Glut des Schmelzofens ausgesetzt ist. Wenn das Metall vergißt, daß es selbst und die Werkzeuge der Obhut des Handwerkers unterliegen, wird es Haß und Zorn aufbauen. Das Metall muß sich daran erinnern, daß der Handwerker weiß, was er tut . . . und daß er tut, was gut ist.

Leid und Enttäuschungen sind wie der Hammer, die Feile und der Schmelzofen. Sie kommen in allen Formen und Größen vor:

176

eine unerfüllte Liebe, vorzeitiger Tod, ein unerreichtes Lebensziel, die Scheidung der Eltern, eine in die Brüche gegangene Beziehung, ein rebellierendes Kind, der Rat des Arztes zur „sofortigen Operation", eine schlechte Note in der Schule, eine Depression, die sich einfach nicht bessert, eine Angewohnheit, die man einfach nicht ablegen kann. Manchmal kommt das Leid ganz unerwartet . . . dann wieder entsteht es ganz langsam im Laufe von vielen Monaten, so langsam wie die Erosion der Erde.

Schreibe ich an einen „Nagel", der angefangen hat, sich über die Schläge des Hammers zu ärgern? Stehen Sie am Rande der Verzweiflung und denken, Sie könnten keinen weiteren Tag des Herzeleids ertragen? Ist es das, was Sie niederdrückt?

So schwer es für Sie vielleicht auch sein mag – der Meister weiß, was er tut. Ihr Erlöser kennt den Punkt, an dem Sie brechen. Der Prozeß des Zerbrechens und Schmelzens soll Sie neu gestalten und nicht kaputt machen. Ihr Wert steigert sich mit jedem Tag, an dem er an Ihnen arbeitet.

Charles R. Swindoll

Drei Männer und eine Brücke

Die Brücke ist ein guter alter Freund für mich. Als ich anfing, sie jeden Morgen auf dem Weg zur Arbeit zu überqueren, war sie das Signal, daß meine lange Fahrt nun fast zu Ende war. Doch nach einer Weile begann ich, mich auf die Leute zu konzentrieren, die über die Brücke liefen.

Da war ein junger Schwarzer, an dem ich fast jeden Morgen vorbeifuhr. Sein intelligentes und gutaussehendes Gesicht wirkte entschlossen. Ich begann, für ihn zu beten, für seinen Tag und sein Leben. Wenn wir uns einmal nicht auf der Brücke trafen, stellte ich fest, daß ich mir Sorgen um ihn machte. Jetzt sehe ich ihn überhaupt nicht mehr. Ich frage mich, wo er ist, wie es ihm geht. Ist er Student? Hat er sein Studium beendet? Ist er in dem kalten Winter krank geworden? Oder hat er sich ganz einfach einen Wagen gekauft und überquert die Brücke nun auf Rädern?

Dann ist da ein älterer Mann, den ich gelegentlich mit einem großen Metallkreuz sehe, das er sich über die Schulter gelegt hat; auf dem Rücken trägt er ein Schild mit der Aufschrift: „Jesus errettet Sünder von der Hölle". Mein Magen gerät immer in Aufruhr, wenn ich ihn sehe. Für ihn zu beten fällt mir schwerer als das Gebet für meinen jungen Freund. Vielleicht, weil ich nicht so mutig wie er meinen Glauben bekenne. Vielleicht auch deshalb, weil das Kreuz zwar schwer wirkt, in Wirklichkeit jedoch von einem kleinen Wagen mit Rädern transportiert wird. Auf jeden Fall habe ich bei diesem Mann ein ungutes Gefühl.

Doch das Bild, das sich besonders tief in meine Erinnerung eingegraben hat, ist das eines obdachlosen Mannes mit seinem Hund. Der Mann war unrasiert und seine Kleidung zerlumpt. Er trug eine alte Armeejacke, eine Hose und Armeestiefel. Sein langes Haar war noch nicht grau geworden. Sein vollgestopfter

Rucksack ließ ihn gebückt gehen. Zwar ist dies ein für diese Gegend durchaus nicht unübliches Bild, aber ich glaube, es war der Hund, der mich so faszinierte – ein großer, alter und offensichtlich sehr loyaler schwarzer Labrador. Auch er trug einen Rucksack. Zu jeder Seite hing eine Baumwolltasche. Der Mann und sein Hund waren ein Bild für wahre Freundschaft. Wie oft in meinem Leben habe ich mich danach gesehnt, meine Last so liebevoll getragen zu sehen.

Ich fühlte mich gedrängt, für meinen jungen schwarzen Freund zu beten, weil er bedürftig im Geist war. Der alte Mann mit dem Kreuz verdeutlichte in sehr harter Weise, wie wichtig es ist, seinen Glauben aufrichtig weiterzugeben. Doch der heimatlose Mann mit seinem Hund erinnerte mich an die tiefe Sehnsucht einer jeden Seele, den Schrei eines jeden Herzens – jemanden an seiner Seite zu haben, dessen Liebe so bedingungslos und kompromißlos ist, der klaglos und fraglos jede Last auf sich nimmt und sich mit der Last an deiner Seite hält. Es ist ein großes Vorrecht, beides zu sein, der Beladene und der Lastenträger, bedürftig zu sein und gebraucht zu werden.

Auf den unterschiedlichen Reisen in meinem Leben werde ich noch viele Brücken zu überqueren haben. Ob ich sie nun zügig überquere oder mich mit einem Freund auf die andere Seite kämpfe, ich werde das Bild von den drei Männern und das, was es mir zu sagen hat, immer in meinem Herzen tragen.

Sandy Snavely

Unglaublich!

Es passierte gegen Mittag am Muttertag. Einem Fernsehbericht zufolge beschloß der 27jährige Michael Murray, mit seinen beiden Kindern zu dem Krankenhaus zu fahren, wo seine Frau und die Mutter seiner Kinder Dienst im Operationssaal hatte. Die Familie wollte Muttertagsgeschenke abgeben: eine goldene Halskette mit der Inschrift: „Mama ist die Nummer 1" und eine einzige Rose. Nachdem sie ihre Mission erledigt hatten, begab sich der Vater mit seinen beiden Kindern zurück in die dunkle Tiefgarage, wo der Wagen geparkt stand.

Murray stellte den Kindersitz mit dem drei Monate alten Matthew auf das Dach des Wagens und wandte seine Aufmerksamkeit der 20 Monate alten Schwester zu. Nachdem er seine Tochter angeschnallt hatte, setzte sich Murray hinters Lenkrad, ohne an den kleinen Matthew zu denken, der noch immer auf dem Dach des Wagens stand.

Langsam fuhr er aus der dunklen Tiefgarage ins helle Sonnenlicht und durch die überfüllten Straßen zur Schnellstraße. Trotz des dichten Verkehrs versuchte niemand, ihn auf den Kindersitz aufmerksam zu machen, der noch auf seinem Dach stand. Nachdem er auf die Schnellstraße aufgefahren war, beschleunigte er auf 80 Stundenkilometer. Plötzlich hörte er ein Kratzen auf dem Dach seines Wagens, als der kleine Sitz mit dem angeschnallten Matthew zu rutschen begann.

Er berichtet: „Ich sah zur Seite, wo Matthew eigentlich hätte sitzen sollten, und sah plötzlich im Rückspiegel den Kindersitz auf die Straße fallen. Er landete mitten auf der Schnellstraße, genau im Weg des nachfolgenden Verkehrs . . ."

Der Kindersitz flog vom Dach, schlug auf der Straße auf und rutschte mit unglaublichem Schwung die Straße entlang, den

180

nachfolgenden Autos entgegen. Ein älterer Händler mit Namen James Boothby fuhr hinter dem Wagen der Murrays und bekam mit, was passierte. Er sah, wie der kleine Matthew vom Dach flog und auf der Straße aufschlug.

„Ich sah etwas durch die Luft fliegen. Zuerst dachte ich, jemand hätte etwas aus dem Fenster geworfen. Dann entdeckte ich es und dachte, es sei eine Puppe. Doch dann öffnete die Puppe den Mund, und ich erkannte, daß es ein kleines Baby war. Es landete genau auf der Straße. Der Sitz hüpfte ein paar Mal, kippte aber nicht vornüber. Er landete genau auf der Straße und rutschte ein Stück weiter. Ich trat auf die Bremsen, lenkte den Wagen auf den Seitenstreifen und stellte ihn quer, damit kein anderer Wagen daran vorbeifahren konnte. Ich sprang aus dem Wagen und fand ein unverletztes Baby in einem unbeschädigten Kindersitz. Ich nahm den Sitz hoch und brachte den Kleinen zu seinem vor Entsetzen erstarrten Vater."

Diese wahre Geschichte kommt einem Wunder gleich. Gott hat in die Situation eingegriffen, sonst wäre eine entsetzliche Tragödie passiert.

David Jeremiah

Kämpfe

Als kleiner Junge hatte er Schmetterlinge geliebt. Oh, er hat sie nicht gefangen und getrocknet, sondern nur ihre Farben und Gewohnheiten bestaunt.

Jetzt als erwachsener Mann, dessen erstes Kind in Kürze geboren werden soll, ist er wieder fasziniert von einem Kokon. Er hatte ihn am Wegrand im Park gefunden. Irgendwie war der Zweig, an dem er gehangen hatte, vom Baum abgebrochen, und der Kokon hatte den Sturz unbeschadet überlebt. Noch immer hing er an dem Zweig.

Wie er es bei seiner Mutter gesehen hatte, wickelte er ihn vorsichtig in sein Taschentuch und brachte ihn nach Hause. Der Kokon fand sein vorübergehendes Zuhause in einem großen Glas mit Löchern im Deckel. Das Glas wurde auf die Fensterbank gestellt, um es vor der neugierigen Katze zu schützen, die nur zu gern mit dem klebrigen Kokon gespielt hätte.

Der Mann beobachtete. Das Interesse seiner Frau war nach kurzer Zeit erloschen, doch er betrachtete täglich die seidige Hülle. Beinahe unmerklich bewegte sich der Kokon. Er sah genauer hin, und schon bald erzitterte der Kokon vor Aktivität. Nichts sonst passierte. Der Kokon blieb fest an dem Zweig, und es war auch nichts von Flügeln zu sehen.

Schließlich wurde das Zittern so stark, daß der Mann dachte, der Schmetterling würde bei dem Kampf sein Leben lassen. Er entfernte den Deckel von dem Glas, holte ein scharfes Messer aus seiner Schreibtischschublade und machte einen winzigen Schnitt in die Seite des Kokons. Beinahe sofort erschien ein Flügel und dann der andere. Der Schmetterling war frei! Er schien seine Freiheit zu genießen und lief am Rand des Glases und auf dem Fensterbrett umher. Aber er flog nicht. Zuerst dachte der

Mann, die Flügel müßten noch trocknen, doch die Zeit verging, und der Schmetterling flog noch immer nicht.

Der Mann machte sich Sorgen und rief seinen Nachbarn herbei, der Naturwissenschaften unterrichtete. Er erzählte ihm, wie er den Kokon gefunden und in das Marmeladenglas gelegt hatte, berichtete auch von dem schrecklichen Zittern und dem Kampf, den der Schmetterling ausgefochten hatte, um freizukommen. Als er beschrieb, wie er vorsichtig einen kleinen Schnitt in den Kokon gemacht hatte, unterbrach ihn der Lehrer. „Ach, das ist der Grund. Sehen Sie, der Kampf ist das, was dem Schmetterling die Kraft gibt zu fliegen."

Und so ist es auch mit uns. Manchmal sind es die Kämpfe in unserem Leben, die unseren Glauben am meisten stärken.

Alice Gray

Er hörte zu

Ich saß da, zerrissen von Trauer. Jemand kam und sprach zu mir vom Handeln Gottes, davon, warum es passiert war, von Hoffnung, die über das Grab hinausreicht. Er redete ununterbrochen, sagte Dinge, von denen ich wußte, daß sie wahr waren. Seine Worte erreichten mich nicht, ich wünschte mir, er würde endlich gehen. Das tat er dann auch.

Ein anderer kam und setzte sich neben mich. Er saß eine Stunde lang oder noch länger an meiner Seite und hörte zu, wenn ich etwas sagte, antwortete kurz, betete – und ging. Ich war gerührt. Ich war getröstet. Ich sah ihn nur ungern gehen.

Joseph Bayly, geschrieben, nachdem er drei seiner Söhne begraben hatte.

Ich glaube

Ich glaube an die Sonne,
auch wenn sie nicht scheint.
Ich glaube an die Liebe,
auch wenn ich sie nicht fühle.
Ich glaube an Gott,
auch wenn er schweigt.
Geschrieben an einer Wand in einem Konzentrationslager

Möchtest du gesund werden?

„Möchtest du gesund werden?" Das scheint oberflächlich gesehen eine ziemlich dumme Frage zu sein! Zuerst denken Sie bestimmt: „Wer möchte denn nicht gesund werden?"

Ich stelle diese Frage, und meine Gedanken wandern zu einem Mann, der vor einem der Tore saß, die zur Altstadt Jerusalems führen. Als ich vor einiger Zeit aus dem Schatten der Altstadt in den Lärm der schwerfälligen, überfüllten Busse und das Hupen wütender Taxifahrer kam, fiel mein Blick auf einen Mann, der auf dem Boden saß. Er unterhielt sich fröhlich mit den anderen Bettlern, bis ein Tourist vorbeikam. Sofort brach das Gespräch ab. Er streckte seine Hand aus, und seine dunklen Augen flehten um Almosen. Mit der anderen Hand zog er sein Hosenbein hoch, um sicherzugehen, daß sein Geschwür – hellrot mit eitrigen Stellen übersät – auch wirklich wahrgenommen wurde.

Mein Krankenschwesterherz ließ meine Füße innehalten. Ich wollte mich bücken und die offene Wunde vor dem Staub schützen, der durch den vorbeifahrenden Verkehr aufgewirbelt wurde. Sein Bein mußte versorgt werden. Es hätte gereinigt, medizinisch behandelt und verbunden werden müssen. Wenn es so blieb, würde sich das Geschwür weiterfressen, bis es schließlich seinen Knochen erreichte. Dann lief er Gefahr, sein Bein zu verlieren!

Von seiner Not gefangengenommen, wandte ich meinen Blick von seinem Bein ab. Ich sah ihm in die dunklen Augen, bis meine Freundin mich sanft am Ellbogen faßte und mit sich fortzog. Ich war Touristin und wußte nichts über diese Dinge. Sie erzählte mir, daß dieser Mann gar nicht gesund werden wollte. Mit seiner Wunde verdiente er seinen Lebensunterhalt. Wenn er im Staub und Schmutz Jerusalems sitzend ein paar Schekel bekommen konnte, brauchte er die vielen Verpflichtungen eines israelischen Staatsbürgers nicht zu übernehmen.

Mein verwundeter Bettler hätte geheilt werden können. Die Krankenhaustüren standen ihm offen, Medizin war vorhanden – aber er *wollte* nicht gesund werden. Als ich einen letzten Blick zurückwarf, erhaschte ich einen Blick auf einen Menschen, der nicht alle seine Möglichkeiten ausgeschöpft hatte und weit hinter dem zurückblieb, was er hätte sein können.

Der Mann in Johannes 5 war 38 Jahre lang krank gewesen. Wir wissen nicht, wie lange er am Teich von Bethesda gelegen hatte. Wir wissen nur, daß er, als Jesus vorbeikam und ihn fragte, ob er gesund werden wollte, eine Entscheidung treffen mußte. Er konnte an seinem alten Leben festhalten oder es aufgeben und gesund werden – und selbst Verantowrtung für sein Leben übernehmen.

Angenommen, Jesus würde Sie fragen, ob Sie emotional, körperlich oder geistlich gesund werden wollen. Was würden Sie antworten?

Kay Arthur

Erbe

Der alte Schaukelstuhl setzte sich in Bewegung, als Jenny ihn anstieß. Die Sprungfedern steckten ihre drahtigen Köpfe bereits durch die zerschlissene Roßhaarpolsterung. Sogar im Halbdunkel des Dachbodens konnte sie das verschrammte Holz und die abblätternde Farbe erkennen. Sie zerrte das alte Möbelstück zur Treppe und ließ es dann eine Stufe nach der anderen die Treppe hinuntergleiten, wobei sie sich sorgfältig bemühte, das Gleichgewicht zu halten, was wegen ihres dicken Bauches gar nicht so einfach war. Unten angekommen rieb sie sich den schmerzenden Rücken.

„Jenny Lester, was hast du gemacht? Du hättest den Schaukelstuhl doch nicht allein holen sollen", schimpfte ihre Mutter.

„Ich bin okay, Mama."

Das Baby erhob Einwände, indem es sich wand und um sich trat. Lachend strich Jenny über den kleinen Rebell, der in ihrem Leib den Aufstand probte. „Warte nur. Bald werde ich mit dir in Großmutter Lesters Stuhl schaukeln."

Clara und Harry Lester hatten den Stuhl kurz nach ihrer Hochzeit im Jahre 1889 gekauft. Sie hatten ihn mit Pferd und Wagen von dem Secondhandladen in der Stadt zu ihrer Farm gebracht. Harry hatte das Holz überarbeitet. Clara polsterte den Rücken und die Sitzfläche mit Roßhaar. Nur ganz besondere Gäste durften ihn benutzen. Und als die Kinder kamen, stellte Clara ihn zwischen den Herd und den Tisch in der Küche.

Der Stuhl wurde zu ihrem Eigentum, während sie darin ihre Babys schaukelte. Sie ruhte sich zwischendurch immer wieder darin aus. Mit Geschirrtüchern wurden die Kleinkinder darin festgebunden, wenn sie kochte, damit ihnen nichts passierte.

Besorgt schaukelte sie mit dem Stuhl hin und her, als ihr Drittgeborener Scharlach hatte und Fieberkrämpfe bekam. „Gott, wenn es dich wirklich gibt", weinte sie, „hilf meinem Kleinen." Als die Genesung einsetzte, tropften Tränen der Erleichterung auf ihre Schürze. „Gott, ich glaube, daß du wirklich da bist. Du hast mich gehört. Danke, daß du meinen Sohn gerettet hast. Er gehört nun dir, Herr, und ich auch."

Der Stuhl wurde zu ihrem Altar und ihrem Podium. Der Stuhl schaukelte im Rhythmus zu den Liedern, die sie sang, von Wiegenliedern bis hin zu freudigen Lobliedern. Wenn Harry auf seinem Akkordeon spielte, hüpfte der Stuhl beinahe, weil sie so fest mit dem Fuß den Takt klopfte.

Clara strickte darin für ihre heranwachsenden Söhne Socken und schnitt Bohnen. Als die Enkelkinder kamen, turnten sie auf den Armlehnen herum.

Sie saß in dem Stuhl und fesselte die Nachkommen mit tatsächlich passierten Abenteuergeschichten, wie zum Beispiel von dem Tag, als ein tollwütiger Hund über ihr Land streifte, aber niemanden biß, oder als der Tornado die Schindeln vom Dach wehte und niemand verletzt wurde. Sie erzählte auch die biblischen Geschichten von Schadrach, Mesach und Abednego, die im schrecklichen Feuerofen überlebten, und wie David Goliath erschlagen hatte.

Der Stuhl stand an dem großen Bett, als Harry gegen den Krebs ankämpfte. Clara saß wachend an seiner Seite und hielt seine Hand. Nach seinem Tod zog sie den Stuhl ganz dicht an den Ofen und fragte sich, ob ihr wohl jemals wieder warm werden würde.

Die Steuern gingen in die Höhe, doch die Einkünfte blieben gleich. Claras Vermögen schwand dahin. Die Farm mußte verkauft werden. Sie schaukelte hin und her und sah zu, wie Stück für Stück des Mobiliars versteigert wurde. Es war, als würden Streifen aus ihrem Leben gerissen. Clara behielt nur den Stuhl. Sie nahm ihn mit sich, als sie zu ihrem jüngsten Sohn Robert und seiner Frau Andrea zog.

Andrea machte Platz für den Stuhl. Er wirkte etwas fehl am Platze neben den modernen Möbeln. Sie hieß Clara willkommen, doch Clara fühlte sich so unwohl wie ein Korn in einem Sonntagsschuh.

Dann wurde Jimmy geboren. Der letzte kleine Enkel, den sie in ihren Armen wiegen konnte und der an ihrem Haar zog. Während er größer wurde, schrumpfte Clara immer mehr zusammen. Das Alter benebelte ihren Geist. Clara saß in eine Decke gehüllt in ihrem Schaukelstuhl und wartete darauf, nach Hause gehen zu können.

Nach ihrem Tod wurde der alte Schaukelstuhl in Jimmys Zimmer verbannt. Er war hoch erfreut, ihn zu bekommen. Er verwendete ihn zur Tigerjagd. Er benutzte ihn als Wagen, von dem aus er die Pferde antrieb. Er machte seine Hausaufgaben darin und lauschte dem Radio. Er träumte und plante seine Zukunft darin.

Der Stuhl bekam einen Knacks von dem Gewicht des Jungen, der sich zu einem Mann entwickelt hatte.

Als er zum College ging, wurde sein Zimmer zu einem Gästezimmer umfunktioniert. Der Schaukelstuhl verschwand.

Ein sommersprossiges Mädchen zog Jimmys Aufmerksamkeit auf sich, und bald heirateten die beiden. Jenny arbeitete, während er das Seminar besuchte. Den Ruf an seine erste Gemeinde bekam er Hand in Hand mit dem Ruf zur Vaterschaft.

Ihr erstes Kind wuchs nun unter Jennys Herzen heran. „Ich wünschte, wir hätten noch den Schaukelstuhl meiner Großmutter", sagte Jimmy, als er Jennys hervortretenden Bauch berührte. „Du könntest unseren Sohn darin schaukeln."

„Oder unsere Tochter", entgegnete Jenny.

„Dieser alte Schaukelstuhl ist etwas ganz Besonderes. Ich war damals so stolz, als ich ihn bekam. Ich frage mich, wo er wohl abgeblieben ist."

„Andrea", sagte Jenny, als sie ihre Schwiegermutter das nächste Mal traf, „was ist eigentlich aus dem Schaukelstuhl geworden, den Jimmy in seinem Zimmer stehen hatte?"

„Der steht auf dem Dachboden", erwiderte Andrea.

„Ich würde ihn mir gern ansehen. Ich habe da so eine Idee."

„Komm, ich zeige ihn dir. Er ist in sehr schlechtem Zustand. Die Polsterung ist zerrissen und das Holz völlig verschrammt", erklärte Andrea, als sie das Licht auf dem Dachboden anknipste.

Jenny fuhr mit der Hand über den Schaukelstuhl. „Die Schrammen sind nicht tief. Sie passen zum Charakter des Stuhls. Es wird einiges an Arbeit kosten, aber ich glaube, er läßt sich wieder herrichten. Darf ich es versuchen? Ich würde Jimmy gern überraschen. Es wäre ein wunderbares Geschenk zum Hochzeitstag."

„Du kannst es gern versuchen, wenn du möchtest. Du könntest in Jimmys altem Zimmer daran arbeiten."

Während Andrea den Raum für Jenny aufräumte, holte Jenny den Stuhl vom Dachboden. Sie konnte es kaum erwarten, mit der Arbeit zu beginnen.

Wunderschönes Eichenholz kam zum Vorschein, als Jenny die alte Farbe abschmirgelte und die Schrammen glatthobelte. Das Holz erstrahlte unter neuer Farbe. Jenny befestigte die alten Federn. Sie waren biegsam und bequem unter der neuen Polsterung. Als sie fertig war, sah der Schaukelstuhl wieder wie neu aus.

An ihrem Hochzeitstag legte Jenny ein Band über den Stuhl, wie die Schärpe bei der „Miss America"-Wahl.

„Was hast du vor, Jenny Lester?" fragte ihr Mann, als sie ihn die Treppe hinauf zu seinem alten Zimmer führte. „Du grinst so verdächtig."

„Mach die Augen zu, während ich die Zimmertür öffne. Du legst besser noch deine Hände darüber." Gehorsam tat er, was sie ihm gesagt hatte. „Nicht gucken."

„Du bist ja so aufgeregt wie ein kleines Kind", lachte Jimmy. „Bist du sicher, daß du alt genug bist, um meinen Sohn großzuziehen?"

„So", sagte sie, nachdem sie ihn vor den Schaukelstuhl geführt hatte. „Du kannst jetzt die Augen aufmachen. Alles Liebe zum Hochzeitstag."

„Großmutter Lesters Schaukelstuhl! Oh Liebling, das ist ja toll!" rief er.

An diesem Abend setzte sich Jimmy in den Schaukelstuhl und zog Jenny auf seinen Schoß.

„Laß mich lieber los", sagte Jenny, als der Stuhl knackte. „Er beklagt sich."

190

„Nein, bleib sitzen", erwiderte Jimmy, als Jenny versuchte aufzustehen. „Er beklagt sich nicht. Er spricht nur mit uns."

„Dann hat er also eine Stimme, ja? Es ist ja fast, als führte er ein eigenständiges Leben", überlegte Jenny.

„Ganz bestimmt hat er ein Erbe", meinte Jimmy. „Wenn unser Sohn geboren ist, werde ich ihm von dem Erbe des Glaubens erzählen, das mit Großmutter Lester begonnen hat und nun schon in der vierten Generation weitergegeben wird."

„Oder du erzählst es unserer Tochter", gab Jenny schläfrig zurück.

Sally J. Knower

Es ist später, als man denkt

Alter – es ist später, als man denkt. Alles ist jetzt weiter weg als
früher. Bis zur Ecke ist es doppelt so weit – und außerdem ist jetzt
auch noch ein Berg da. Ich bemerke, daß ich es aufgegeben habe,
dem Bus hinterherzulaufen – er fährt irgendwie jetzt schneller als
früher. Mir scheint, auch die Treppen werden jetzt steiler gebaut
als früher. Und ist Ihnen schon aufgefallen, in was für einer kleinen Schrift die Zeitungen heute gedruckt werden? Es hat keinen
Zweck, jemanden zu bitten, sie einem vorzulesen, denn alle sprechen so leise, daß ich sie kaum verstehen kann. Das Material der
Kleider ist so spärlich bemessen, vor allem um die Hüften. Es ist
unmöglich, meine Schuhbänder zu erreichen. Auch die Leute verändern sich – sie sind sehr viel jünger, als sie waren, als ich in
ihrem Alter war. Auf der anderen Seite sind die Leute in meinem
Alter sehr viel älter, als ich es bin. Neulich habe ich eine alte Klas-
senkameradin getroffen, und sie war so alt geworden, daß sie sich
nicht einmal mehr an mich erinnerte. Ich mußte an das arme
Ding denken, während ich mich heute morgen frisierte, und ich
betrachtete mich im Spiegel und war verblüfft. Die Spiegel sind
auch nicht mehr das, was sie früher waren . . .

Anonym

Das Orchester

Es war einmal eine Stadt mit einem Orchester. In dem Orchester gab es jedes Instrument, das man sich nur vorstellen konnte. Von Banjos über Dudelsäcke, Piccoloflöten und Pianos bis hin zu Kastagnetten und Hörnern.

Es war eine Ehre und ein Privileg, dem Orchester anzugehören, wenn auch keine musikalischen Vorkenntnisse dazu nötig waren. Jeder, der wollte, konnte in das Orchester eintreten. Der Dirigent hatte nur eine Bedingung gestellt: Der Vertrag galt für das ganze Leben. Einige Instrumentalisten weigerten sich, in das Orchester einzutreten, weil sie Angst hatten, eine solche Vereinbarung würde sie in ihrer künstlerischen Kreativität einschränken. Andere hatten Angst, die Musik, die der Dirigent mit ihnen einübte, würde ihnen vielleicht nicht gefallen.

Der Dirigent hatte allen seinen Musikern die Noten für ein Stück gegeben, das er komponiert und „Das große Finale" genannt hatte, und er hatte sie gebeten, es als Vorbereitung für den großen Konzerttag einzustudieren. Jede Instrumentengruppe nahm diese Aufgabe sehr ernst und übte fleißig. Doch die Musiker bekamen unwillkürlich die Proben der anderen Gruppen mit und bemerkten die Unterschiede in den Proben.

„Seht euch nur die Violinen an", brummten die Waldhörner. „Sie proben ohne Sinn und Zweck – jedesmal klingt es anders. Warum machen sie es nicht wie wir und üben die Tonleiter und Etüden? Sie verstehen nichts von den grundlegenden Begriffen der Musik!"

„Es ist doch unglaublich", empörten sich die Violinen, als sie eine Probe der Waldhörner mitbekamen. „Die spielen ja immer dasselbe. Das muß ja schrecklich langweilig sein! Warum machern sie es nicht wie wir und lassen sich von der Freude der Musik mitreißen?"

„Ist es zu glauben?" staunten die Trommler. „Diese Fagottisten tun nichts anderes, als in ihren muffigen Übungsraum und wieder nach Hause zu gehen. Sie sind es überhaupt nicht gewohnt, für andere Leute zu spielen; sie stagnieren und kommen nicht weiter."

„Manchmal fragt man sich, ob sie wirklich den Vertrag unterzeichnet haben", seufzten die Fagottisten. „Diese Trommler sind so beschäftigt; jeden Abend gehen sie in die Stadt und spielen in den übelsten Spelunken. Vermutlich nehmen sie sich gar keine Zeit zum Üben."

Einmal trafen einige der Musiker zufällig zusammen, und natürlich drehte sich ihre Unterhaltung um die Interpretation des Stückes.

„Es ist ein Siegesmarsch", verkündete der Trompeter überzeugt. „Es muß ernst, gleichzeitig aber triumphierend gespielt werden."

„Nein, nein", entgegnete der Harfenist. „Das ist ein Liebeslied – süß, fröhlich und zärtlich."

„Das ist verrückt!" unterbrach ihn der Klarinettist. „Es ist eine Hymne – ehrfürchtig und voller Anbetung."

Wenn auch viele Proben mit den einzelnen Instrumenten stattfanden, konnten sich die Musiker doch nie auf einen Termin einigen, an dem sie als ganzes Orchester probten. Darum wußte niemand, wie das Stück schließlich klingen würde. Und sie stritten so heftig über die Zeit und die Bedingungen der Vorführung, daß es besser war, dieses Thema zu meiden.

Das Orchester existiert noch immer. Die einzelnen Instrumente proben noch immer. Aber diejenigen, die sie hören, wundern sich. Werden sie jemals bereit sein, zusammen zu spielen, wenn der Dirigent seinen Dirigentenstab am großen Konzerttag hebt?

Judy Straalsund

Wissen Sie, wer sein Vater ist?

In seinem wunderschönen Buch *Rising Above the Crowd* („Erhebe dich über die Menge") erzählt Brian Harbour die Geschichte von Ben Hooper.

Als Ben vor vielen Jahren am Fuß der Berge in Tennessee geboren wurde, wurden kleine Jungen und Mädchen, deren Mutter nicht verheiratet war, geächtet und sehr schlecht behandelt. Als er drei Jahre alt war, wollten die anderen Kinder nicht mit ihm spielen. Die Eltern sagten blödsinnige Sachen wie: „Was spielt ein Junge wie dieser mit unseren Kindern?", als ob das Kind etwas für die Umstände seiner Geburt könnte.

Der Samstag war der schwierigste Tag. Bens Mutter nahm ihn mit in den kleinen Laden, wo sie die Vorräte für die Woche einkauften. Unweigerlich machten die anderen Leute im Laden beißende Bemerkungen. Sie sprachen gerade so laut, daß Mutter und Kind sie verstehen konnten. Es kamen Bemerkungen wie: „Hat man je herausgefunden, wer sein Vater ist?"

Was für eine schwierige Kindheit.

In jener Zeit gab es noch keinen Kindergarten. Mit sechs Jahren kam Ben in die erste Klasse. Wie alle anderen Kinder bekam er einen eigenen Tisch. In der Pause blieb er an diesem kleinen Tisch sitzen und lernte, weil keines der Kinder mit ihm spielen wollte. In der Mittagspause verzehrte der kleine Ben sein Brot ganz allein. Das Geplauder der anderen Kinder, die über ihn herzogen, war da, wo er saß, kaum zu hören.

Und dann änderte sich in der kleinen Stadt am Fuß der Berge alles. Ben war zwölf Jahre alt, als ein neuer Prediger in die kleine Gemeinde in seiner Stadt kam.

Ben hörte aufregende Dinge über ihn – wie liebevoll und unvoreingenommen er sei. Er würde die Menschen so annehmen, wie sie seien, und wenn er mit ihnen zusammen sei, würde er ihnen das Gefühl geben, die wichtigsten Menschen auf der Welt zu sein. Den Berichten zufolge hatte der neue Prediger eine wunderbare Ausstrahlung. Wenn er in eine Gruppe kam, veränderte sich diese Gruppe. Das Lächeln der Leute wurde strahlender, ihr Lachen lauter und ihre Laune besser.

Eines Sonntags beschloß der kleine Ben Hooper, in die Kirche zu gehen und sich den Prediger anzuhören, wenn er auch sonst noch nie in der Kirche gewesen war. Er kam spät und ging früher, weil er keine Aufmerksamkeit erregen wollte, aber ihm gefiel, was er hörte. Zum ersten Mal in seinem jungen Leben sah er einen Hoffnungsschimmer.

Am folgenden Sonntag war Ben wieder in der Kirche, und auch am folgenden und an dem danach. Er kam immer spät und ging früh, doch seine Hoffnung wuchs mit jedem Sonntag.

Am sechsten oder siebten Sonntag war die Botschaft so bewegend und aufregend, daß sie Ben ganz in ihren Bann zog. Es war fast so, als hinge hinter dem Kopf des Predigers ein Schild mit der Aufschrift: „Für dich, Ben Hooper, unbekannter Abstammung, gibt es Hoffnung!"

Ben war so fasziniert von der Predigt, daß er ganz die Zeit vergaß und nicht bemerkte, wie eine ganze Reihe von Leuten noch nach ihm hereinkamen.

Plötzlich war der Gottesdienst vorbei. Ben erhob sich schnell und wollte gehen, wie er es auch an den vergangenen Sonntagen getan hatte, doch der Gang war von Menschen verstopft, und er konnte nicht hinauslaufen. Während er sich durch die Menge drängte, spürte er plötzlich, wie sich eine Hand auf seine Schulter legte.

Als er sich umdrehte, blickte er dem jungen Prediger genau in die Augen. Der stellte ihm nun geradeaus die Frage, die alle Anwesenden in den vergangenen zwölf Jahren bewegt hatte: „Wessen Kind bist du?"

Sofort wurde es totenstill in der Kirche. Langsam legte sich ein Lächeln auf das Gesicht des jungen Predigers, und er rief: „Oh! Ich weiß, wessen Kind du bist! Die Familienähnlichkeit ist verblüffend. Du bist ein Kind Gottes!" Und damit schlug ihm der junge Prediger auf den Rücken und sagte: „Das ist ein herrliches Erbe, Junge! Und jetzt geh und sorge dafür, daß du diesem Erbe gerecht wirst!"

Zig Ziglar

Führung

Bist du ein Leiter?
Sieh hinter dich, ob dir jemand folgt.
Derjenige, der denkt, er würde leiten,
und niemand folgt ihm,
macht nur einen Spaziergang.

Autor unbekannt

Loslassen

Ein kleines Kind spielte eines Tages mit einer sehr wertvollen Vase. Es steckte seine Hand hinein und konnte sie nicht wieder herausziehen. Sein Vater gab sich die größte Mühe, die Hand zu befreien, schaffte es jedoch nicht.

Die Eltern überlegten, die Vase zu zerbrechen, als der Vater sagte: „Jetzt paß auf, mein Sohn, wir wollen es noch einmal versuchen. Öffne deine Hand und mach die Finger ganz gerade, wie du es bei mir siehst, und dann zieh."

Sehr zu ihrem Erstaunen sagte der kleine Kerl: „Oh nein, Papa. Ich kann meine Finger nicht ausstrecken, denn dann lasse ich meinen Penny fallen."

Lachen Sie, wenn Sie wollen – aber die allermeisten von uns sind wie dieser kleine Junge. Wir klammern uns so fest an die wertlosen Pfennige dieser Welt, daß wir die Befreiung nicht wahrnehmen können. Ich bitte Sie, alles Unwichtige in Ihrem Herzen fallen zu lassen. Liefern Sie sich aus! Lassen Sie los, und überlassen Sie es Gott, Ihr Leben so zu gestalten, wie er es möchte.

Billy Graham

Durchgehende Pferde

An einem Wintermorgen in dem Jahr, in dem ich eingeschult wurde, kam mein Vater herein und fragte mich, ob ich Lust hätte, ihn zu begleiten, um die Kühe auf der Weide zu füttern. Das versprach lustig zu werden, darum zog ich meine wärmsten Sachen an, einschließlich der Handschuhe, die durch ein Band miteinander verbunden waren und aus den Ärmeln meiner Jacke heraushingen, und ging mit meinem Dad nach draußen, um meinen Platz in der Welt der arbeitenden Männer einzunehmen.

An diesem wunderschönen Morgen strahlte die Sonne vom Himmel, doch es war bitterkalt, und in der Nacht war frischer Schnee gefallen. Wir spannten die Pferde Baby und Blue an und fuhren mit einem Wagen voller Heu über den Berg. Nachdem wir die Kühe gefunden und das Heu für sie entladen hatten, machten wir uns auf den Heimweg.

Da hatte mein Vater eine gute Idee. „Möchtest du gern kutschieren?" fragte er. Und ich antwortete, wie alle Männer antworten würden. Ich fahre alles gern: Autos, Pferdewagen, Laster, Trecker und Fahrräder. In dem Gefühl, etwas kontrollieren zu können, das größer ist als ich, liegt eine solche Faszination, daß ich ihm kaum widerstehen kann.

Ich übernahm also die Zügel, hielt sie genau in den Händen, wie er es mir gezeigt hatte, und wir fuhren nach Hause. Ich war fasziniert. Ich hatte die Kontrolle. Ich fuhr selbst. Aber der langsame Schritt langweilte mich. Da ich ja zu bestimmen hatte, beschloß ich, schneller zu fahren. Ich schnalzte also mit der Zunge, und die Pferde liefen gehorsam schneller. Zuerst verfielen sie in einen leichten Trab, und das gefiel mir. Wir kamen voran und würden sehr viel schneller nach Hause kommen. Aber Baby und Blue hatten eine noch bessere Idee. Sie waren der Meinung, wenn sie galoppieren würden, kämen wir noch schneller nach Hause.

Die Pferde setzten ihre Idee auch gleich in die Tat um und begannen zu galoppieren. So wie ich es in Erinnerung habe, liefen sie schneller, als ich je Pferde haben laufen sehen, aber diese Beobachtung muß nicht unbedingt korrekt sein. Aber auf jeden Fall galoppierten sie. Der Wagen hüpfte von einem Schlagloch zum nächsten. Mir wurde klar, daß wir uns in einer gefährlichen Situation befanden, und ich versuchte nach Kräften, die durchgehenden Pferde in den Griff zu bekommen. Ich zog und zerrte an den Zügeln, bis meine Hände ganz verkrampft waren. Ich schrie und bettelte, aber nichts wirkte. Baby und Blue rannten einfach weiter.

Ich sah zu meinem Vater hinüber, doch er saß einfach da und betrachtete die Landschaft. Mittlerweile war ich außer mir vor Angst. Meine Hände waren von den Zügeln schon wundgescheuert, die Tränen strömten mir die Wangen hinunter und waren von der Winterkälte beinahe gefroren, und meine Nase lief. Und mein Vater saß einfach da und betrachtete die Landschaft.

In meiner Verzweiflung wandte ich mich schließlich an ihn und sagte so ruhig ich konnte: „Papa, ich möchte nicht mehr kutschieren."

Jetzt, wo ich älter bin und die Enkel mich Opa nennen, denke ich mindestens einmal am Tag an diese Szene. Egal, wer wir sind, wie alt wir sind, wie weise oder mächtig, es gibt immer einen Augenblick, wo wir uns nur noch an unseren Vater wenden und sagen können: „Hier, ich möchte nicht mehr kutschieren."

Cliff Schimmels

Zerbrochene Träume

Wie Kinder unter Tränen ihr zerbrochenes Spielzeug
zu uns bringen, damit wir es reparieren,
brachte ich meine zerbrochenen Träume zu Gott,
weil er mein Vater ist.
Doch dann, anstatt zu gehen und ihn in Ruhe
arbeiten zu lassen,
blieb ich da und versuchte zu helfen
in einer Art, die meinen Vorstellungen entsprach.
Schließlich holte ich sie mir zurück und rief:
„Wieso bist du so langsam?"
„Mein Kind", sagte er, „was sollte ich tun . . .
du hast sie ja niemals losgelassen."

Lauretta P. Burns

Veränderung

Ich glaube, daß das, was selbstsüchtige Menschen niedergerissen
haben, von Menschen, denen andere Menschen am Herzen liegen, wieder aufgebaut werden kann.

Martin Luther King Jr.

Bedeutung

Jeden Morgen öffnet Connie Dianes Tür, um ihre gelähmte Freundin zu baden und ihre Übungen mit ihr zu machen.

Die Sonnenstrahlen dringen bereits durch die Rollos und tauchen das Zimmer in einen weichen, goldenen Schein. Die Bettdecke liegt noch genauso da, wie Connie sie am Abend zuvor um Diane gelegt hat. Und doch weiß sie, daß die Freundin schon eine Weile wach ist.

„Bist du bereit, aufzustehen?"

„Nein . . . noch nicht", ertönt die leise Antwort aus dem Bett. Connie seufzt, lächelt und schließt die Tür.

Es ist jeden Morgen dasselbe. Jeden Tag, wenn Connie in Dianes Wohnung kommt, dieselbe Routine. Es wird Vormittag, bis Diane bereit ist, sich in ihren Rollstuhl zu setzen. Doch diese Stunden im Bett sind sehr wichtig.

In ihrem stillen Heiligtum dreht Diane ihren Kopf leicht auf dem Kissen zu ihrer Pinnwand. Ihr Blick gleitet über jede Karte und Liste, die daran geheftet ist. Über jedes Foto. Über jeden Zettel, der sorgfältig angeheftet wurde. Die Stille wird unterbrochen, wenn Diane anfängt, leise zu sprechen. Sie betet.

Einige sehen Diane vielleicht, wie sie steif und reglos in ihrem Rollstuhl sitzt, und schütteln den Kopf. Sie muß gefüttert werden, überallhin gerollt werden. Die fortschreitenden Symptome der Multiplen Sklerose werden mit jedem Jahr schlimmer. Ihre Finger sind verkrümmt und steif. Ihre Stimme ist kaum lauter als ein Flüstern. Die Leute sehen sie vielleicht an und sagen: „Was für eine Schande. Ihr Leben ist sinnlos geworden. Sie kann wirklich gar nichts mehr machen."

Aber Diane ist zuversichtlich, überzeugt davon, daß auch ihr Leben bedeutungsvoll ist. Ihre Gebetsarbeit zählt.

Sie versetzt Berge, die den Missionaren im Weg stehen.

Sie hilft, den geistlich Blinden die Augen zu öffnen.

Sie drängt das Reich der Finsternis zurück, das die Gassen und Straßen der Gangs im Osten von Los Angeles verfinstert.

Sie hilft den heimatlosen Müttern... den Alleinerziehenden... mißbrauchten Kindern... verzweifelten Teenagern... behinderten Jungen... und den sterbenden und vergessenen alten Menschen in dem Pflegeheim in der Straße, in der sie lebt.

Diane steht an vorderster Front: Sie trägt das Evangelium von Christus weiter, richtet die Schwachen auf, gibt zweifelnden Gläubigen neue Kraft, gewinnt neue Gebetskämpfer und macht ihrem Herrn und Erlöser Freude.

Diese schwache Frau sieht ihren Platz in der Welt; es ist egal, daß andere ihre Bedeutung im großen Plan nicht erkennen. Sie könnte ihre Adresse mit: „im Herzen Gottes" angeben.

Im Herzen Gottes... wichtiger kann man nicht sein, ob man nun an der Schreibmaschine sitzt, hinter dem Lenkrad eines Busses, an einem Tisch in einem Klassenzimmer, auf einem Stuhl am Küchentisch sitzt oder im Bett liegt und betet. Ihr Leben ist verborgen in Christus. Sie bauen sein Reich. Sie sind sein Botschafter. In ihm bekommt Ihr Leben Tiefe, eine Bedeutung und ein Ziel, egal was Sie tun.

Jemand hat einmal gesagt: „Das Wichtigste in diesem Leben ist ... zu dem Menschen zu werden, den Gott vollkommen lieben kann, der seinen Wunsch zu lieben stillen kann. Das Sein ist wichtiger als das Tun, der Sänger mehr als das Lied. Wir hören besser auf, nach Fluchtwegen zu suchen, denn dies ist unser Brutplatz."

Ich bete darum, daß Sie die Bedeutung erkennen, die Ihr Leben als Kind des Königs hat. Vielleicht erkennen Sie nicht die volle Bedeutung eines jeden Ereignisses, aber Sie dürfen wissen, daß jedes Ereignis bedeutungsvoll ist.

Und Sie sind wichtig.

Joni Eareckson Tada

Dunkel genug

Wenn es dunkel genug ist, können die Menschen die Sterne sehen.

Ralph Waldo Emerson

Ausharren

Ausharren ist nicht nur die Fähigkeit, etwas Schweres zu ertragen, sondern es in etwas Gutes zu verwandeln.

William Barclay

Heimkommen

Ein Missionsarzt hatte 40 Jahre seines Lebens in den primitiven Dörfern Afrikas verbracht, wo er unter den Ärmsten der Armen arbeitete. Schließlich beschloß er, sich zur Ruhe zu setzen. Er schickte ein Telegramm nach Hause, daß er zurückkommen würde, und nannte Ankunftsdatum und Ankunftszeit seines Schiffes.

Während er den Atlantik überquerte, dachte er über all die Jahre nach, in denen er die Menschen in Afrika sowohl körperlich als auch geistlich zu heilen versucht hatte. Dann wanderten seine Gedanken ihm voraus zu dem großen Empfang, den man ihm in Amerika bereiten würde, wenn er nach 40 Jahren endlich nach Hause kam.

Als sein Schiff in den Hafen einlief, freute er sich über den schönen Empfang, den man ihm tatsächlich bereitete. Eine große Menschenmenge hatte sich versammelt, und ein großes Schild, auf dem stand: „Willkommen zu Hause", wurde geschwenkt.

Als der Mann die Gangway herunterkam und einen großen Applaus erwartete, sank sein Herz. Plötzlich erkannte er, daß die Menschen nicht seinetwegen gekommen waren, sondern um einen Filmstar zu begrüßen, der mit demselben Schiff gekommen war.

Er wartete, und sein Herz wurde schwerer und schwerer. Niemand war gekommen, um ihn zu Hause willkommen zu heißen. Nachdem sich die Menge verlaufen hatte, blieb der alte Mann allein zurück. Er wandte sein Gesicht dem Himmel zu und sagte: „Oh Gott, nachdem ich alle diese Jahre meines Lebens meinen Mitmenschen gewidmet habe, ist es da zu viel verlangt, daß ein Mensch, nur ein einziger Mensch, hier auf mich wartet, um mich zu Hause willkommen zu heißen?"

In der Stille seines Herzens schien er die Stimme Gottes zu hören, die ihm zuflüsterte: „Du bist noch nicht zu Hause. Wenn du in dein wirkliches Zuhause kommst, wird man dich herzlicher willkommen heißen, als du es für möglich gehalten hast."

Und wer Häuser oder Brüder oder Schwestern oder Vater oder Mutter oder Kinder oder Äcker verläßt um meines Namens willen, der wird's hundertfach empfangen und das ewige Leben ererben. (Matthäus 19,29)

Michael Broome, erzählt von Alice Gray

Ein Bild des Friedens

Es war einmal ein König, der einen Preis aussetzte für den Künstler, der das beste Bild des Friedens malte.

Viele Künstler machten sich an die Arbeit. Der König betrachtete alle Bilder. Aber nur zwei gefielen ihm wirklich, und er mußte sich zwischen diesen beiden entscheiden.

Auf dem einen Bild war ein friedlicher See zu sehen. In dem See spiegelten sich die majestätischen Berge, die sich an seinem Ufer erhoben. Weiße Wolken wanderten über den blauen Himmel. Alle, die dieses Bild sahen, fanden, daß es vollkommenen Frieden wirklich gut nachempfand.

Auch auf dem anderen Bild waren Berge zu sehen. Doch diese Berge waren zerklüftet und rauh. Der Himmel war wolkenverhangen. Es regnete, und die Blitze zuckten. Von einer Seite des Berges stürzte ein schäumender Wasserfall. Im Gebüsch hatte ein Vogel sein Nest gebaut. Dort, inmitten des zornig brausenden Wassers, saß der Vogel auf seinem Nest – in vollkommenem Frieden.

Der König entschied sich für das zweite Bild. „Weil", erklärte der König seine Entscheidung, „Frieden nicht bedeutet, sich an einem Ort aufzuhalten, wo es keinen Lärm, keine Schwierigkeiten und keine harte Arbeit gibt. Frieden bedeutet, inmitten aller dieser Dinge innerlich ruhig zu sein. Das ist die eigentliche Bedeutung von Frieden."

Catherine Marshall

Ich bat . . .

Ich bat Gott um Kraft,
damit ich etwas schaffen könnte.
Ich wurde schwach,
damit ich lernen konnte, demütig zu gehorchen . . .

Ich bat um Gesundheit,
damit ich größere Dinge vollbringen könnte.
Ich wurde krank,
damit ich bessere Dinge tun konnte . . .

Ich bat um Reichtum,
damit ich glücklich sein könnte.
Ich bekam Armut,
damit ich klug werden konnte . . .

Ich bat um Macht,
damit ich von den Menschen gepriesen würde.
Ich wurde schwach,
damit ich spürte, wie sehr ich Gott brauchte . . .

Ich bat um alle diese Dinge,
damit ich das Leben genießen könnte.
Ich bekam Leben,
damit ich alle diese Dinge genießen konnte . . .

Ich bekam nichts, worum ich gebeten hatte -
aber alles, was ich mir erhofft hatte.
Fast gegen meinen Willen
wurden meine unausgesprochenen Gebete erhört.

Ich bin von allem
überaus gesegnet!

Anonym

Das Leben ist nun mal so

Wenn du immer tust,
was du immer getan hast,
wirst du immer sein,
was du immer gewesen bist.

Josh McDowell

Kleines Stück

Der Tag ist zu Ende, verschwunden die Sonne
von dem See, von den Bergen, von dem Himmel.
Ruhe friedlich, alles ist gut!
Gott ist da.

Autor unbekannt

Glauben

Es ist aber der Glaube eine feste Zuversicht auf das,
was man hofft, und ein Nichtzweifeln an dem,
was man nicht sieht.
Hebräer 11,1

Wo läufst du hin?

Ein Freund hat mir eine Geschichte erzählt, die sich ereignet hat, als sein Vater einmal in der Wildnis von Oregon auf die Jagd gegangen war.

Mit dem Gewehr im Arm folgte sein Vater einem alten Pfad, der schon fast von Büschen und Gesträuch überwuchert war. Es war Spätnachmittag, und er überlegte gerade, ob er nicht besser zum Lager zurückkehren sollte, als er im Gebüsch ganz in der Nähe ein Geräusch hörte. Noch bevor er sein Gewehr anlegen konnte, schoß ein kleiner, braunweißer Pelzball vor ihm auf den Weg.

Lachend erzählte mein Freund:

„Alles passierte so schnell, daß mein Vater kaum Zeit zum Nachdenken hatte. Er sah nach unten, und da hockte ein kleines Wildkaninchen, fest an seinen Stiefel gedrückt. Das kleine Ding zitterte am ganzen Körper, aber es saß da und rührte sich nicht.

Das war wirklich seltsam, denn Wildkaninchen haben normalerweise schreckliche Angst vor Menschen, und man bekommt sie nicht sehr oft zu Gesicht, ganz zu schweigen davon, daß eines sich zu deinen Füßen setzt.

Während Papa noch darüber nachdachte, betrat ein anderer ‚Akteur' die Bühne. Vielleicht zwanzig Meter entfernt brach ein Wiesel aus dem Gebüsch hervor. Als es meinen Vater entdeckte – und seine Beute zu seinen Füßen – erstarrte der Räuber; er hechelte und funkelte meinen Vater zornig an.

In diesem Augenblick wurde meinem Vater klar, daß er hier ein kleines Drama um Leben oder Tod miterlebte. Das Wildkaninchen, erschöpft von der Jagd, blickte dem sicheren Tod ins Auge. Mein Vater war seine letzte Hoffnung. Das kleine Tier vergaß seine natürliche Furcht und Vorsicht und suchte bei ihm Schutz vor den scharfen Zähnen seines Feindes."

Der Vater meines Freundes enttäuschte das Kaninchen nicht. Er hob sein Gewehr und schoß bewußt wenige Meter vor dem Wiesel auf den Boden. Das Raubtier sprang erschrocken in die Luft und rannte dann, so schnell es seine Beine trugen, zurück in den Wald.

Eine Zeitlang rührte sich das kleine Kaninchen nicht. Es saß einfach nur da, zusammengekauert zu den Füßen des Mannes, der sanft auf es einsprach.

„Na, wo ist er hingerannt, Kleines? Ich glaube, daß er dich in nächster Zeit in Ruhe lassen wird. Sieht so aus, als wärst du für heute aus dem Schneider."

Bald hoppelte das Kaninchen wieder in den Wald zurück.

Wohin flüchten Sie sich in Zeiten der Not?

Wo bringen Sie sich in Sicherheit, wenn die Räuber der Probleme, Sorge und Furcht Sie verfolgen?

Wo verstecken Sie sich, wenn Ihre Vergangenheit Sie verfolgt und zu vernichten droht?

Wo suchen Sie Schutz, wenn die Raubtiere der Versuchung, Korruption und des Bösen Sie zu überwältigen drohen?

Wohin wenden Sie sich, wenn Ihre Kraft verbraucht ist . . . wenn die Schwäche Sie übermannt und Sie nicht mehr laufen können?

Wenden Sie sich an Ihren Beschützer, den Einen, der mit weit geöffneten Armen auf Sie wartet, und in dessen Nähe Sie in Sicherheit sind?

Kay Arthur

Liebe Bristol . . .

Ich empfinde mit allen Eltern, die ein geliebtes Kind verloren haben. Regelmäßig höre ich von Eltern, die eine solche Tragödie erlebt haben. Eine Familie ist mir besonders im Gedächtnis geblieben. Von ihrem Leid erfuhr ich durch den Brief eines Vaters, den er an seine Tochter Bristol geschrieben hat. Er schrieb folgendes:

Meine liebe Bristol,

bevor Du geboren wurdest, habe ich schon für Dich gebetet. Tief in meinem Herzen wußte ich, daß du ein kleiner Engel sein würdest. Und das warst du auch.

Als du an meinem Geburtstag, dem 7. April, geboren wurdest, war mir klar, daß du ein ganz besonderes Geschenk vom Herrn warst. Und was für ein großes Geschenk warst du! Du warst mehr als nur ein hübsches Bündel mit rosigen Wangen, das fröhlich lachte - mehr als meine Erstgeborene, eine unaussprechliche Freude. Du hast mir mehr als alles andere die Liebe Gottes in der Schöpfung gezeigt. Du hast mich lieben gelehrt.

Ich liebte Dich, als du klein und süß warst, als Du Dich herumgerollt und aufgesetzt hast, als Du Deine ersten Worte sprachst. Ich liebte Dich, als mich der bohrende Schmerz der Erkenntnis durchzuckte, daß mit Dir etwas nicht in Ordnung war - daß Du Dich vielleicht nicht so entwickeltest, wie Du solltest. Und dann erfuhren wir, daß es noch sehr viel ernster war. Ich liebte Dich, als wir von Krankenhaus zu Krankenhaus und von einem Arzt zum anderen zogen, um eine Diagnose zu bekommen, die uns Hoffnung machte. Und natürlich beteten wir immer für Dich - und beteten und beteten. Ich liebte Dich, als bei einem Test Deinem Körper Rückenmarksflüssigkeit entnommen wurde und Du vor Schmerzen schriest. Ich liebte Dich, als Du weintest, wenn Deine Mutter und ich und Deine Schwestern Dich stundenlang umherfuhren, damit Du einschlafen konntest. Ich liebte Dich mit Tränen in den Augen, wenn Du Dir aus Versehen auf den Finger oder auf Deine Lippe gebissen hast, und als Deine Augen sich wegdrehten und dann blind wurden.

Ganz bestimmt liebte ich Dich, als Du nicht mehr sprechen konntest, aber wie sehr habe ich Deine Stimme vermißt! Ich liebte Dich, als die Skoliose Deinen Körper wie eine Brezel verdrehte, als wir ein Röhrchen in Deinen Magen einführen mußten, damit Du nicht verhungertest, weil Du an dem Essen ersticht wärst, das wir Dir mit dem Löffel einflößten, manchmal zwei Stunden lang pro Mahlzeit. Es gelang mir, Dich zu lieben, als Deine verkrümmten Glieder das Windelwechseln erschwerten – so viele Windeln – zehn Jahre Windeln.

Ich liebte Dich, als Du nicht mehr die Worte sprechen konntest, nach denen ich mich sehnte: „Papi, ich hab dich lieb." Ich liebte Dich, wenn ich nah bei Gott war und wenn er so weit entfernt schien, wenn ich voller Glauben, aber auch wenn ich zornig auf ihn war.

Und der Grund, warum ich Dich, meine Bristol, trotz all dieser Schwierigkeiten liebte, ist der, daß Gott diese Liebe in mein Herz gelegt hat. Das ist das wunderbare Wesen der Liebe Gottes – er liebt uns, auch wenn wir blind, taub oder verkrüppelt sind – körperlich oder geistlich. Gott liebt uns, auch wenn wir ihm nicht sagen können, daß wir ihn auch lieben.

Meine liebe Bristol, jetzt bist Du frei! Ich freue mich auf den Tag, an dem wir nach den Verheißungen Gottes wieder mit Dir zusammen sein werden, vollkommen und voller Freude. Ich bin so froh, daß Du Deine Krone zuerst bekommen hast. Wir werden Dir eines Tages folgen – zu seiner Zeit.

Bevor Du geboren wurdest, habe ich für Dich gebetet. Tief in meinem Herzen wußte ich, daß Du ein Engel sein würdest. Und das warst Du auch!

In Liebe,
Dein Vater

Auch wenn ich diesen liebenden Vater nie kennengelernt habe, identifiziere ich mich persönlich mit seiner Liebe. Noch immer kann ich diese Worte kaum lesen, ohne gegen meine Tränen ankämpfen zu müssen.

James Dobson

Der Jongleur

Er wurde in Italien geboren, kam aber schon als junger Mann in die Vereinigten Staaten. Er lernte meisterhaft Jonglieren und wurde in der ganzen Welt bekannt.

Schließlich beschloß er, sich zur Ruhe zu setzen. Er sehnte sich danach, in sein Heimatland zurückzukehren und sich dort niederzulassen. So packte er seine Sachen zusammen, buchte eine Passage auf einem Schiff nach Italien und investierte sein gesamtes Geld in einen einzigen Diamanten. Diesen Diamanten versteckte er in einer Kabine.

An Bord des Schiffes zeigte er einem Jungen, wie er mit Äpfeln jonglieren konnte. Schon bald sammelte sich eine Menschenmenge um ihn. Der Reiz des Augenblicks stieg ihm zu Kopf. Er rannte in seine Kabine und holte den Diamanten. Er erklärte der Menge, daß er seine gesamten Ersparnisse in diesen Diamanten gesteckt habe, und begann, mit dem Edelstein zu jonglieren. Schon bald ging er immer größere Risiken ein.

Einmal warf er den Diamanten hoch in die Luft, und die Menge hielt den Atem an. Da die Leute wußten, was der Diamant für ihn bedeutete, baten die Zuschauer den Jongleur, es nicht noch einmal zu machen. Angestachelt von der Aufregung des Augenblicks, warf er den Diamanten noch höher. Wieder hielten die Zuschauer die Luft an und seufzten erleichtert auf, als er den Diamanten auffing.

Da der Jongleur vollkommenes Vertrauen in sich und seine Fähigkeiten hatte, sagte er der Menge, er würde ihn noch einmal hochwerfen. Dieses Mal so hoch, daß er einen Augenblick außer Sichtweite sein würde. Wieder baten die Zuschauer ihn, es nicht zu tun.

Doch voller Selbstvertrauen durch seine jahrelange Erfahrung warf er den Diamanten hoch in die Luft. Er war tatsächlich einen Augenblick lang nicht zu sehen. Doch dann kam der funkelnde Diamant zurück. In diesem Augenblick machte das Schiff einen Schlenker – der Diamant fiel ins Meer und war für immer verloren.

Wir alle empfinden mit dem Mann, der seinen gesamten irdischen Besitz verloren hat. Doch Gott sagt, unsere Seele sei weit wertvoller als alle Reichtümer dieser Welt.

Genau wie der Mann in der Geschichte jonglieren einige von uns mit ihren Seelen. Wir setzen unser Vertrauen auf uns und unsere Fähigkeiten und auf die Tatsache, daß wir es sonst ja auch immer geschafft haben. Oft gibt es Menschen in unserer Umgebung, die uns bitten, das Risiko nicht mehr länger einzugehen, weil sie den Wert unserer Seele erkennen.

Aber wir jonglieren noch einmal und noch einmal . . . ohne zu wissen, wann das Schiff einen Ruck zur Seite macht und wir unsere Gelegenheit für immer vertan haben.

Billy Graham, erzählt von Alice Gray

Das Märchen
von den drei Bäumen

Auf einem Berg standen drei kleine Bäume und träumten davon, was sie später, wenn sie erwachsen waren, einmal werden wollten.

Der erste kleine Baum blickte hinauf zu den Sternen, die wie Diamanten über ihm am Himmel funkelten. „Ich möchte einen Schatz in meinem Inneren beherbergen", sagte er. „Ich möchte mit Gold überzogen und mit kostbaren Steinen gefüllt werden. Ich möchte die schönste Schatzkiste auf der Welt werden!"

Der zweite Baum blickte zu dem kleinen Fluß, der auf seinem Weg ins Meer an ihnen vorbeifloß. „Ich möchte ein starkes Segelschiff werden", sagte er. „Ich möchte über das große Wasser fahren und mächtige Könige transportieren. Ich möchte das stärkste Schiff der Welt werden!"

Der dritte kleine Baum blickte hinunter ins Tal, wo geschäftige Männer und Frauen in einer geschäftigen Stadt arbeiteten. „Ich möchte diesen Berg gar nicht verlassen", sagte er. „Ich möchte so groß werden, daß die Leute, wenn sie mich ansehen, ihre Augen zum Himmel heben und an Gott denken. Ich möchte der größte Baum der Welt werden!"

Jahre vergingen. Regen fiel, die Sonne schien, und die kleinen Bäume wurden groß.

Eines Tages stiegen drei Holzfäller auf den Berg.

Der erste Holzfäller betrachtete den ersten Baum und sagte: „Dieser Baum ist wunderschön. Er ist genau richtig für mich." Einige Schläge seiner funkelnden Axt, und der erste Baum fiel.

„Jetzt wird eine wunderschöne Kiste aus mir gemacht", dachte der erste Baum. „Und ein herrlicher Schatz wird in mich hineingetan."

Der zweite Holzfäller betrachtete den zweiten Baum und sagte: „Dieser Baum ist sehr stark. Er ist genau richtig für mich." Einige Schläge seiner Axt, und der zweite Baum fiel.

„Jetzt werde ich über das riesige Wasser fahren", dachte der zweite Baum. „Aus mir wird ein starkes Schiff gemacht, das eines Königs würdig ist!"

Das Herz des dritten Baumes sank, als der dritte Holzfäller in seine Richtung sah. Er stand hoch aufgerichtet und groß und deutete mutig zum Himmel.

Aber der Holzfäller sah nicht einmal nach oben. „Für mich ist jeder Baum recht", murmelte er. Einige Schläge seiner Axt, und auch der dritte Baum fiel.

Der erste Baum freute sich, als der Holzfäller ihn zu einer Schreinerei brachte, doch der beschäftigte Schreiner dachte nicht an Schatzkisten. Statt dessen machte er aus ihm eine Futterkrippe für Tiere.

Der einst so schöne Baum wurde nicht mit Gold überzogen oder mit einem Schatz gefüllt, sondern mit Heu für die hungrigen Tiere.

Der zweite Baum freute sich, als der Holzfäller ihn zu einer Werft brachte, doch an diesem Tag wurden keine mächtigen Segelschiffe gebaut. Statt dessen wurde der einst so starke Baum zu einem einfachen Fischerboot verarbeitet.

Da er zu klein und zu schwach war, um auf einem Meer oder gar einem Fluß zu fahren, wurde er zu einem kleinen See gebracht. Jeden Tag brachte er nun ganze Ladungen toter, stinkender Fische herein.

Der dritte Baum war verwirrt, als der Holzfäller ihn in starke Balken schnitt und auf einem Hof mit Gerümpel liegen ließ.

„Was ist nur passiert?" fragte sich der Baum. „Ich wollte doch nichts anderes, als auf dem Berg stehen und auf Gott hinweisen."

Viele Tage und Nächte vergingen. Die drei Bäume vergaßen beinahe ihre Träume.

Doch in einer Nacht warfen die Sterne ihre goldenen Strahlen auf den ersten Baum, als eine junge Frau ihr neugeborenes Baby in die Futterkrippe legte.

„Ich wünschte, ich könnte eine Wiege für ihn machen", flüsterte ihr Mann.

Die Mutter drückte seine Hand und lächelte, während die Sterne auf das glatte und feste Holz schienen. „Diese Krippe ist doch sehr schön", sagte sie.

Und plötzlich wußte der erste Baum, daß der größte Schatz der Welt in ihm lag.

Eines Abends bestiegen ein müder Wanderer und seine Freunde das alte Fischerboot. Der Wanderer schlief ein, während der zweite Baum leise auf den See hinausfuhr.

Schon bald erhob sich ein wütender Sturm. Der kleine Baum erzitterte. Er wußte, daß er nicht die Kraft hatte, so viele Passagiere sicher durch Sturm und Regen zu tragen.

Der müde Mann wachte auf. Er stand auf, streckte seine Hand aus und sagte: „Friede." Der Sturm verstummte so schnell, wie er aufgekommen war.

Und plötzlich wußte der zweite Baum, daß der König des Himmels und der Erde in ihm fuhr.

Am Freitag morgen merkte der dritte Baum erstaunt, daß seine Balken unter dem Gerümpel hervorgezerrt wurden. Er zuckte zusammen, als er durch eine wütende, jubelnde Menge getragen wurde. Er erzitterte, als Soldaten die Hände eines Mannes an ihm festnagelten.

Er fühlte sich häßlich, hart und grausam.

Doch am Sonntag morgen, als die Sonne aufging und die Erde vor Freude unter ihm erbebte, wußte der dritte Baum, daß die Liebe Gottes alles verändert hatte.

Er hatte den ersten Baum schön gemacht.

Er hatte den zweiten Baum stark gemacht.

Und jedesmal, wenn die Leute an den dritten Baum dachten, würden sie an Gott denken.

Das war besser, als der größte Baum auf der ganzen Welt zu sein.

Ein bekanntes Märchen, erzählt von Angela Elwell Hunt

Das Gleichnis
einer außergewöhnlichen Liebe

Ein Mann hatte zwei Söhne. Und der jüngere von ihnen sprach zu dem Vater: Gib mir, Vater, das Erbteil, das mir zusteht. Und er teilte Hab und Gut unter sie.

Und nicht lange danach sammelte der jüngere Sohn alles zusammen und zog in ein fernes Land; und dort brachte er sein Erbteil durch mit Prassen. Als er nun all das Seine verbraucht hatte, kam eine große Hungersnot über jenes Land, und er fing an zu darben und ging hin und hängte sich an einen Bürger jenes Landes; der schickte ihn auf seinen Acker, die Säue zu hüten. Und er begehrte seinen Bauch zu füllen mit den Schoten, die die Säue fraßen; und niemand gab sie ihm.

Da ging er in sich und sprach: Wie viele Tagelöhner hat mein Vater, die Brot in Fülle haben, und ich verderbe hier im Hunger! Ich will mich aufmachen und zu meinem Vater gehen und zu ihm sagen: Vater, ich habe gesündigt gegen den Himmel und vor dir. Ich bin hinfort nicht mehr wert, daß ich dein Sohn heiße; mache mich zu einem deiner Tagelöhner!

Und er machte sich auf und kam zu seinem Vater. Als er aber noch weit entfernt war, sah ihn sein Vater, und es jammerte ihn; er lief und fiel ihm um den Hals und küßte ihn.

Der Sohn aber sprach zu ihm: Vater, ich habe gesündigt gegen den Himmel und vor dir; ich bin hinfort nicht mehr wert, daß ich dein Sohn heiße.

Aber der Vater sprach zu seinen Knechten: Bringt schnell das beste Gewand her und zieht es ihm an und gebt ihm einen Ring an seine Hand und Schuhe an seine Füße und bringt das gemästete Kalb und schlachtet's; laßt uns essen und fröhlich sein! Denn dieser mein Sohn war tot und ist wieder lebendig geworden; er war verloren und ist gefunden worden. Und sie fingen an, fröhlich zu sein.

Aber der ältere Sohn war auf dem Feld. Und als er nahe zum Haus kam, hörte er Singen und Tanzen und rief zu sich einen der Knechte und fragte, was das wäre.

Der aber sagte ihm: Dein Bruder ist gekommen, und dein Vater hat das gemästete Kalb geschlachtet, weil er ihn gesund wiederhat.

Da wurde er zornig und wollte nicht hineingehen. Da ging sein Vater heraus und bat ihn. Er antwortete aber und sprach zu seinem Vater: Siehe, so viele Jahre diene ich dir und habe dein Gebot noch nie übertreten, und du hast mir nie einen Bock gegeben, daß ich mit meinen Freunden fröhlich gewesen wäre.

Nun aber, da dieser dein Sohn gekommen ist, der dein Hab und Gut mit Huren verpraßt hat, hast du ihm das gemästete Kalb geschlachtet.

Er aber sprach zu ihm: Mein Sohn, du bist allezeit bei mir, und alles, was mein ist, das ist dein. Du solltest aber fröhlich und guten Mutes sein; denn dieser dein Bruder war tot und ist wieder lebendig geworden, er war verloren und ist wiedergefunden.
(Ein Gleichnis Jesu, Lukas 15,11–32)

Das Gleichnis erzählt uns, was für eine Liebe uns erwartet, wenn wir zu dem Vater zurückkehren. Er hat auf uns gewartet, nach uns Ausschau gehalten, sich nach uns gesehnt. So ist Gott. Das ist unser Gott, der seinen Sohn schon von weitem sieht und ihm entgegenläuft. Jesu Bild des Vaters, der den Hügel hinunterläuft, um seinen Sohn zu begrüßen, hat mehr Aussagekraft, als auf den ersten Blick zu erkennen ist. Für einen älteren Mann war es damals unter seiner Würde zu laufen. Aristoteles sagt: „Große Männer laufen niemals in der Öffentlichkeit." Aber sehen wir uns nur an, wie die Liebe den Füßen des Vaters Flügel verleiht. Er kann gar nicht schnell genug laufen, um der Sehnsucht seines Herzens Ausdruck zu verleihen, seinen Sohn zu Hause willkommen zu heißen.

Was immer Sie über Gott glauben, vergessen Sie dieses Gleichnis nicht. Er läuft uns entgegen. Schon das kleinste Entgegenkommen setzt seine unaussprechliche, unkalkulierbare Liebe frei. Im Augenblick läuft Ihr Gott und meiner uns entgegen, um uns in seine Arme zu schließen!

Lloyd John Ogilvie, Kaplan des Senats der Vereinigten Staaten

Das Leben eines Einsamen

Er wurde in einem kleinen Dorf als Kind einer Bauersfrau geboren. Er wuchs in einem anderen Dorf auf, wo er in einem Zimmermannsgeschäft arbeitete, bis er dreißig war. Dann war er drei Jahre lang ein Wanderprediger.

Er schrieb nie ein Buch.

Er hat nie ein Amt bekleidet.

Er hatte nie eine Familie oder ein Haus.

Er hat nie studiert.

Er kam nie mehr als 300 Kilometer über seinen Geburtsort hinaus.

Er tat nichts von dem, was man normalerweise mit Größe gleichsetzt.

Er hatte keine Empfehlungsschreiben außer sich selbst.

Er war erst dreiunddreißig, als sich die öffentliche Meinung gegen ihn wandte. Seine Freunde liefen davon. Er wurde in die Hände seiner Feinde gegeben und mußte sich in einer Gerichtsverhandlung verspotten lassen. Er wurde zwischen zwei Dieben an ein Kreuz genagelt.

Als er starb, würfelten sie um seine Kleider, den einzigen Besitz, den er auf dieser Erde hatte. Als er tot war, wurde er in ein geliehenes Grab gelegt.

Neunzehn Jahrhunderte sind ins Land gezogen, und heute ist er die zentrale Figur der Menschheit.

Alle Armeen, die jemals marschiert sind, alle Schiffe, die jemals über das Meer gefahren sind, alle Parlamente, die jemals zusammengetreten sind, alle Könige, die jemals regiert haben, zusammengenommen, haben keinen so großen Einfluß auf das Leben der Menschen auf der Erde ausgeübt wie dieses Leben eines Einsamen.

Autor unbekannt

Cecil B. De Mille

Cecil B. De Mille hat mir einmal erzählt, sein Film *Der König der Könige*, der während der Stummfilmzeit entstand, sei von ungefähr 800 Millionen Menschen gesehen worden. Ich fragte ihn, warum er diesen Film denn nicht als Tonfilm und in Farbe produziert habe.

Er erwiderte: „Das wäre nicht gegangen, denn wenn ich Jesus mit einem Südstaatenakzent hätte sprechen lassen, hätten die Nordstaatler ihn nicht für ihren Christus gehalten. Wenn ich ihm einen ausländischen Akzent gegeben hätte, hätten die Amerikaner und Briten ihn nicht für ihren Christus gehalten." Er fuhr fort: „Aber so können alle Völker jeder Rasse, jeder Glaubensrichtung und jeder Herkunft ihn als ihren Christus annehmen."

Billy Graham

Gegenstandslektion

Ein Pastor besuchte einen Mann, der nicht regelmäßig zum Gottesdienst kam. Der Mann saß vor einem Feuer und betrachtete die glühenden Kohlen. Der Pastor bat den Mann, doch häufiger den Gottesdienst zu besuchen und Gemeinschaft mit den anderen Kindern Gottes zu suchen, aber der Mann schien sein Anliegen nicht zu verstehen.

Daraufhin griff der Pastor nach der Feuerzange neben dem Kamin, schob den Schutzschirm beiseite und begann, die Kohlen auseinanderzulegen. Als jedes Kohlenstück einzeln lag und keinen Kontakt mehr mit den anderen hatte, blieb er dabei stehen und beobachtete schweigend, was passierte. Es dauerte nicht lange, bis die Kohle nicht mehr glühte und kalt wurde . . .

Der Mann verstand die Botschaft.

John MacArthur

Im richtigen Augenblick

Roger Simms hatte gerade seinen Militärdienst abgeleistet und konnte es kaum erwarten, seine Uniform ein für allemal abzulegen. Er trampte nach Hause, und sein schwerer Seesack machte das Reisen noch schwieriger, als Trampen ohnehin schon ist.

Als er einen Wagen herankommen sah, hob er den Daumen, doch er verlor jegliche Hoffnung, als er erkannte, daß es sich um einen glänzenden schwarzen und sehr teuren Wagen handelte, der noch so neu war, daß er ein rotes Nummernschild im Rückfenster liegen hatte . . . wohl kaum die Art von Auto, das anhält, um einen Tramper mitzunehmen.

Doch sehr zu seinem Erstaunen hielt der Wagen an, und die Beifahrertür öffnete sich. Er lief zu dem Wagen, legte seinen Seesack vorsichtig auf den Rücksitz und setzte sich auf den ledernen Beifahrersitz. Ein freundliches Lächeln eines gutaussehenden, älteren Mannes mit grauen Haaren und einem braungebrannten Gesicht begrüßte ihn.

„Hallo, Sohn. Fahren Sie weg, oder kommen Sie nach Hause?"

„Ich bin gerade aus der Armee entlassen worden und fahre zum ersten Mal seit mehreren Jahren nach Hause", erwiderte Roger.

„Na, dann haben Sie Glück, wenn Sie nach Chicago wollen", lächelte der Mann.

„Nicht ganz so weit", meinte Roger, „aber mein Heimatort liegt auf dem Weg. Wohnen Sie in Chicago?"

„Ja, ich habe dort ein Geschäft. Ich heiße übrigens Hanover." Und damit fuhren sie los.

Nachdem sie sich kurz etwas über ihr Leben erzählt und über alles mögliche unter der Sonne geplaudert hatten, verspürte Roger (der Christ war) den starken Drang, Mr. Hanover etwas von Christus zu erzählen. Doch mit einem älteren, reichen Geschäftsmann, der offensichtlich alles besaß, was man sich wünschen konnte, über Christus zu sprechen, war gar nicht so einfach. Roger schob es immer weiter hinaus, doch als sie sich seinem Ziel näherten, wurde ihm klar, daß er jetzt sprechen mußte, oder die Gelegenheit war verpaßt.

„Mr. Hanover", begann Roger, „ich würde gern mit Ihnen über etwas sehr Wichtiges sprechen."

Er erklärte ihm, was Jesus für ihn getan hatte, und fragte Mr. Hanover schließlich, ob er Jesus nicht als seinen Erlöser annehmen wolle. Sehr zu Rogers Erstaunen lenkte der Mann den Wagen an den Straßenrand. Einen Augenblick lang dachte Roger, Mr. Hanover würde ihn aus dem Wagen werfen. Doch dann passierte etwas Seltsames und Wunderbares: Der Geschäftsmann legte den Kopf auf das Lenkrad und begann zu weinen. Er sagte, er wollte Jesus tatsächlich annehmen, und dankte Roger dafür, daß er mit ihm darüber gesprochen hatte. „Das ist das Beste, was mir je passiert ist." Er brachte Roger zu seinem Elternhaus und fuhr dann nach Chicago weiter.

Fünf Jahre zogen ins Land. Roger Simms heiratete, bekam ein Kind und gründete ein eigenes Geschäft. Als er eines Tages für eine Geschäftsreise nach Chicago packte, fiel ihm eine kleine Visitenkarte mit Goldrand in die Hände, die Mr. Hanover ihm Jahre zuvor gegeben hatte.

Als Roger in Chicago ankam, fuhr er zum Geschäft der Hanovers, das im Stadtzentrum in einem hohen Gebäude untergebracht war. Die Empfangsdame sagte ihm, er könnte Mr. Hanover leider nicht sprechen, aber wenn er ein alter Freund sei, würde Mrs. Hanover ihn gern empfangen. Ein wenig enttäuscht wurde er in ein elegant eingerichtetes Büro geführt, in dem eine Dame in den Fünfzigern an einem großen Eichenschreibtisch saß.

Sie reichte ihm die Hand. „Sie kannten meinen Mann?"

Roger erklärte, daß Mr. Hanover vor langer Zeit einmal so freundlich gewesen sei, ihn in seinem Wagen mitzunehmen.

Interessiert blickte sie ihn an. „Können Sie mir sagen, wann genau das war?"

„Sicher", erwiderte Roger. „Es war der 7. Mai vor fünf Jahren, der Tag, an dem ich aus der Armee entlassen wurde."

„Und ist irgend etwas Besonderes während Ihrer Fahrt passiert . . . irgend etwas Ungewöhnliches?"

Roger zögerte. Sollte er erzählen, daß er ihrem Mann von Christus erzählt hatte? War dies vielleicht ein Streitpunkt zwischen den beiden, der zu einem Bruch oder gar einer Trennung geführt hatte? Aber auch an diesem Tag spürte er das Drängen Gottes, die Wahrheit zu sagen.

„Mrs. Hanover, Ihr Mann hat an diesem Tag Christus als seinen Erlöser angenommen. Ich habe ihm das Evangelium erklärt, und er fuhr an den Straßenrand, weinte und hat dann Jesus sein Leben übergeben."

Plötzlich begann Mrs. Hanover hemmungslos zu schluchzen. Nach einigen Minuten hatte sie sich so weit gefaßt, daß sie Roger den Grund für ihren Tränenausbruch erklären konnte: „Ich wuchs in einem christlichen Elternhaus auf, mein Mann dagegen nicht. Jahrelang habe ich dafür gebetet, daß mein Mann zu Christus findet, und ich war der festen Überzeugung, daß Gott ihn erretten würde. Doch kurz nachdem er Sie damals abgesetzt hat, kam es zu einem tragischen Unfall, einem frontalen Zusammenstoß mit einem anderen Wagen, bei dem mein Mann ums Leben kam. Er hat Chicago nie erreicht. Ich dachte, Gott hätte sein Versprechen nicht gehalten, und ich habe mich von ihm abgewendet."

Ich kann Mrs. Hanover sehr gut verstehen. Sie vielleicht auch. Es gibt lange, einsame Strecken in unserem Leben, wo es den Anschein hat, als wären Gott unsere Bitten gleichgültig geworden, als würden unsere inbrünstigen Gebete ihn langweilen oder kalt lassen.

Es ist, als würde man die fest eingepackten, geheimnisvollen und unerreichbaren Geschenke unter einem Baum anstarren. Während die Zeit vorübergeht und die Hoffnung immer geringer wird, fangen wir an, uns zu fragen, ob Gott wirklich Geschenke für uns hat.

Vielleicht haben Sie lange darauf gewartet, daß sich eine bestimmte Situation in Ihrem Leben ändert. Sie haben darauf gewartet, daß Sie gesund werden, auf eine Veränderung Ihrer Beziehungen gehofft, Ihres Partners, Ihrer Kinder, Ihrer beruflichen Situation, Ihrer finanziellen Situation oder Ihres geistlichen Lebens. Und es sieht so aus, als würde sich nie etwas tun. Sie haben den Eindruck, als würde Weihnachten nie anbrechen. Und es sieht so aus, als gäbe es für Sie kein Licht am Ende des Tunnels. Sie meinen, die Notrufnummer Gottes schon tausendmal gewählt zu haben, und nie hat er Ihnen eine Antwort gegeben.

Maria und Martha kannten ebenfalls eine solche Situation. Sie mußten zusehen, wie ihr Bruder zusehends schwächer wurde. Sein Leben rieselte ihnen wie Sand zwischen den Fingern hindurch, und sie konnten es nicht aufhalten, aber der Jesus kam nicht.

Doch dann kam er. Und es war zu spät. Aber es war doch noch nicht zu spät. Weil er etwas im Sinn hatte, das ihre Gedanken, Erfahrungen, Hoffnungen und Träume so weit überstieg, daß sie nicht einmal auf die Idee gekommen wären, um so etwas zu bitten.

Es war etwas sehr Gutes in einer schlimmen Hülle.

Und er überbrachte es höchstpersönlich . . . genau zum richtigen Zeitpunkt.

Das tut er immer.

Ron Mehl

Spring!

Nach dem langen Arbeitstag in seinem kleinen Büro wollte der junge Mann nichts anderes, als nach Hause gehen, ausruhen und sich auf seinen nächsten Arbeitstag vorbereiten.

Auf dem Weg zum Aufzug hörte er plötzlich Schreie und sah schwarzen Rauch und Flammen aus dem Treppenhaus schlagen. Panik erfaßte ihn, und die unterschiedlichsten Gedanken gingen ihm durch den Sinn. *Ich bin im sechsten Stock. Ich werde es nie bis nach unten schaffen. Ich werde sterben!* Sein einziger Fluchtweg, das Treppenhaus, stand in Flammen. Es war unmöglich, dort durchzukommen.

Während sich seine Gedanken noch überschlugen, hörte er die Feuerwehrsirenen, und er erinnerte sich daran, daß die Fenster in den Büros bis zum Boden reichten. Hustend taumelte er zu den Fenstern in der Hoffnung auf eine schnelle Rettung. Doch als er nach unten sah, konnte er nichts außer dichtem Rauch erkennen. Durch den Rauch und die Flammen hindurch sah er, daß sich eine Menge unten gesammelt hatte, die im Chor mit den Feuerwehrleuten rief: „Spring! Spring!"

Der junge Mann spürte, wie die Angst mit eiskalter Faust nach seinem Herzen griff. Über einen Lautsprecher ertönte eine Stimme, vermutlich die eines Feuerwehrmannes: „Sie können nur überleben, wenn Sie springen. Wir halten ein Sprungtuch bereit und werden Sie auffangen. Es kann Ihnen nichts passieren." Während die Menge weiter rief, wurde dem jungen Mann klar, daß er nicht den Mut hatte zu springen, ohne das Sprungtuch sehen zu können. Seine Füße waren wie festgenagelt.

Plötzlich ertönte die Stimme seines Vaters über Lautsprecher: „Es ist in Ordnung, Junge, du kannst springen." Als die vertraute Stimme an das Ohr des jungen Mannes drang, spürte er, wie die Furcht ihn verließ. Das Vertrauen und die Liebe, die immer zwischen Vater und Sohn bestanden hatten, gaben ihm den Mut, nach unten zu springen, wo er sicher im Sprungtuch landete.

Kennen wir die Liebe unseres himmlischen Vaters so gut, und vertrauen wir ihr so fest?

Tania Gray

Verabredung mit dem Tod

Es gibt eine alte Legende von einem reichen Kaufmann in Bagdad, der seinen Diener zum Markt schickte. Dort wurde er von jemandem in der Menge angerempelt. Als er sich umdrehte, entdeckte er eine blasse Frau in einem langen schwarzen Mantel und wußte, sie war der Tod. Der Diener rannte nach Hause zu seinem Herrn und berichtete ihm mit zitternder Stimme von seiner Begegnung und, wie der Tod ihn angesehen und eine drohende Gebärde gemacht hätte.

Der Diener flehte seinen Herrn an, ihm ein Pferd zu leihen, damit er nach Samarra reiten und sich verstecken könnte, damit der Tod ihn nicht finden konnte. Der Herr war einverstanden, und der Diener galoppierte davon.

Später ging der Kaufmann hinunter zum Marktplatz und entdeckte den Tod, der in der Nähe stand. Der Kaufmann fragte: „Warum hast du eine drohende Gebärde zu meinem Diener gemacht und ihn erschreckt?"

„Das war keine drohende Gebärde", erwiderte der Tod. „Ich war nur so überrascht, ihn in Bagdad zu sehen, weil ich heute abend eine Verabredung in Samarra mit ihm habe!"

Peter Marshall, erzählt von Alice Gray

Die Geschichte
der „Betenden Hände"

Ungefähr im Jahre 1490 mußten sich zwei Freunde, Albrecht Dürer und Franz Knigstein, beide junge Künstler, ihren Platz im Leben hart erkämpfen. Da beide arm waren, arbeiteten sie für ihren Lebensunterhalt, während sie nebenbei Kunst studierten.

Die Arbeit nahm den größten Teil ihrer Zeit in Anspruch, und sie machten künstlerisch nur geringe Fortschritte. Schließlich trafen sie ein Abkommen: Sie würden Lose ziehen, und einer von ihnen würde für beide arbeiten, während der andere sich ganz seinem Kunststudium widmen konnte. Albrecht gewann und begann zu studieren, während Franz hart arbeitete, um sie beide zu ernähren. Sie kamen überein, daß Albrecht später für Franz sorgen würde, damit er sich dann seinem Studium widmen konnte.

Albrecht besuchte die Großstädte Europas, um zu studieren. Wie die Welt jetzt weiß, hatte er nicht nur Talent, sondern war ein Genie. Nachdem er Erfolg gehabt hatte, kam er zurück, um sein Abkommen mit Franz einzuhalten. Aber schon bald mußte Albrecht erkennen, daß sein Freund einen schrecklichen Preis bezahlt hatte. Denn die harte handwerkliche Arbeit, die er hatte verrichten müssen, um seinen Freund unterstützen zu können, hatten seine Finger steif und verkrümmt werden lassen. Seine schlanken, empfindsamen Hände waren ruiniert. Er konnte die zarten Pinselstriche nicht mehr ausführen, die zu wahrer Kunst nötig waren. Doch obwohl seine künstlerischen Träume zerstört waren, war er nicht verbittert, sondern freute sich über den Erfolg des Freundes.

Eines Tages besuchte Dürer seinen Freund ganz unerwartet

und traf ihn kniend an, die verkrüppelten Hände im Gebet gefaltet. Er betete für den Erfolg seines Freundes, und das, obwohl er selbst nun kein Künstler mehr werden konnte. Albrecht Dürer, das große Genie, machte schnell eine Skizze von den gefalteten Händen seines treuen Freundes und vollendete später das große Werk, das als „Die betenden Hände" bekannt geworden ist.

Heute werden in den Kunstgalerien auf der ganzen Welt die Werke Albrecht Dürers ausgestellt, und dieses bestimmte Kunstwerk erzählt ausdrucksstark eine Geschichte von Liebe, Opfer, Arbeit und Dankbarkeit. Viele Menschen auf der ganzen Welt hat dieses Bild daran erinnert, wo auch sie Trost, Mut und Kraft finden können.

Autor unbekannt

Eine Lektion über das Gebet

Er fand an einem Donnerstag abend zum Glauben, und am Sonntag tauchte er in der Kirche auf. Der Pastor kündigte eine Gebetsversammlung am Abend an, und natürlich war der Bursche auch abends wieder da. Dort erfuhr er, daß in unserer Gemeinde am Mittwochabend regelmäßig eine Bibel- und Gebetsstunde abgehalten wurde, und er kam auch zu diesen Abenden.

Bei der Gebetsstunde saß ich neben ihm, und kurz bevor wir mit dem Beten anfangen wollten, wandte er sich an mich und fragte: „Denken Sie, die haben etwas dagegen, wenn ich auch bete?"

„Natürlich nicht", versicherte ich ihm. „Darum sind wir doch hier."

„Ja, ich weiß", meinte er. „Aber ich habe ein Problem. Ich kann nicht so beten wie ihr."

Ich sagte: „Das ist kein Problem, mein Freund. Sie sollten Gott dafür danken!"

Nun, wir begannen zu beten, und ich merkte, daß er zu nervös war, um sich zu beteiligen. Schließlich legte ich ihm ermutigend die Hand auf den Oberschenkel.

Nie werde ich sein Gebet vergessen: „Herr, hier spricht Jim", begann er, „ich bin der, den du vergangenen Donnerstag kennengelernt hast. Es tut mir leid, Herr, weil ich mich nicht so ausdrücken kann wie diese Leute hier, aber ich möchte dir das beste sagen, was ich weiß. Ich liebe dich, Herr, wirklich. Vielen Dank. Bis später."

Ich kann Ihnen sagen, dieses Gebet belebte unsere Gebetsversammlung in einem Maß, wie ich es mir nie hätte vorstellen können! Einige von uns hatten wirklich große theologische Worte gemacht – Sie wissen schon, das Universum der Lehre durchforscht, mit unseren Ausführungen an der Milchstraße gekratzt. Aber dieser Bursche betete ernsthaft!

Meine Kinder haben mir vieles über die Theologie klargemacht. Als sie noch klein waren, kam ein gelehrter Mann zu uns zu Besuch. Nach dem Essen wollten wir wie immer unsere Familienandacht halten, und wir forderten ihn auf, daran teilzunehmen. Als wir anfingen zu beten, beteten die Kinder auf ihre kindliche Weise, dankten Jesus für das Dreirad, den Sandkasten, den Zaun und so weiter. Unser Gast konnte es kaum erwarten, mich beiseite zu nehmen.

„Professor Hendricks", begann er eine Vorlesung zu halten, „Sie wollen mir doch nicht erzählen, daß Sie als Professor eines theologischen Seminars Ihren Kindern beibringen, für solche Dinge zu beten?"

„Aber natürlich", erwiderte ich. „Haben Sie nie für Ihren Wagen gebetet?" Ich wußte, daß er es bereits getan hatte. Er mußte es auch: Der Wagen war so klapprig, daß er beinahe auseinanderfiel!

„Natürlich", erwiderte er, „aber das ist doch etwas anderes."

„Ach, wirklich?" gab ich zurück. „Wieso sollte Gott Ihr Auto wichtiger sein als das Dreirad meines Jungen?" Ich drängte ihn noch weiter. „Sie sind häufig unterwegs. Beten Sie nie um Bewahrung?"

„Bruder Hendricks, ich fahre nirgendwo hin, ohne daß ich die beschützende Gnade Gottes erflehe."

„Nun, mein Junge dankt Jesus auch für die Sicherheit, wenn er ihm für den Zaun dankt. Dieser Zaun hält Nachbars Hunde von ihm fern!"

Howard Hendricks

Das Geheimnis der Geschenke

Die Geschichte wird nun schon seit Jahrhunderten weitergegeben – wie Kaspar, Melchior und Balthasar dem neugeborenen König ihre Geschenke bringen. *Ach, sagen Sie, das weiß doch jeder. Sie brachten Gold, Weihrauch und Myrrhe. So wurde es erzählt.*

Aber die Geschichte ist unvollständig. Hören Sie sich das Ende an. Sie werden das Geheimnis der Geschenke erfahren.

Die Zuschauer sahen den ersten der drei Besucher an der Tür stehenbleiben: Kaspar, einen reichen Mann mit einem Mantel aus feinem Samt, mit makellosem Pelz eingefaßt. Allerdings konnten sie nicht sehen, daß es der Engel Gabriel war, der den heiligen Ort bewachte, vor dem Kaspar stehenblieb.

„Alle, die eintreten, müssen ein Geschenk mitbringen", sagte Gabriel zu Kaspar.

Kaspar hob sein schweres Kästchen und erwiderte: „Ich habe Barren des feinsten Goldes mitgebracht."

„Dein Geschenk", entgegnete Gabriel, „muß etwas sein, das deinem Wesen entspricht; etwas, das deiner Seele sehr wertvoll ist."

„Das habe ich gebracht", antwortete Kaspar.

Doch als er sich hinkniete, um das Gold vor das Kind zu legen, hielt er inne und richtete sich wieder auf. In seiner ausgestreckten Hand lag kein Gold, sondern ein Hammer. Sein eingekerbter und geschwärzter Kopf war größer als die Faust eines Mannes; sein Griff aus dickem Holz, so lang wie der Unterarm eines Menschen. Kaspar taumelte wie betäubt zurück.

Leise sagte der Engel: „Was du in deinen Händen hältst, ist der Hammer deiner Gier, mit dem du Reichtümer aus den Arbeitern herausgeprügelt hast, damit du in Luxus leben und dir ein prächtiges Haus bauen kannst, während die anderen in Hütten hausen."

Kaspar neigte beschämt den Kopf und wandte sich zum Gehen. Aber Gabriel stellte sich ihm in den Weg. „Nein, du hast deine Gabe noch nicht gebracht."

„Ich soll ihm dies geben?" fragte Kaspar entsetzt. „Doch nicht einem König!"

„Deshalb bist du doch gekommen", sagte Gabriel. „Du kannst es nicht wieder mitnehmen. Es ist zu schwer. Laß es hier, sonst wird es dich zerstören."

„Aber das Kind kann ihn doch gar nicht heben", protestierte Kaspar.

„Er ist der einzige, der das kann", erwiderte der Engel.

Als nächster trat Melchior ein, der Gelehrte mit dem langen Bart und den dichten Augenbrauen, die von der Weisheit des Alters zeugten. Auch er blieb an der Tür stehen.

„Was hast du mitgebracht?" fragte Gabriel.

„Weihrauch, den Duft verborgener Länder und vergangener Tage", erwiderte Melchior.

„Dein Geschenk", warnte Gabriel, „muß etwas sein, das deiner Seele sehr kostbar ist."

Atemlos stand Melchior vor der Krippe, dann kniete er nieder und holte ein silbernes Fläschchen aus seinem Gewand hervor. Doch die Flasche in seiner Hand war gar kein Silber. Es war gewöhnlicher Ton, grob und fleckig. Angewidert zog er den Stopfen heraus und roch an dem Inhalt.

„Das ist ja Essig!" schnaubte Melchior.

„Du hast gebracht, woraus du bestehst", erklärte Gabriel. „Bitterkeit. Der saure Wein eines Lebens, das durch Neid und Haß noch herber gemacht worden ist. Zu viele Erinnerungen an alte Verletzungen, angestauter Zorn und schwelende Wut. Du hast nach Wissen gestrebt, aber dein Leben mit Gift gefüllt."

Melchior ließ die Schultern sinken. Er wandte sich ab und versuchte, das Tongefäß in seinem Gewand zu verbergen.

Gabriel berührte Melchiors Arm. „Warte, du mußt dein Geschenk hierlassen."

240

Melchior seufzte tief auf. „Aber das ist schlechtes Zeug", protestierte er. „Wenn das Kind es nun mit den Lippen berührt?"

„Diese Sorge mußt du dem Himmel überlassen", erwiderte Gabriel. „Dort ist sogar Essig zu etwas nütze."

Ein letzter Besucher trat vor: Balthasar, der Führer vieler Legionen und Eroberer vieler Städte. Er hielt ein Messingkästchen in der Hand.

„Ich bringe Myrrhe", erklärte er, „die kostbarste Beute meiner tapfersten Eroberung. Viele haben für diesen Extrakt eines überaus seltenen Krautes gekämpft und sind dafür gestorben."

„Aber ist dies ein Extrakt deiner selbst?" fragte Gabriel.

Der Soldat ging weiter, neigte den Kopf bis fast auf den Boden und öffnete das Kästchen. Doch was er dem Kind zu Füßen legte, war sein eigener Speer.

„Das kann nicht sein!" flüsterte er heiser. „Irgendein Feind hat einen Fluch ausgesprochen."

„Das kommt der Wahrheit sehr nahe", sagte Gabriel, der hinter ihm stand. „Tausend Feinde haben ihren Fluch über dich ausgesprochen und deine Seele in einen Speer verwandelt. Du hast nur gelebt, um zu erobern, und bist dabei selbst erobert worden. Jede Schlacht, die du gewinnst, führt zu einer neuen."

Balthasar umklammerte die Waffe und wandte sich zum Gehen. „Ich kann das nicht hierlassen."

„Bist du sicher?" fragte Gabriel.

„Hier?" flüsterte der Krieger. „Er ist doch noch ein Kind. Der Speer würde sein Fleisch durchbohren."

„Diese Angst mußt du dem Himmel überlassen", erwiderte Gabriel.

Um welche der Gaben bitten Sie – um den Hammer, den Essig oder den Speer? In einer anderen Geschichte wird berichtet, wie die drei Gaben, Jahre später, noch einmal auf einem einsamen Hügel außerhalb Jerusalems gesehen und verwendet wurden. Aber keine Angst. Dies ist eine Last, der sich der Himmel selbst annimmt, wie nur der Himmel es vermag.

Paul Flucke

Paraklet

Ich las den Bericht eines Mannes, der sich einer Operation am offenen Herzen unterziehen mußte. Er schrieb:

Am Tag vor der Operation kam eine hübsche Schwester in mein Zimmer. Sie nahm meine Hand und sagte mir, ich sollte sie halten. Ich hielt das für eine großartige Idee.

„Passen Sie auf", sagte sie, „während der Operation morgen wird die Funktion Ihres Herzens ausgeschaltet, und Sie werden nur durch Maschinen am Leben erhalten. Und wenn Ihr Herz in Ordnung gebracht und die Operation vorbei ist, werden Sie in einem Raum aufwachen. Aber Sie werden sich sechs Stunden lang nicht bewegen können. Sie können vielleicht nicht sprechen oder auch nur Ihre Augen öffnen, aber Sie werden bei vollem Bewußtsein sein und alles hören und mitbekommen, was um Sie herum vorgeht. Während dieser sechs Stunden werde ich an Ihrem Bett sitzen und Ihre Hand halten, genau wie ich es jetzt tue. Ich werde bei Ihnen bleiben, bis Sie vollkommen wiederhergestellt sind. Auch wenn Sie sich vollkommen hilflos fühlen, wenn Sie meine Hand spüren, werden Sie wissen, daß ich Sie nicht allein lassen werde."

Es passierte genau, wie die Schwester mir gesagt hatte. Ich erwachte und konnte mich nicht rühren. Aber ich spürte die Hand der Schwester. Und das war entscheidend!

Der Lieblingsausdruck Jesu für seine Gegenwart in Form des Heiligen Geistes ist *Paraklet* – „der Eine an deiner Seite".

Prägen Sie sich diese Worte Jesu ein, bis Sie sie so verinnerlicht haben, daß Sie auch in der schlimmsten Situation wissen, daß er bei Ihnen ist.

David Seamands

Viehverkauf

Kurz nach der Gründung des Seminars im Jahre 1924 wäre es beinahe wieder geschlossen worden. Es war kein Geld mehr da. Alle Gläubiger wollten ihre Kredite um zwölf Uhr an einem bestimmten Tag zurückfordern.

An diesem Morgen trafen sich die Gründer dieser Schule im Büro des Direktors, um dafür zu beten, daß Gott für sie sorgen möge. Zu diesem Gebetskreis gehörte auch Harry Ironside. Als er an der Reihe war zu beten, sagte er auf seine erfrischende Art: „Herr, wir wissen, daß das Vieh auf 1000 Bergen dir gehört. Bitte verkauf einiges davon und schick uns das Geld."

Genau in diesem Augenblick betrat ein großer Texaner in Cowboystiefeln und einem offenen Hemd das Büro.

„Hallo!" sagte er zu der Sekretärin. „Gerade habe ich drüben in Fort Worth zwei Wagenladungen Vieh verkauft. Ich wollte ein bestimmtes Geschäft zustandebringen, aber es klappt einfach nicht. Und jetzt habe ich das Gefühl, ich sollte das Geld dem Seminar geben. Ich weiß zwar nicht, ob ihr das brauchen könnt oder nicht, aber hier ist der Scheck."

Die Sekretärin nahm den Scheck, und da sie wußte, wie wichtig die Sache war, klopfte sie an die Tür des Zimmers, in dem die Männer zum Gebet zusammensaßen.

Dr. Chafer, der Begründer und Direktor der Schule, kam zur Tür und nahm den Scheck entgegen. Die Summe entsprach genau ihren Schulden. Dann erkannte er den Namen auf dem Scheck als den des Viehzüchters.

An Dr. Ironside gewandt, sagte er: „Harry, Gott hat gerade das Vieh verkauft."

Howard Hendricks

243

Und wenn es mir im Himmel nun langweilig wird?

Wenn Sie denken, es könnte Ihnen nach einer Weile im Himmel langweilig werden . . . keine Angst! Versuchen Sie, sich mit mir zusammen etwas vorzustellen. Stellen Sie sich vor, Sie wären ein kleiner Vogel, der in einem winzigen Käfig aus rostigem Metall lebt. In Ihrem Käfig steht ein Futternapf und ein kleiner Spiegel, außerdem eine winzige Sitzstange, auf der Sie schaukeln können.

Und eines Tages bringt ein freundlicher Mensch Ihren Käfig zu einem großen, wunderschönen Wald. Der Wald ist in strahlendes Sonnenlicht getaucht. Hohe Bäume stehen an den Hügeln und Tälern so weit Ihr Auge reicht. Erfrischende Wasserfälle gibt es, und Büsche mit dunkelroten Beeren, außerdem Obstbäume, ganze Teppiche von Wildblumen und ein weiter Himmel, an dem Sie sich austoben können. Und neben diesen ganzen Dingen treffen Sie Millionen anderer kleiner Vögel . . .

die von einem grünen Ast zum nächsten hüpfen
und genügend Futter finden,
ihre kleinen Familien aufziehen
und aus voller Kehle zwitschern
den ganzen Tag lang.

Und nun, kleiner Vogel, können Sie sich einen Grund vorstellen, warum Sie in Ihrem Käfig bleiben möchten? Können Sie sich vorstellen, daß Sie sagen: „Ach bitte, laß mich nicht frei. Ich werde meinen Käfig vermissen. Ich werde meinen kleinen Futternapf mit den Körnern vermissen. Ich werde meinen Plastikspiegel und meine kleine Sitzstange vermissen. In diesem großen Wald könnte ich mich langweilen."

Das wäre doch dumm, nicht? Und genauso dumm ist es zu glauben, wir wüßten im Himmel nicht, was wir tun sollten!

Larry Libby

Begrüßung im Himmel

Sie werden bald zu Hause sein. Ihnen ist das vielleicht noch nicht aufgefallen, aber Sie sind dem Zuhause näher als je zuvor. Jeder Augenblick ist ein Schritt darauf zu. Jeder Atemzug ist eine umgeblätterte Seite. Jeder Tag ist ein Meilenstein, ein erklommener Berg. Sie sind dem Zuhause näher als je zuvor.

Bevor es Ihnen noch recht bewußt geworden ist, wird Ihre Ihnen bestimmte Ankunftszeit da sein. Sie werden geliebte Gesichter sehen, die auf Sie warten. Sie werden von Menschen, die Sie lieben, Ihren Namen hören. Und vielleicht wird der Eine, der lieber gestorben ist, als ohne Sie zu leben, ganz hinten, hinter der Menge, seine durchbohrten Hände heben und ihnen zuwinken.

Max Lucado

Anmerkungen

Die in diesem Buch erzählten Geschichten wurden über einen Zeitraum von zwanzig Jahren hinweg gesammelt. Wir haben uns bemüht, die Quellen zurückzuverfolgen und, wo notwendig, die Erlaubnis zur Veröffentlichung einzuholen. Bei einigen Geschichten war der Urheber nicht ausfindig zu machen.

MITGEFÜHL

„Together" von Emery Nester, zitiert aus DEPRESSION (Multnomah Books, Sisters, Oregon, USA).

„A Song in the Dark" von Max Lucado aus „GOD CAME NEAR" (Multnomah Books, Sisters, Oregon, USA, 1987).

„The Day Philip Joined the Group" von Paul Harvey, © 1992.

„There's Always Something Left to Love" von Tony Campolo, Expression (Juni 1995).

„Belonging" von Paul Brand und Philip Yancey aus „IN HIS IMAGE", © 1984, Paul Brand und Philip Yancey.

„Really Winning" von Michael Broome, nacherzählt von Alice Gray nach einer Rede, die Michael Broome 1984 während einer Pädagogikkonferenz hielt.

„Courage", erschienen in „MOMENTS OF CHRISTMAS" von Robert Strand (Green Forest, Arkansas: New Leaf Press, 1993). Autor unbekannt.

„Lessons from a Young Nurse" von Rebecca Manley Pippert aus „OUT OF THE SALTSHAKER & INTO THE WORLD", © 1979, InterVarsity Christian Fellowship, USA. Ein Auszug der Geschichte wurde „Lady in 415" entnommen, wie sie Hope Warwick erzählt wurde (Campus for Life, Mai 1976).

„One" von Everett Hale, zitiert aus „THE REBIRTH OF AMERICA"
(The Arthur S. DeMoss Foundation, 1986).

„It Matters" von Jeff Ostrander aus *Frontlines* newsletter (ca. 1993).
Frontlines ist eine pädagogische Zeitschrift des *Pregnancy Resource Center*
in Grand Rapids, Michigan, USA.

„Understanding Mercy" von Alice Gray, ihren Notizen über die Eigenschaften
Gottes entnommen.

ERMUTIGUNG

„Chosen" von Marie Curling. Die Autorin lebt in England.
Bei Drucklegung dieses Buches ist leider noch kein Kontakt mit der Autorin
zustandegekommen.

„The First Robin" von William E. Barton aus „THE MILLIONAIRE
AND THE SCRUBLADY", © 1990, William E. Barton.

„Don't Quit" von Charles R. Swindoll aus „GROWING STRONG
IN THE SEASONS OF LIFE", © 1983, Charles R. Swindoll Inc.

„The Guest of the Maestro" von Max Lucado aus „WHEN GOD WHISPERS
YOUR NAME" (Word Inc., Dallas, Texas, USA, 1994).

„Jimmy Durante" von Tim Hansel aus „HOLY SWEAT" (Word Inc.,
Dallas, Texas, USA, 1987).

„The Day Bart Simpson Prayed" von Lee Strobel aus „WHAT JESUS WOULD
SAY", © 1994, Lee Strobel. Anmerkung von Alice Gray: In seinem
faszinierenden Buch stellt Lee Strobel die Frage: „Was würde Jesus zu
Bart Simpson sagen?" Obwohl das Gebet von Bart Simpson vielleicht kein
perfektes Vorbild ist, hat er doch aus dem Grund seines Herzens zu Gott
gebetet, er hat zugegeben, daß er kein ‚braver Junge' war, und er hat sich Gott
als seinen Freund vorgestellt. Für so einen Bengel wie Bart Simpson war das
schon mal ein guter Anfang. Wie wir beten sollen, ist in Matthäus 6, 9–13
beschrieben.

„At the Counter" von Paula Kirk, Herausgeberin des *Tapestry Magazine*,
Walk Thru the Bible Ministries.

„The Hand". Diese Geschichte wurde einem Grundschullehrer vorgelegt.
Der Autor ist unbekannt.

„Changed Lives" von Tim Kimmel aus „LITTLE HOUSE ON THE FREEWAY"
(Multnomah Books, Sisters, Oregon, USA).

„The Passerby" von Hester Tetreault, © 1993. Hester lebt in St. Helens, Oregon, USA, und ist freischaffende Autorin.

„Just a Kid with Cerebral Palsey" von Tony Campolo (April/Mai 1988).

„Repeat Performance" von Nancy Spiegelberg.

TUGENDEN

„Act Medium" von Leslie B. Flynn aus „GREAT CHURCH FIGHTS" (Victor Books, Wheaton, Illinois, USA, 1976).

„Valentines" von Dale Galloway aus „DREAM A NEW DREAM" (Tyndale House Publishers Inc., Carol Streams, Illinois, USA, 1975).

„It's a Start" von Gary Smalley und John Trent aus „HOME REMEDIES" (Multnomah Books, Sisters, Oregon, USA, 1991).

„What's it Like in Your Town?", nacherzählt von Kris Gray, © 1995. Die Idee ist meinen Notizen entnommen.

„The Experiment", nacherzählt von Marilyn McAuley nach einem Artikel von Catherine Marshall mit dem Titel „My Experiment With Fault-Finding." Die Quelle des Artikels ist unbekannt. Marilyn McAuley ist freischaffende Autorin und Redakteurin und lebt in Milwaukee, Oregon, USA.

„It Really Didn't Matter" von Charles Colson aus „THE BODY" (Word Inc., Dallas, Texas, USA, 1992).

„Monuments" von Charles L. Allen aus „YOU ARE NEVER ALONE" (Fleming H. Revell Company, ein Zweig von Baker Book House, Grand Rapids, Michigan, USA, 1978).

„Chickens", nacherzählt von Anne Paden aus Jack Londons „WOLFSBLUT". Anne schreibt für den Rundbrief des *Crisis Pregnancy Centers* (Schwangeren-Hilfszentrum) in Portland, Oregon, USA.

„The Millionaire and the Scrublady" von William E. Barton aus „THE MILLIONAIRE AND THE SCRUBLADY", © 1990, William E. Barton

„The Signal", nacherzählt von Alice Gray. Diese bekannte Geschichte wurde von Alice's Mutter und anderen erzählt.

„Thankful in Everything?" von Matthew Henry. Auszug aus „OUR DAILY BREAD", Monat und Jahr unbekannt.

„The Good Samaritan" von Tim Hansel aus „HOLY SWEAT" (Word Inc.,
Dallas, Texas, USA, 1987).

„Contentment Is . . ." von Ruth Senter aus „STARTLED BY SILENCE"
(Zondervan Publishing House, Grand Rapids, Michigan, USA, 1986).

„Choosing" von Victor E. Frankl, zitiert aus „MOTIVATION TO LAST
A LIFETIME" von Ted. W. Engstrom (Daybreak Books, ein Zweig
von Zondervan Publishing House, Grand Rapids, Michigan, USA, 1984).

MOTIVATION

„Keeper of the Spring" von Charles R. Swindoll aus „IMPROVING YOUR
SERVE" (Word Inc., Dallas, Texas, USA, 1981).

„A Man Can't Just Sit Around" von Chip McGregor, zitiert aus „STANDING
TOGETHER" (Vision House Publishing Inc., Gresham, Oregon, USA, 1995).
Chip ist freischaffender Schriftsteller und Redakteur und lebt in der Nähe
von Portland, Oregon.

„Come On, Get With It!" von Howard Hendricks aus „TEACHING TO
CHANGE LIVES" (Multnomah Books, Sisters, Oregon, USA, 1987).

„The Nearest Battle" von Richard C. Halverson.

„Mentoring" von Chip McGregor aus dem Buch „STANDING TOGETHER"
(Vision House Publishing Inc., Gresham, Oregan, USA, 1995).

„Success", nacherzählt von Alice Gray. Es handelt sich um ein Beispiel,
das sie vor vielen Jahren schon gehört hatte. Quelle unbekannt.

„The Red Umbrella", nacherzählt von Tania Gray, © 1995.
Die Idee entstammt Alices Notizen.

„All It Takes Is a Little Motivation" von Zig Ziglar aus „OVER THE TOP"
(Thomas Nelson Publishers, Nashville, Tennessee, USA, 1994).

„An Autobiography in Five Short Paragraphs" von Portia Nelson.

„Beautiful Day, Isn't It?" von Barbara Johnson aus „FRESH ELASTIC FOR
STRETCHED OUT MOMS" (Fleming H. Revell, Ada, Michigan, USA, 1986).

„Don't Give Up . . .", nacherzählt von Alice Gray, bearbeitet nach einer
Radiosendung von Focus on the Family.

„Make Up Your Mind, Oreo" von Arthur Gordon. Quelle unbekannt.

„Head Hunter" von Josh McDowell aus „BUILDING YOUR SELF-IMAGE" (Living Books, ein Zweig von Tyndale House Publishers, Wheaton, Illinois, USA, 1986)

„If I Had My Life to Live Over" von Brother Jeremiah. Quelle unbekannt. Zitiert aus: „FRESH ELASTIC FOR STRETCHED OUT MOMS" (Fleming H. Revell, ein Zweig von Baker Book House, Ada, Michigan, USA, 1986).

„Letter to a Coach". Autor und Quelle unbekannt.

„The Greatness of America" von Alexander de Tocqueville. Originalquelle unbekannt. Zitiert aus „WISDOM ON AMERICA" von Richard C. Halverson (Vision House Publishing Inc., Gresham, Oregon, USA.)

„Bullets or Seeds" von Richard C. Halverson.

LIEBE

„Outwitted" von Edwin Markham. Quelle unbekannt.

„The People with the Roses" von Max Lucado aus „WHEN THE ANGELS WERE SILENT" (Multnomah Books, Sisters, Oregon, USA, 1992). Ein Teil der Geschichte zitiert aus „Promises to Keep", *Focus on the Family* Magazin, Juni 1989.

„Reflections" von Charles R. Swindoll aus „THE FINISHING TOUCH" (Word Inc., Dallas, Texas, USA, 1994). Alle Rechte vorbehalten.

„The Small Gift", erzählt von Marilyn K. McAuley nach einem Auszug in „The Lutheran Journal" eines Artikels von Pastor Morris Chalfant mit dem Titel „Do it Now". Chalfant ist Pastor an der College Church der Nazarener in Bourbonnais, Illinois, USA.

„For My Sister" von David Needham aus „CLOSE TO HIS MAJESTY" (Multnomah Books, Sisters, Oregon, USA, 1987).

„In the Trenches" von Stu Weber aus „LOOKING ARMS" (Multnomah Books, Sisters, Oregon, USA, 1995).

„Garment of Love" von Mutter Teresa aus „THE MOTHER TERESA READER: A LIFE FOR GOD" (Servant Publications Inc., Ann Arbor, Michigan, USA, 1995).

„A Crumpled Photograph" von Philip Yancey aus „DISAPPOINTMENT WITH GOD", © 1988, von Philip Yancey.

„Letting Go". Autor unbekannt. Zitiert aus: „ FLESH ELASTIC FOR STRETCHED
OUT MOMS" von Barbara Johnson (Fleming H. Revell, Ada, Michigan, USA,
1986).

„Love's Power" von Alan Loy McGinnis aus „THE FRIENDSHIP FACTOR"
(Augsburg Publishing House, Minneapolis, Minnesota, USA, 1979).

„The Gift of the Magi" von O. Henry.

„Believing in Each Other" von Steve Stephens, bearbeitet aus „MARRIAGE:
EXPERIENCE THE BEST" (Vision House Publishing Inc., Gresham, Oregon,
USA, 1995).

„Acts of Love" aus „MIRROR, MIRROR" von Alice Gray und Marilyn
McAuley (Zondervan Publishing House, Grand Rapids, Michigan,
USA, 1986).

„Come Home" von Max Lucado aus „NO WONDER THEY CALL HIM
SAVIOR" (Multnomah Books, Sisters, Oregon, USA, 1986).

FAMILIE

„Someday" von Charles R. Swindoll aus „COME BEFORE WINTER",
© 1985, Charles R. Swindoll Inc.

„Longer, Daddy . . . Longer" von John Trent aus „LEAVING THE LIGHTS ON"
von Gary Smalley und John Trent (Multnomah Books, Sisters, Oregon,
USA, 1994).

„Balloons" von James Dobson von „PARENTING ISN'T FOR COWARDS"
(Word Inc., Dallas, Texas, USA, 1987). Anmerkung von Alice Gray: Dr. Dobson
erzählte diese Geschichte allen Eltern als Ermutigung. Er fährt fort, daß er am
liebsten seinen Arm um Sie legen und Ihnen sagen möchte, daß er Ihre Sorgen
und Ängste um ihre Kinder versteht. Er meint, daß Eltern heutzutage viel zu
schnell bereit sind, die Verantwortung zu übernehmen für das, was Ihre heranwachsenden Kinder tun . . . Das ist besonders bei den Eltern der Fall, bei denen
das Thema Familie eine wichtige Rolle spielt. Ich hoffe, daß Sie sein Buch lesen
werden. Dann können Sie auch das starke Mitgefühl verstehen, das er für Eltern
empfindet.

„What's a Grandmother?" Autor und Quelle unbekannt.
Die Geschichte wurde mir von einem Grundschullehrer vorgelegt.
Sie ist auch abgedruckt in „WHAT WIVES WISH THEIR HUSBANDS
KNEW ABOUT WOMEN" von James Dobson (Tyndale House, Wheaton,
Illinois, 1975).

„THE WALL". Autor unbekannt. Zitiert aus: „IT'S WHO YOU KNOW" von David Simpson (Vision House Publising Inc., Gresham, Oregon, USA, 1995).

„Soft Touch" von James Dobson aus „LOVE FOR A LIFETIME" (Multnomah Books, Sisters, Oregon, USA, 1993).

„When You Thought I Wasn't Looking" von Mary Rita Schilke Korzan, © 1989. Mit freundlicher Genehmigung aus ihrer Sammlung „A TIME TO CARE". Mary Korzan ist eine Expertin auf dem Gebiet der frühen Kindheit und Grundschulausbildung. Zur Zeit ist sie Hausfrau und wohnt in Granger, Indianapolis, USA.

„Growing Up" von Marilyn K. McAuley, © 1995. Marilyn ist freie Schriftstellerin und Redakteurin. Sie lebt in Milwaukee, Oregon.

„Even If It's Dark" von Ron Mehl aus „GOD WORKS THE NIGHT SHIFT" (Multnomah Books Inc., Sisters, Oregon, USA, 1994).

„Got a Minute?" von David Jeremiah aus „ACTS OF LOVE" (Vision House Publishing Inc., Gresham, Oregon, USA, 1994).

„A Father's Prayer of Enlightenment" von John Ellis, Regina Leader Post, Februar 1994.

„Summer Vacation" von Bruce Larson aus „THE ONE AND ONLY YOU" (Word Inc., Dallas, Texas, USA; 1974).

„To My Grown Up Son". Quelle und Autor unbekannt.

„27 Things Not to Say to your Spouse" von Steve Stephens aus „MARRIAGE: EXPERIENCE THE BEST" (Vision House Publishing Inc., Gresham, Oregon, USA, 1995). Dr. Stephens ist ein bekannter Seminarredner und Familientherapeut in Clackamas, Oregon.

„37 Things to Say to Your Spouse" von Steve Stephens, ibd.

„Of More Value" von Jerry B. Jenkins aus „STILL THE ONE" (Focus on the Family Publishing, Colorado Springs, Colorado, USA, 1995).

„A Family for Freddie" von Abbie Blair (Reader's Digest, Dezember 1964), © 1964. Mit freundlicher Abdruckgenehmigung des Reader's Digest Verlages.

„Build Me A Son" von General Douglas A. MacArthur. Quelle unbekannt. Von einem gerahmten Poster, das ich seit den 70er Jahren besitze.

„Great Lady" von Tim Hansel aus „HOLY SWEAT" (Word Inc., Dallas, Texas, USA, 1978).

LEBEN

„Kennedy's Question" von Billy Graham aus „BILLY GRAHAM:
THE INSPIRATIONAL WRITINGS" (Word Inc., Dallas, Texas, USA, 1995).

„If We Had Hurried" von Billy Rose, zitiert aus „COME BEFORE WINTER" von
Charles R. Swindoll (Zondervan Publishing House, Grand Rapids, Michigan,
USA, 1985).

„Spring Filly" von Nancy Spiegelberg.

„The Hammer, the File, and The Furnace" von Charles R. Swindoll aus
„COME BEFORE WINTER", © 1984 Charles R. Swindoll Inc.

„Three Men and a Bridge" von Sandy Snavely, © 1995. Sandy leitet eine
Radio-Talkshow in Portland, Oregon, und hält Vorträge.

„Incredible" von David Jeremiah aus „POWER OF ENCOURAGMENT"
(Multnomah Books, Sisters, Oregon, USA, 1994).

„Struggles", nacherzählt von Alice Gray. Eine bekannte Geschichte,
die man in vielen Zusammenhängen hören kann. Ich benutze sie gern,
wenn ich über Geduld und Warten in schwierigen Zeiten spreche.

„He Listened" von Joseph Bayly, zitiert aus „POWER OF
ENCOURAGEMENT" von David Jeremiah (Multnomah Books, Sisters,
Oregon, USA, 1994).

„Do You Wish to Get Well?" von Kay Arthur aus „MY SAVIOR, MY FRIEND"
(Harvest House Publishers, Eugene, Oregon, USA, 1995).

„Heritage" von Sally J. Knower, © 1995. Sally ist freischaffende Autorin und
lebt in Milwaukee, Oregon, USA.

„The Orchestra" von Judy Urschel Straalsund, © 1987.
Judy ist freischaffende Autorin und Artdirektorin des *Tapestry Theater*
in Portland, Oregon.

„Do You Know Who His Daddy Is?" von Zig Ziglar aus „OVER THE TOP"
(Thomas Nelson Publishers, Nashville, Tennessee, USA, 1994).

„Let's Go" von Billy Graham aus „BILLY GRAHAM: THE INSPIRATIONAL
WRITINGS" (Word Inc., Dallas, Texas, USA, 1995).

„The Runaways" von Cliff Schimmels aus „LESSONS FROM THE GOOD OLD
DAYS" (Victor Books, ein Zweig von Scripture Press Publishers Inc., Wheaton,
Illinois, USA, 1994).

„Broken Dreams" von Lauretta P. Burns.

„Significance" von Joni Eareckson Tada aus „GLORIOUS INTRUDER"
(Multnomah Books, Sisters, Oregon, USA, 1989).

„Homecoming" von Michael Broome, nacherzählt von Alice Gray
nach einem Vortrag, den Michael Broom 1984 auf einer Konferenz über
Pädagogik hielt.

„Picture of Peace" von Catherine Marshall aus „FRIENDS WITH GOD"
(Fleming H. Revell, Ada, Michigan, USA, 1956).

GLAUBEN

„Where Do You Run?" von Kay Arthur aus „TO KNOW HIM BY NAME"
(Multnomah Books, Sisters, Oregon, USA, 1995).

„Dear Bristol" von James Dobson aus „WHEN GOD DOESN'T MAKE SENSE",
© 1993 (Tyndale House Publishers Inc., Wheaton, Illinois, USA.)

„The Juggler" von Billy Graham, nacherzählt von Alice Gray aufgrund einer
Reportage über eine Evangelisation von Billy Graham in den 80er Jahren.

„The Tale of Three Trees", nacherzählt nach einem Märchen von Angela
Elwell Hunt (Lion Publishing, Colorado Springs, Colorado, USA, 1989).
Anmerkung von Alice: Der Text stammt von einem wunderschön illustrierten
Geschenkband.

„The Parable of Extravagant Love" von Lloyd John Ogilvie aus „AUTOBIO-
GRAPHY OF GOD" (Regal Books, Ventura, Kalifornien, USA, 1979).

„One Solitary Life". Autor unbekannt, zitiert aus „MOTIVATION TO LAST
A LIFETIME" von Ted W. Engstrom (Daybreak Books, ein Zweig von Zondervan
Publishing House, Grand Rapids, Michigan, USA, 1984).

„Cecil B. De Mille" von Billy Graham. Dieser Auszug ist entnommen aus
„Christ, the Center of Christmas" der Zeitschrift „Decision", Dezember 1987,
© 1987 Billy Graham Evangelistic Association.

„Object Lesson" von John MacArthur aus „THE ULTIMATE PRIORITY"
(Moody Press, Chicago, Illinois, USA, 1983).

„Right on Time" von Ron Mehl aus „SURPRISE ENDINGS" (Multnomah
Books, Sisters, Oregon, USA, 1993).

„Jump", nacherzählt von Tanja Gray, © 1995. Erzählt anhand kurzer Notizen.

„Appointment with Death" von Peter Marshall, nacherzählt von Alice Gray. Gehört bei der Beerdigung von Tom Sweet 1994.

„Learning 'bout Prayer" von Howard Hendricks aus „STANDING TOGETHER" (Vision House Publishing Inc., Gresham, Oregon, USA, 1995).

„The Secret of the Gifts" von Paul Flucke, gekürzte Bearbeitung aus „THE SECRET OF THE GIFTS" (InterVarsity Press, Downers Grove, Illinois, USA, 1982).

„Paraclete" von David Seamands aus „HEALING FOR DAMAGED EMOTIONS" (Victor Books, Wheaton, Illinois, USA, 1981).

„Selling Cattle" von Howard Hendricks aus „STANDING TOGETHER" (Vision House Publishing Inc., Gresham, Oregon, USA, 1995)

„What If I Get Tired of Being in Heaven" von Larry Libby aus „SOMEDAY HEAVEN" (Gold 'n' Honey Books, ein Zweig von Questar Publishers, Inc., Sisters, Oregon, USA, 1993). Anmerkung von Alice: Dies ist ein wunderschön geschriebenes und illustriertes Geschenkbuch für Kinder, das ihnen ihre Fragen über den Himmel beantwortet. Es gehört auch zu meinen Lieblingsbüchern!

„The Applause of Heaven" von Max Lucado aus „THE APPLAUSE OF HEAVEN" (Word Publishing Inc., Dallas, Texas, USA, 1990, 1995).

EIN INDIANER-ROMAN ZUM TRÄUMEN

Stephanie Grace Whitson:

DIE DURCHS FEUER GEHT

Roman

Eine wunderschöne,
zutiefst anrührende Geschichte
voller Liebe, Leid und tiefer Weisheit.

Die junge Siedlerin Jessie wird nach einem Planwagen-Unglück von einem Spähtrupp der Lakota-Indianer verschleppt und glaubt, dem Tode geweiht zu sein.

Doch zu ihrer Überraschung sind die Indianer keine „blutrünstigen Wilden", sondern ein hochentwickeltes Volk mit einem ausgeprägten Gemeinschaftssinn. Jessie erkämpft sich einen Platz im Stamm und lernt den außergewöhnlichen Lakota-Krieger „Der den Wind reitet" kennen, der durch den Kontakt mit einem Missionar Christ geworden ist.

Was Jessie nie für möglich gehalten hätte, tritt ein: Sie verliebt sich in den einfühlsamen Indianer, und die beiden heiraten. Aus der unsicheren, unattraktiven Jessie wird „Die durchs Feuer geht". An der Seite von „Der den Wind reitet" erlebt sie eine Zeit ungeahnten Glücks, die sie für immer verändert ...

Paperback, 255 Seiten, Nr. 815423

Stephanie Grace Whitson:

DIE KINDER
DES WINDES

Roman

Die Halbblutindianerin
Elisabeth steht nach dem Tod ihres
jungen Ehemannes und ihrer Mutter Jessie vor den
Trümmern ihres Lebens: In ihren Adern fließt das Blut
von zwei verfeindeten Völkern. Wo gehört sie hin? Und
wie soll sie nach alledem noch an einen Gott der Liebe
glauben?

Auch Elisabeths Halbbruder, der Sioux-Krieger Wilder
Adler, steht an einem Wendepunkt. Sein Volk ist dem
Untergang geweiht, und seine einzige Überlebenschance
besteht darin, sich der Welt der verhaßten Weißen
anzupassen.

Und dann ist da noch der junge Farmer James, der
Schreckliches durchgemacht hat und trotzdem so
beunruhigend sicher ist, daß Gottes Kindern alle Dinge
zum Besten dienen müssen.

Alle drei haben noch eine lange Irrfahrt vor sich, bevor sie
erfahren dürfen, daß Gottes Liebe wirklich alle Grenzen
überwindet ...

Paperback, 280 Seiten, Nr. 815 499

Stephanie Grace Whitson:

DIE SCHWINGEN
DES ADLERS

Roman

Seit Carrie als Kind dem Sioux-Indianer
Wilder Adler begegnet ist, träumt sie davon, eines Tages
seine Frau zu werden. Doch Wilder Adler ist fast
doppelt so alt wie Carrie, und er sieht noch immer nur
das kleine Mädchen in ihr, obwohl sie längst zu einer
selbstbewußten jungen Frau herangewachsen ist.

Wilder Adler hat inzwischen seine College-Ausbildung
beendet und reist als gefragter Redner im ganzen Land
umher, um die Anliegen der Indianer zu vertreten.
Dabei hat er nicht nur die Welt der Weißen, sondern
auch die bezaubernde Julia Woodward näher kennengelernt ...

Werden sich Carries Gefühle für Wilder Adler nur als
romantischer Mädchentraum entpuppen oder als ein
Wink Gottes? Bevor sie die Antwort auf diese Frage
erhält, muß Carrie noch einen weiten Weg zurück-
legen ...

Paperback, 240 Seiten, Nr. 815 544

EIN SPANNENDER BIBLISCHER ROMAN

J. Francis Hudson:

ESTHER –
DER STERN
VON PERSIEN

Roman

Als die blutjunge Esther an den Hof
des Perserkönigs Ahasveros kommt, hat sie nur eins im Sinn:
Sie will den mächtigsten Mann der Welt heiraten und ein
Leben im Luxus führen. Ihr Plan gelingt; sie erobert das Herz
des Herrschers im Sturm und wird seine Lieblingsfrau.

Doch Esther hat ein gefährliches Geheimnis, das der König
niemals erfahren darf: Sie gehört dem Volk der Juden an –
einem Volk, das der Amalekiter Haman, dem die Gunst des
Königs gehört, vollkommen auszulöschen gedenkt.

Es gibt nur eine Chance, Hamans Pläne zu vereiteln: Esther
muß ihre wahre Identität preisgeben und den König um
Gnade für ihr Volk ersuchen. Doch das könnte ihren Tod
bedeuten ...

In packender Sprache läßt dieser Roman einen der
spannendsten biblischen Berichte lebendig werden. Vor dem
farbenprächtigen Hintergrund des gewaltigen persischen
Weltreiches entfaltet sich eine bewegte Geschichte, in der
die Entscheidung einer mutigen Frau das Schicksal einer
ganzen Nation beeinflußte.

Gebunden, 320 Seiten, Bestell-Nr. 815 473